社会科学
研究文库

岭南文学史论

符惜畅◎著

SPM 南方传媒 广东人民出版社

·广 州·

图书在版编目（CIP）数据

岭南文学史论 / 符憘畅著. —广州：广东人民出版社，2023.12
ISBN 978-7-218-17328-3

Ⅰ.①岭…　Ⅱ.①符…　Ⅲ.①地方文学史—广东—古代—文集
Ⅳ.①I209.965-53

中国国家版本馆CIP数据核字（2024）第010713号

LINGNAN WENXUE SHILUN

岭 南 文 学 史 论

符憘畅　著

出 版 人：肖风华

责任编辑：梁　茵　陈泽航
封面设计：奔流文化
责任技编：吴彦斌

出版发行：广东人民出版社
地　　址：广州市越秀区大沙头四马路 10 号（邮政编码：510199）
电　　话：（020）85716809（总编室）
传　　真：（020）83289585
网　　址：http://www.gdpph.com
印　　刷：珠海市豪迈实业有限公司
开　　本：787mm×1092mm　1/16
印　　张：13.5　字　　数：200 千
版　　次：2023 年 12 月第 1 版
印　　次：2023 年 12 月第 1 次印刷
定　　价：68.00 元

如发现印装质量问题，影响阅读，请与出版社（020-85716849）联系调换。
售书热线：020-87716172

总　序

　　党的十八大以来，习近平总书记围绕构建中国特色哲学社会科学提出一系列新主张新论述新要求，作出了一系列重大部署。2016年，习近平总书记在哲学社会科学工作座谈会上指出："一个没有发达的自然科学的国家不可能走在世界前列，一个没有繁荣的哲学社会科学的国家也不可能走在世界前列。坚持和发展中国特色社会主义，哲学社会科学具有不可替代的重要地位。"党的二十大报告强调："深入实施马克思主义理论研究和建设工程，加快构建中国特色哲学社会科学学科体系、学术体系、话语体系，培育壮大哲学社会科学人才队伍。"2023年10月，习近平文化思想的正式提出为新时代哲学社会科学事业创新发展、谋篇布局指明了方向，提供了科学指南和根本遵循。

　　珠海经济特区成立四十多年来，始终坚持解放思想，深化改革，扩大开放，始终担负起中国改革开放和现代化建设排头兵、先行地、试验区的职责使命，取得了举世瞩目的巨大成就。珠海市哲学社会科学界坚持用习近平新时代中国特色社会主义思想凝心铸魂，聚焦珠海经济社会发展的理论和现实问题，不断推动哲学社会科学的知识创新、理论创新、方法创新，陆续推出系列理论阐释的时代力作、咨政建言的智慧成果、服务人民的学术精品，先后编辑出版了《珠海潮》和《珠海社科学者文库》，为汇集高质量哲学社会科学研究成果，激发社科工作者研究热情，促进哲学社会科学事业繁荣进步，服务珠海高质量发展作出了积极贡献。

进入新时代，珠海迎来了前所未有的发展机遇，粤港澳大湾区、横琴粤澳深度合作区、自由贸易试验区、现代化国际化经济特区"四区"叠加，一系列重大机遇相互促进、相互推动、相互彰显，释放出强大的发展潜力，珠海的地位、方位、定位达到了前所未有的高度。时代的呼唤，形势的发展，对珠海哲学社会科学事业的发展提出了新的更高要求。为进一步引领和激励广大哲学社会科学工作者紧紧围绕珠海经济社会发展开展更深层次的研究，充分发挥"思想库""智囊团"作用，打造高水平社科成果品牌，2023年，珠海市社科联对原有《珠海社科学者文库》进行优化提升，推出《珠海社会科学研究文库》，集中出版最新理论研究成果和新型智库研究成果，为构建具有珠海特色的哲学社会科学体系搭建了平台，全市哲学社科界将以此为契机，继续深入理论研究，深入基层，贴近一线，多出精品，多出力作，为珠海走在全面建设社会主义现代化国家前列贡献社科智慧和力量，开创新时代珠海哲学社会科学事业发展新局面。

《珠海社会科学研究文库》编审委员会

2023年12月

谨以此书献给
我永远的业师

杨　义

岭南文学史论

On the History of Lingnan Literature

by

符偌畅

Fu Yinchang

导师：杨义教授

SUPERVISOR: Professor Yang Yi

学系：中国语言文学系

DEPARTMENT: Department of Chinese Language and Literature

哲学博士（文学—中文）

Doctor of Philosophy in Literary Studies(Chinese)

2019

人文学院

Faculty of Arts and Humanities

澳门大学

University of Macau

目 录

出版自序

    拙作《岭南文学史论》，原为我在导师指导下完成的博士学位论文。成文近20万字，2018年开始写作，历时近一年定稿，于2019年通过评审及答辩，获澳门大学哲学博士学位。2023年，我以论文文稿申报珠海社会科学研究文库并有幸入选，暂寂三年有余的《岭南文学史论》得以在这样的际遇下出版成书。在此，我谨向珠海市社会科学界联合会及文库评审专家委员会，致以对学术认同的敬意与谢意。

    作为一个土生土长的珠海人，我在这座城市生活、学习到高中毕业；2009年，入读澳门大学中文系，因着师长们的提携与偏爱，学术研究之余的大部分时间精力，我都投入到了出版编辑的工作中，在香港三联书店、澳门月刊等文化机构获得了许多宝贵工作经验；2019年，在母校获得三个学位后，我进入中山大学粤港澳发展研究院博士后流动站；兜转之下，2021年我最终又回到珠海参加工作，承担《岭南文化艺术》等课程的教学任务一直至今。在这十余年的求学与科研路上，"岭南"一直是我不曾变改的研究对象。"岭南研究"从最开始老师指派给我的任务，变成了后来我自我驱动的使命，在我必须在学术丛林中栽一棵属于自己的良木时才发现，岭南母题早已成为了我学术生命中无可剥离的一部分。是故，值此文稿出版之际，有一些关于书稿体例、近年学思及个人规划的梳理、整饬与希冀，有必要假序言篇幅略作说明，以表心迹。

    首先，全书基本保持了博士学位论文文稿内容的整体原貌，仅删去了学位颁授单位的部分格式要求（如原创性声明、中英文摘要、英文目录等）、依据出版字数要求删减了部分古文或引文、小范围地调整了部分内容（缩减绪论与综述篇幅、将概念范围前置成为凡例的一部分等）。事实上，无论是我所具备的基本编审知识，还是我所受过的规范学术训练，抑或是我个人历来所坚持的研究立场，都明确地指向一个观点，即：博士论文与出版成书之间，隔着一项集修删增改及其他工作于一身的浩大工程。原模原样的论文文稿不仅不能"只字不改"，甚至还得"大动干戈"，才能达到以学术专著形式出版的要求。而本书在得已与不得已之间，只能"小修小改"，基本维持论文面貌出版，主要有两个原因。

其一是客观上交付时间的匆促与紧迫。笔者作为"青年教师"，长期困身于各项繁杂事务，实在无暇在两周的限定时间内对文稿进行系统修改，故此只能对评审意见"恭敬不如从命"，把主要的精力放在了繁简字校对和总字数控制上。其二则是主观上的一份"私心"。这篇论文付梓之时，署名页上"指导老师"那一栏的名字，那个永远笑着鼓励我的人，已经永远地离开了。这篇论文是在我的授业恩师杨义指导下完成的学术成果，既是我学位阶段的答卷，也是我学术前路的基石。杨义先生忙于在另一个世界里构筑他的学术王国，未及亲眼看见这篇论文出版。是以，出于私心，更准确地说，是为了怀念，我最大限度地保留了它澳门大学学位论文的面貌，尤其是带指导老师姓名的封面页与作者签署页，希望它给老师的在天之灵，带去一点慰藉。

同时，本书所论的岭南文学史，时间起止点为先秦至清中，个中详情，在截至论文完稿时、于博士论文要求向度下、以文学史省察为问题意识，已尽作者所能言尽于篇内。事实上，跳出论文完成时间的限制及学位论文要求的框限，我深知，近代以后才更是岭南文学的高光时刻。它的汹涌、张力和风华，它的翻覆、变革与巨浪，它的传播、外扩与因之而具备的愈发旺盛的生命力，都值得大书特书，都需要深耕细作，都亟待整理钩沉，岭南文学的版图和重心，必须要添加近代以后的内容才完整。我在离开澳门大学进入中山大学从事博士后研究工作时，曾立下要为这篇博士论文续写下篇的目标，计划再用1—2年的时间，完成《岭南文学史论·下编》，增补鸦片战争后的内容，并且需要对原论文中明清岭南文学这一部分的内容进行修订，因为原稿中对这一阶段论述深度与力度，较之明清岭南文学自身的成就与高度而言，其实是远远不足够的。

遗憾但也不意外的是，我终于还是在身外的嘈嘈切切中，被推推挤挤着走向了一定程度上的庸庸碌碌，不能免俗地为斗米寸粮和华丽礼帽而搁置了最纯粹的学术理想。那些被磋磨掉的时光自然也有它们的价值，只是在每一次我起心动念、想要再为岭南文学大干一场时，那些细碎又无尽不由己，让我清楚地知道，我终究是再无那样的奢侈与幸运，能像读书时那样被母校和师长们保护着，一心只做好一件事就可以了。虽然道阻且长，但本书能够出版，已经足够我有许多的欢喜。所以行则将至，无论是为了我身后的力量、肩上的责任还是未来的方向，继续完整岭南文学的大拼图，吾辈学人，责无旁贷。

最后，我想化引澳门大学图书馆大部分馆藏扉页上的一句话，为这篇絮言并序言作结，原话是：

和各位读者说一声老套的谢谢。

我想把这句话，再一次啰嗦地说给我的每一位良师听。谢谢既是文史学界巨匠，又是杏坛讲台园丁的你们，给予我机会、丰富我阅历、成为我前行时可以放心倚赖的肩膀。你们闪闪发光的名字和治学品格，一直都是照亮我学术夜空的璀璨星斗。我总是急急切切地想做出一些什么来，也许你们的确看到了我的急切，也对我生出了一些忧虑，但事实上，我更多的是想早一点让你们看到，快一些成为你们的骄傲。

我也想把这句话，真诚地讲给每一位在学术道路上行走的、观点相通的同道与学友们听。学林偌大，学海无涯，观点和而不同，文心尤贵相通。实现价值的方式方法有很多种，谢谢你们和我一样，认为踏实做人、认真做事，也是其中一种。

　　这句话的终极归处，我想用来感谢我生命中每一个爱过我的人。因为炽烈又真挚的情感，是这世界上与学术炬火同辉的，无上荣光。

　　是为序。

符愔畅

2023年8月于珠海

（原）谢辞

　　我常常自问，"十年"是什么概念？又每每无法自答。随着论文的"全面竣工"，也到了我必须回答的时候。而我又要用什么样的方式，为这个问题交上答卷？以回忆，以致敬，以改变，以不舍，以焦虑……一时竟牵出更多、更复杂、更拥堵的情绪来。回忆起这十年间的成长，很多名字已经很陌生了，很多身影又好像很熟悉，很多事情好像很遥远了，很多声音却又很切近……由近及远，零零碎碎，对外人而言零落琐屑不值一提，对我来说却格外珍贵可堪怀念。

　　时间到底是打不败记忆的，我始终相信也希望着，因为总有一些来自记忆深处的温暖，能跨越时空地给予我感动和力量。面对这些记忆和力量，我唯余十倍的感激。我都想说些什么呢，我想说，拜入杨门之下是我迄今为止最为幸运的事，我曾没大没小地说老师是我们生活、学习等各方面的领头"杨"，老师一如既往地回以他的招牌微笑，宽厚又慈祥。我还想说，漫长的求学生涯里，到底在母校上过多少节课，我怕是没有办法数得清，但有一节课，总是鲜活地储存在我的记忆中。业师杨义教授曾教我们治学的方法与路径，讲求口学、耳学、眼学甚至脚学。边讲脚学，边带我们走出教室，师生数人，漫步校园，且行且论，那一夜的朗月星空，和那堂课的生动别样，一直让我记忆犹新。我更想说，一开始我就把老师和师母的电话号码给存错了，每次想给老师打电话，总是打到师母那里去，

每次想找老师，总是把师母也给惊动了。没想到错有错着，我每回都能在老师家里，喝到师母准备的咖啡、可乐、酸梅汤……想起来，每一杯都是甜的。

虽然是博士论文的致谢辞，我的思绪却实在没办法在博士入学的时间节点上定点着陆，总是不自觉地滑向2009年，回到我入读澳门大学，成为中文系学生的那一天。我竟要在母校拿第三个学位了，明明一眼见底，却总让我觉得不真实。在过去的十年里，我的确经历了两次"毕业"，但却不曾面对过真正的"离开"。眼下，也是九、十月的光景，在岭南夏味十足的秋天里，即将与自己"十年如一日"的习惯和身份郑重告别。长期安于舒适区的我，难免怠惰，进步缓慢，总丢不掉孩子心性。更惭愧的是，我究竟没能学到更好的表达方式，来传递我在这一刻的复杂情绪，只能说一声老套的"谢谢"，为母校十年来提供予我的稳定环境和熟悉安心，为求学阶段拜遇的所有前辈、老师惠赐的指教与提携，谢谢这座象牙塔让我不用急着长大，谢谢所有的人为我这十年的青春注入最珍贵的回忆，谢谢每一位师长包容我，接纳我，教导我，给我机会，教我方法，让我可以满怀期待地来，又满载而归地离开。

澳门大学图书馆里一直挂着一幅字，写着"浩天畅怀"，我自从入学起，就爱在这"畅"字底下的计算机边坐着。十年了，图书馆搬迁过，这幅字的挂处也挪动过，而那个一直坐在"畅"字底下的姑娘，也长大了，准备好了，来和这个培育她、伴随她整个青春的地方，说再见了。

凡例

1. "岭南"的范围：行文中的"岭南"范围分别指秦朝时的桂林、南海、象郡三郡；汉朝南越国存续时期的南越政权的统治范围，及南越灭亡后，汉朝统治政权在秦朝区划的基础上再度划分的九郡；三国时期的交州、广州；唐朝的岭南道；五代时期的南汉政权统治范围；宋朝的广南东路、广南西路；南宋以后，则明确地指广东地区（在自然地理空间上包括海南岛，但人文地理的指向则以广东地区的广府民系文化为主，依行文需要而略有松紧，将在论述时加以说明）。

2. "岭南文学"的所指：依文学发展阶段分为与岭南有关的历史记载、传世文献、地理志乘（唐前）；非岭南籍作者创作的关于岭南的作品、寓居岭南的作品，岭南本地作者的文学作品（明前）；以及岭南本地文学作品（明清）。

岭南文学的研究，说到底还是地域文化与区域文学的研究。早在文学地理学学科建立之前，文学地理的研究意识和研究行为就已经存在，这些意识与行为共同构成了将岭南视作一个地域单位来进行文化研究、文学研究的前提和基础。

3. 引文与脚注：古文引文皆用以原文用字为准，对异体字不做加注，对无对应简化字的繁体汉字不做修改，对于原繁体汉字有对应简体汉字、但含义不同（如"衹—只"）的不做简化处理。脚注中引用的书籍、文献，首次引用时，列明全部出版信息，其后再引相同文献时，仅注书

名、页码。

4. 复杂背景的解释与有争议观点的处理：正文篇幅所限，部分历史背景、理论背景不在文内展开，下移至注释做具体阐述；各学科视角、理路不同，部分未完全定论或尚在研究过程中的内容，本书一律引代表性观点，并在注释中明确列出其所存在的其他观点，但不就此做与正文内容无关的深入讨论。

绪　　论

一、研究缘起与研究意义

地域文化与地域文学的研究，是既古老又新鲜的命题。中国古代的文明源头并不单一，黄河、长江、珠江流域都出现了带有各自地域特色的早期文明。随着历史的发展，发源于黄河流域的北方文明逐步发展成为我国古代社会的核心文明，经过政治权力的外部选择和自身发展的内部塑造，形成和确立了传统儒家文化在古代社会中的主流地位，并建立起了一套以"正统"为价值认同、以儒家性格为底色的文化体系。而我国自古幅员辽阔，许多地域单位同在一幅政治版图中，但却分属于不同的文化区间。在中央集权制度的影响下，中国古代无论是社会结构还是文化发展，都呈现朝权力向心的姿态。如此，身居"正统"之位的主流文化即北方文化、中原文化，在面对其他区域文化时，一直拥有高势能，在中国历史上长期不断的文化融合、文化碰撞与文化发展中，居于向外辐射的主导地位。政权版图范围内的其他文化地域，在与主流文化相接触、相融合的过程中，则大多处于吸收、学习的地位，逐渐融入儒家大一统的文化版图当中。

岭南偏远，自古无论在政治上还是文化上都地位不显。由于岭外态度与自身发展的原因，岭南曾长期徘徊在主流社会和主流文化圈的边缘；在华夷观的作用之下，儒家大一统文化圈在框定自身范围时，对岭南这个文化体系中的异质也不予收编。在主流文化的强势期，岭南一度成为了一个在政治版图上孤悬封闭、在文化版图中也远窜无名的所在。翻检史籍，岭南得到的评价，皆不出自然环境险恶、当地人民少礼，如"人杂獠夷，不知教义""居于山陆，其性强梁"等，围绕着因自然地理区隔而产生的物候特征、环境特征等客观事实而加做主观文章，并且抱持着汉民族文化主体的优越感来审视当地原生人口结构，对岭南居民因地制宜而产生的生产方式、生活习惯、民族风俗等进行评价甚至是批判。无论是古代社会中，对曾经发展欠佳的岭南地区长期存在误解与偏见，还是当下今日，依然能够听到的"南方文化沙漠论""岭南民性远儒说"等观点，实际上都带着比较明显的中原文化或者说北方文化中心立场。但岭南文化的产生、发展，是一个自身动态演变的过程，也是一个与外界交互影响的过程，岭南自从被纳入统治版图，就是中华民族共同体毋庸置疑的一部分。岭南是政治版图中的一个局部，也是文化版图中的一个个体，还是政治版图与文化版图中共同的"边缘"，在近代以前，岭南与国家是局部与整体的关系，岭南文化与主流文化是边缘与中心的关系，无论在自然环境还是人文环境上，岭南与中原一直呈现出一种既学习融合、又保持独立的姿态，不能够以单一、平面甚至概念化的文化视角来审视岭南的发展和面貌。

过去对岭南的评价，大多停留在感性、直观、粗略甚至片面的阶段，缺乏精致、系统、科学的论断和分析。这一点，在文学上体现得尤为明显。中国古代文学的深层本质，是以服务政权为根本原则和基本立场的，在中国古代社会的发展历程中，朝代更迭、政权鼎革的时间顺序，往往伴随着权力中心、经济中心、文化中心空间处所和地理位置的转移。每一次时空转换都会形成一个相应的人文地理空间，每一个地理空间内，都有其阶段性、区域性特征。这种特征一方面表现为自然地理馈赠的地域性格烙印，另一方面则体现在人文环境的标准与取向中。而这种标准和取向在中国传统社会里的主要来源是权力阶级的标准与规范。由于文化不仅仅是价值观，也不仅仅是社会规则，它还是一种展示权力的方式，文学作为符号资本与载体，在空间环境之下、时间基础之上、权利环境之中，成为传达合法性[①]的话语，也成为一时一地样貌姿态的记录和镜子。代次出现的不同区域在空间内并存，在时间里轮动，在文化上交融，在文学中构建。时移世易，地域文学的图景和生态逐渐丰富，整体的文学时空展卷于我们眼前。整体的文学史，是一个立体的合集。于时间层面而言，文学史是动态的、发展的，不断出现、不断成熟的各区域文学如江河入海，丰富了它

---

① 关于"文学合法性""文学与权力的关系"的详细论述，见朱国华：《文学与权力：文学合法性的批判性考察》，北京：北京大学出版社，2014年。其要旨可概括为："权力是文学合法性的根本条件：权力一方面是文学得以兴盛的原因，因为文学构成了一种符号资本或话语权力、意识形态权力，另一方面又是它走向终结或失去合法性的结果，因为伴随着它在表征领域里位置的急剧下降，文学被挤压到权力的边缘。"（《文学与权力：文学合法性的批判性考察》序二，第4页。）

的内涵、扩充了它的类别；从空间层面看，文学史是立体的、开放的，各区域、各中心、各层级的影响和交融既植根于自然地理面貌，更依托于人文地理环境；从表现姿态与意义功用上来说，文学无疑是多元、多维的，在情感抒发之余，在精神生活总和之外，文学在某种程度上更是政治的执笔者，是核心文化及其价值标准的传声筒，是权力声音和合法性书写的符号工具。在中国古代社会，政权意志是塑造文学样貌的思想价值底座，以王畿为中心逐级向外的空间延伸则是各区域文学生发的土壤条件。人创造文化的同时，文化也塑造着人，在演进与发展的进程中，形成了中国古代地域文化尤其是文学地理的独特形态与规律。综合中国古代文学地理的空间分布与时间演变，大致可以归结出八大文学区系①，各区系出现的时间先后、力量强弱、姿态特征、承袭影响都各有不同。岭南一隅，历处疆域南极，政治中心、文化中心的辐射度和影响力相对较弱，本土文化及自我意识经历了较为漫长萌芽和积累期；随着政治、文化中心的不断南移，移民、人口的跨区域流动和融合，政权态度、管理政策的转变，生产力、交通条件的发展，经济、贸易的勃兴，教育的普及和推进，岭南的地域文化逐步形成和发展了起来。投射在文学上，展映出一段下游波澜壮阔、上游及源头却略显寂寥的岭南文学史。

长期以来，岭南无论在历史上，还是在文学上，都经历了一个厚积薄发的过程。史上"岭南"的空间意义并不唯一，其地域所指随时间变化而不尽相同，区域内部的发展程度也各有高低，一时一地的一些表征并不足以代表历时、动态的全景与全貌。没有人否认，在文化的发展进度上，岭南与岭北存在着明显的不同步，其所导致的时间先后及程度差异，决定了岭南用了相对较长的时间追赶中原主流文明的步伐。在相当长的历史时期里，"岭南"意味着远离于政治中心之外的荒服和孤悬文化中心之外的蛮地，意味着瘴疠的横行，人民的不化，文教的落后，这些认知被历史记

---

① 具体分类为：秦陇文学区系、三晋文学区系、齐鲁文学区系、巴蜀文学区系、荆楚文学区系、吴越文学区系、燕赵及北方文学区系、闽粤及南方文学区系。见梅新林：《中国古代文学地理形态与演变》，上海：复旦大学出版社，2006年。

载、文学作品以书面信息的形式保存了下来，年深日久，形成了相对固定的刻板印象。直至今日，仍然存在着认为岭南民性远儒重商，甚至将此地视作文化沙漠的偏见。

由于我国地域文化研究、文学地理观念的起步和成型相对较晚，在系统扎实的研究方法和严格缜密的逻辑推绎介入以前，一些岭南地区客观存在的地域文化特质、人文地理特点，只得到了感性、片面、散落的记载，并逐渐形成标签式的印象类别，这样的标签意义又被历来的政权态度①、主流标准（主要是以中原文明为核心的儒家文化标准）渲染和放大，日积月累，不断泛化，岭南其地其文则不免陷入"被印象式批评"的境地。在对应的历史环境和生产条件下，岭南岭北文化发展不同步是客观存在的事实；但对这种事实的记忆和记载，在差距已经缩小、接近消失以后依然被继续扩散甚至强化，成为文学史的构成部分和书写对象，致使岭南的真实面貌不仅被烟瘴所掩，而更为成见所蔽。占据优势的强势主流文化一度令边远地区文化"失语"，在创作主体泛化印象、回避籍贯或对故乡噤声的过程中，岭南的文学形象遭到了一定程度上的误读。岭南文学的构筑过程与本土转向，则更是一段与文化播迁、权力立场无法割裂的文学历史。中国的人文社会科学研究总是与时代风气、政治环境有着密切而微妙的关系②，从这个意义上来说，不同时期的创作主体及意志、眼光，是构筑岭南文学史面貌的主力军。早期，岭北人用岭外的眼光为岭南着墨；中期，开始拥有执笔能力的岭南籍文人却还未发展出成熟的乡邦意识；直到岭南人口在民族融合的层面和意义上完成汉化和身份认同的转变，在文学场域中，岭南才终于发出自己的声音。尽管笼罩在地域范围上的岭南烟瘴早已

---

① 古代中央对岭南地区的政权态度是经历过几大阶段和转变的。从讨论置弃、高压酷吏、攫取珍异，到羁縻、归附、王化，经历了漫长的时间和曲折的过程。不容忽视的是，由于政权态度直接影响着主流文化，在岭南漫长的萌芽期里，在本土意识破土之前，看待岭南的眼光、记述岭南的笔触便更多地带有受政权态度影响的主流文化评判标准。中国古代社会中的文学不仅有源自权力的合法性，更有作为符号资本的稀缺性，这些特性决定了它们从产生之日起就背负着维护阶级利益、传达统治者意愿的功能。反映在早期岭南文学史上，则呈现出一种本籍人士稀声、外部眼光浓烈的姿态。

② 左鹏军：《从岭南文化研究走向岭南学构建》，《粤海风》2013年第4期。

散去，但"横亘在人文之间的南岭，却在时间隧道中延绵至今"①。

实际上，在中国古代社会的发展过程中，在全国先后出现的多个地理文化区域内，这种发展上的不同步现象是相当普遍的。从北而南、由西至东的轮动进程，是中国古代文化和社会发展的地理规律，江南、东南等后来居上的文化重镇在早期从根本上来说与岭南并无二致。"岭南"既是以中原地区为核心文化立场对五岭以南偏远甚至蛮荒之地的一种带有价值判断色彩的称谓；也是岭南人对自己所处地理位置和文化地位的由不情愿到情愿甚至带有某些自得的一种带有文化立场意味的表述。"岭南"从他者到自我的文化含义与意味的变迁，是复杂、漫长的。②

尽管中国古代社会的主要命题与近现代以后的发展背景有着巨大的差别，但对于一个地区的文化而言，其中的意识和性格是延续的、传承的。近代以后，岭南的区位意义发生了根本性的变化，开始了真刀真枪的革命，和思想上的"北伐"。文学活动的触角也不只向北延展，而更伸向了海外，华侨、华人、港澳群体成为了世界华文创作主体中的一部分。岭南的起和落有着自古以来无可隔断的基础和原因，这更加凸显和印证了以宏观立体视角、用学科交叉方法来进行区域文学研究的必要性：流于感性的印象需要以科学、系统的方法加以论证，囿于表象的理解需要援背景因素入阐释范围当中，以还原发生现场，拨正理解偏差，清算固有偏见，飘扬和树立起真正的区域旗帜和文学标杆。

二、概念厘定与学术史梳理

行文中"岭南"所指的地理范围，以所论述历史朝代相对应的行政区划范围为依据，即屈大均所说的"天下尝以'岭南'兼称之……凡为书必明乎书法。生乎唐，则书'岭南'，生乎宋，则书'广南东路'，

---

① 陈泽泓：《广府文化》，广州：广东人民出版社，2007年，第33页。

② 左鹏军：《从岭南文化研究走向岭南学构建》，《粤海风》2013年第4期。

生乎昭代，则必书曰'广东'"①的原则。具体到历朝历代，则行文中的"岭南"范围分别指：秦朝时的桂林、南海、象郡三郡；汉朝南越国存续时期的南越政权的统治范围，及南越灭亡后，汉朝统治政权在秦朝区划的基础上再度划分的九郡；三国时期的交州、广州；唐朝的岭南道；五代时期的南汉政权统治范围；宋朝的广南东路、广南西路；南宋以后，则明确地指广东地区（在自然地理空间上包括海南岛，但人文地理的指向则以广东地区的广府民系文化为主，依行文需要而略有松紧，将在论述时加以说明）。

"岭南文学"的论述对象，依据不同历史时期岭南地区的文学发展阶段而分为：与岭南有关的历史记载、传世文献、地理志乘（唐前）；非岭南籍作者创作的关于岭南的作品、寓居岭南的作品，岭南本地作者的文学作品（明前）；以及岭南本地文学作品（明清）。

岭南文学的研究，说到底还是地域文化与区域文学的研究。早在文学地理学学科建立之前，文学地理的研究意识和研究行为就已经存在，这些意识与行为共同构成了将岭南视作一个地域单位来进行文化研究、文学研究的前提和基础。

（一）文学地理学整体历程与研究情况

近代以前，尽管系统的学科概念并未建立，但以人地关系为制约规律的眼光和意识却自古有之，涉及文学地理的研究行为也源远流长。《左传》曾借观乐于鲁的季札之口表述过音乐背后的地域内涵，②《诗经》则按采集地对民歌进行分类和命名，后世对"十五国风"文学区域与地域特性的研究用功甚深，其先声可以追溯至去古未远的班固。班固在《汉书·地理志》中对《诗经·国风》的特色进行了带有开创性质的评价，主

---

① 屈大均：《广东新语》卷11，北京：中华书局，1985年，第317页。
② 《左传·襄公二十九年·吴札观乐》。

要聚焦在地域环境及地缘风俗对文学作品的影响方面。①无独有偶，在浸润楚地文化的基础之上辑成和发展了楚地歌谣、更开创和确立了对后世影响极大的文学形式的《楚辞》，凭"屈宋诸骚，皆书楚语，作楚声，记楚地，名楚物"②的特色，融地理空间内的文化于极富浪漫主义气息的文字中，为时人与后世标记和确立起"南""北"之别的概念。随着时间的推移和社会的发展，在自然地理之外，人文地理的权重不断提升，以相应处所为中心的政治环境对文学风气的影响日增，《文心雕龙·时序》"自献帝播迁，文学蓬转，建安之末，区宇方辑"③即为对权力盛衰与区域文学气相之间关联的探讨。至迟及此，以地理空间为载体进行的对审美经验和文学创作的研究思路已经确立和打开，自然地理特点及人文空间环境共同作用于文学表现，成为了对文学地理理解的共识。此后，围绕人地关系、文学地理关系的论述及记载常见但散见于历代笔记、散文、诗赋、诗话当中，累至明清，则进入了我国古代文学地理研究的最高峰。胡应麟在《诗薮》中提出了包括岭南在内的几个诗派，地域流派闪耀文坛，创作并辑成了数量可观的区域性文集，与此同时，区域文学总集的编纂工作也在此时进入极盛期；对个人、群体、流派等创作主体的动态分布、人文地理环境的专题性论述，对各地区区域文学的总体性评述的数量和深度都达到了前所未及的高度。至此，"地理"的意义，已经完成了从先秦两汉时期纯粹的地理意涵，到文学发生的人文空间、再到文学表达的美学宇宙的转向。

近代以后，一面是西方思想、理念、学科及理论的不断传入，一面

---

① 班固："故秦地于《禹贡》时跨雍、梁二州，《诗·风》兼秦、豳两国。昔后稷封
邰，公刘处豳，大王徙岐，文王作酆，武王治镐，其民有先王遗风，好稼穑，务本业，故《豳
诗》言农桑衣食之本甚备。……天水、陇西，山多林木，民以板为室屋。及安定、北地、上郡、
西河，皆迫近戎狄，修习战备，高上气力，以射猎为先。故《秦诗》曰'在其板屋'；又曰'王
于兴师，修我甲兵，与子偕行'。……吴札观乐，为之歌《秦》，曰：'此之谓夏声。夫能夏
则大，大之至也，其周旧乎？'"（《汉书》卷28《地理志》，颜师古注，北京：中华书局，
1962年，第1642页。）这段记载可以看出班固对《诗·风》中地理区域影响文学作品风格的
思考。
② 黄伯思：《校订楚辞序》，《宋文鉴》卷92。
③ 范文澜：《文心雕龙注》，北京：人民文学出版社，2001年，第673页。

是客观上碎裂的地理疆域与主观上迫切需要建构的家国意识相交织，在特殊的历史背景和新兴理论的支撑下，地理与文化、地理与文学的研究和讨论，不仅有了严密系统的理论方法做基础和依据，更被列入当时学部颁布的教育大纲中，"文学与地理"成为"中国文学研究法"之一，作为一种主流话语进入了教育再生产①，文学地理的相关研究一时成果迭出，如梁启超《地理与文明之关系》、丁文江《中国历史人物与地理的关系》等。也正是此时，岭南（实际上以广东为主）的研究随着梁启超等学者的提出和成果而开始发展起来。梁启超不仅将岭南地区置于中华文明共同体的框架之下，作为一个整体的部分来进行评述，更将整体格局宏升至全球和世界的高度，对近代以来岭南翻天覆地的发展进行了重新定位，有《中国历史研究法》及《世界史上广东之位置》等著述、文章。

20世纪下半叶，由于众所周知的原因，中国的学界、思想、社会生产等各方面都经历了一段时间的停滞。至80年代，文化地理、文学地理及更多的跨学科研究又一次勃兴并发展到另一个高峰。新时期的文学地理研究见树木也见森林，总体性、综合性的研究在前有基础上继续发展，理论框架与学科建构的力度不断增强，区域性、专题性的范围和深度也持续扩大和加深。宏观综合性研究著作，前有陈正祥《中国文化地理》，后有周振鹤《中国历史文化区域研究》及谭其骧的历史地理研究成果（如《中国文化的时代差异与地区差异》）；在中国文学地理学术体系的尝试中，杨义建构了完备的学理体制与多重多维的路径，成为不可撼动的文学地理学科基础，以《文学地理会通》为代表，并且下启许多后学，在文学地理研究的着力点和路径上实现了突破；面对创作主体，从籍贯地理扩宽到个人、群体、流派、家族、世族的动态流动地理层面，梅新林的《中国古代文学地理形态与演变》对此有详尽的阐述。与此同时，更有许多专题研究及论著、论文，持续推动着文学地理研究的发展。其中，古代区域文学史研究取得的成果是令人瞩目的，迄今已有许多区域如福建、山西、湖北、吴

---

① 璩鑫圭、唐良炎：《中国近代教育史资料汇编：学制演变》，上海：上海教育出版社，2007年，第364页。

越、岭南等古代文学史的研究成果①问世。理论、系统的学科建构也日渐成熟，"地名+学"的研究模式得到了广泛应用，以岭南为例，"打造理论粤军"、构建"岭南学"、攀登岭南文学高地的呼声也愈来愈高，以岭南为单位的地域文化与地域文学的研究朝系统、科学的方向不断发展的趋势也日渐明显。

（二）岭南的研究情况

"岭南"作为地理名称存在的时间很长，但其空间所指几经变化，"岭"最早并无特指，而是泛指，"岭南"一开始其实就是"山岭之南"的字面意思。在相当长的历史时期内，"岭南"一词一直处在从普通名词到专有名词的转变过程当中，并未如现代通用概念一般，特指南岭以南，或专指两广地区，甚至单指不包括海南岛的广东地区。直到唐朝划分岭南道，岭南的概念和所指才被政治区划力量界定和巩固了下来，最终定型并沿用至今。在进行地域文化、区域文学研究时，岭南的范围和对象多指今天的广东，以广府民系即粤方言地区为主（包括香港、澳门），同时，也涉及广西、海南、越南部分地区。②

早期的岭南面貌只能靠王朝史家零星记载留下的文字材料来略窥一二，对岭南的记述和评价大多是比较浅表和片面的。《史记》《汉书》《后汉书》等正史都对以当时南越国范围为代表的岭南情况做了一些记载，成为今可得见的关于岭南的最早的材料。汉末至南朝，代有奏议、地方志、物产志等与岭南有关的文献，但大多散佚不传，少数条目散见于后

---

① 分别有：陈元庆《福建文学发展史》，崔宏勋、傅如一《山西文学史》，王齐州、王泽龙《湖北文学史》，高宏年《吴越文学史》，陈永正《岭南文学史》。

② 岭南的具体空间范围有广、狭义两种定义。广义包括今广东、广西、海南、湖南南部、越南北部等地，狭义谓大庾岭以南，以今广东地区为主。见蒋祖缘、方志钦：《简明广东史》，广州：广东人民出版社，1987年。

世引文或类书中。①唐宋时期，任职广东、广西的刘询、周去非分别著成《岭表录异》与《岭外代答》，一定程度上能够反映当时的社会状况；及至明清，岭南经济发达，文教昌盛，诗坛繁荣，出现了《粤大记》（郭棐）、《广东新语》、《广东文选》（屈大均）等地域性专志、笔记，本地大家如陈宪章、孙蕡的别集，还催生了《广东诗萃》（清梁善长编）、《岭南五朝诗选》（清黄登编）等选集。古代时期，还有一些以岭南为空间背景而作的地理志乘及人物传略，如《异物志》《交广记》《百越先贤志》《广州人物传》等，从自然地理空间与人文地理空间两个维度，保存了关于岭南的精神财富。

　　近代以降，如前对文学地理研究的爬梳所述，随着地理、区域意识的强化和理论的不断完善，梁启超在《中国地理大势论》中率先提及"文学地理"这一概念，并说"吾粤乃今始萌芽"；从刘师培《中国南北不同论》开始，南/北成为考量文学区别与特质的时空先在。如果说这里的南北还不是五岭之南北的话，那么20世纪30年代汪辟疆在《近代诗派与地域》中则直接论述了包含岭南诗派在内的六大诗歌流派②，是较早对岭南文学的论述。1941年，黄尊生发表《岭南民性与岭南文化》，提出中国文化的发展重心在"一路南移"③，更强调了岭南与现代中国历史发展动向的关系，为后来的岭南文化研究提供了不少启发。与此同时，考古工作不断取得进展，为人文科学领域的研究提供了有力的保障。20世纪七八十年代以后，随着地域文化研究的又一轮高潮及由是炙手的"岭南热"，岭南及岭南文学的研究进入了一个全新、全面的阶段。

---

　　①　大致文献情况如下：《隋书·地理志》岭南部分的材料依据来自《三国志·薛综传》中薛综的奏议。《太平御览》《艺文类聚》《北堂书钞》等类书中的引文显示，晋时有顾徽《广州记》、刘欣期《交州记》、裴渊《广州记》；南朝时期有邓中岙《交州记》、沈怀远《南越志》、刘澄之《交州记》、郭义恭《广志》等文献。同时，还有一些岭南人物的专著如陆胤的《广州先贤传》、作者不明的《交州杂事》等，条文皆为《太平御览》《艺文类聚》收录，交州名士蔑有《交州人物志》。物产专著方面，以东汉杨孚《南裔异物志》为代表。

　　②　分别是：潮湘派、闽赣派、河北派、江右派、岭南派、西蜀派。见《汪辟疆说近代诗》，上海：上海古籍出版社，2001年。

　　③　黄尊生：《岭南民性与岭南文化》，北京：民族文化出版社，1941年。

在文学内部，对岭南诗词的研究主要分为个案研究和群体研究两部分，个案研究大多以文人的籍贯为划分标准，对文人进行籍贯归类后即讨论其个人的文学成就，一定程度上忽视了地域性格对文人产生的潜移默化的影响；群体研究则看重研究群体的社会属性和政治属性，岭南文学史上最长盛不衰的群体研究对象分别是贬官和诗僧（或遗民），在对岭南地区进行空间背景的论述时，偏重外部政治环境带来的影响，对岭南内部自身文化发展的因素考量不够。截至目前，岭南文学在古代比较突出的成就基本集中在诗歌领域，前人的研究成果也显示出岭南诗词研究的两个阶段性特征：其一，20世纪中叶以前的大部分研究重考而轻论，多为单独个案的整理与钩沉；其二，明清时期的诗词作品受到的关注最多，其中又以清初为甚，研究重点逐渐从诗文本身转向其背后的历史背景与社会现象，遗民群体、"逃禅"士人的作品作为群像代表而得到研究者的重视。

大体来说，关于岭南文学的研究，无论是通代文学史研究，还是具体现象、文人、作品研究，都侧重"文学"本身，对其身为"岭南"文学的地域特色论述，多从文学本位出发，以作品意境、风格的呈现为主要表达；真正对岭南的本土化思考、在地因素考量、空间背景影响等层面的探究并不十分深入和突出。

（三）国际研究情况

岭南地区因为地理条件的缘故，与外界的接触素来频密。在中西交流的进程中，岭南地区尤其是广州、港澳等地发挥了连通内外的桥梁作用，岭南地区的许多问题也具有较高的学术价值，历来得到国际学人的关注。本节将泛述国际上不同国家及地区涉及岭南的学术研究情况。

首先是欧美地区。德国学者李施霍芬（Ferdinand Richthofen）早在其《中国地理历史研究》（*China Ergebnisse eigener Reisen und darauf gegrundien*）中就谈及过与越南地区（古属岭南）相关的问题；传教士卫三畏的《中国总论》标志着美国汉学的兴起，亨特的广州行记被整译成《广州番鬼录·旧中国杂记》由广东人民出版社出版，细致地描绘了当时的广州面貌。同时，大量外籍传教士在粤港澳等地开办报纸、杂志，有在广州创办的《中国丛报》、香港发行的《遐迩贯珍》等，促进当时中国报业迅速发展的同时，也为记录当时的岭南社会提供了详实的材料依据。及后，对岭南地区的专题进行细致深入讨论的域外研究也有许多优秀成果，大家魏斐德在《洪业》中以岭南人士黎遂球的抗明事迹为例，对南方的遗民问题、遗民的身份问题及"忠"的内涵投以史家关注；瑞典汉学家罗思的 *The Rise of a Refugee God——Hong Kong's Wong Tai sin*[①]集中体现了他对岭南地方信仰的研究成果；普林斯顿大学学者艾尔曼则着力研究广东清代经学，论文《学海堂与今文经学在广州的兴起》为晚清广东学术史研究增补了国际角度与域外眼光。概括地说，欧美地区进行的关于岭南地区的学术研究，基本都是把岭南放在殖民话语体系的框架之下来审视的。

其次是日本地区。日本学者对古代交通、航道等情况的研究不少都涉及岭南地区，石田干之助在20世纪40年代出版的《关于南海的支那史料》[②]是较早的研究作品；作为"海上丝绸之路"概念的较早提出者，20世纪60年代日本即出现了从海上贸易角度进行的研究，三上次男的《陶瓷之路——东西文明接触点的探索》[③]通过广东汉墓内的出土文物，判断和论述了当时途经岭南的海上通道的发达情况。荒木见悟对中国佛教与思想领域用力甚勤，不少研究对象为与明清时期岭南地区颇有关联的人物，如觉浪道盛（与岭南僧团领袖天然函昰有交集）、憨山德清（曾讲经广州），其部分作品被同样研究明清佛儒思想的中国台湾学者廖肇亨译成中文，有著作《明末清初的思想与佛教》[④]、论文《觉浪道盛初探》[⑤]。此

---

①　Lars Ragvald, *The Rise of a Refugee God——Hong Kong's Wong Tai Sin*, New York, Oxford University Press, 1993. 此书暂无中译本，可译为《难民之神的兴起——香港黄大仙》。

②　石田干之助：《南海に关する支那史料》，东京：生活社，1945年。

③　三上次男著，李锡经、高喜美译，蔡伯英校：《陶瓷之路——东西文明接触点的探索》，北京：文物出版社，1984年。

④　荒木见悟著，廖肇亨译：《明末清初的思想与佛教》，上海：上海古籍出版社，2010年。

⑤　荒木见悟著，廖肇亨译：《觉浪道盛初探》，载《"中央研究院"文哲所通讯》1999年第9卷第4期，第95—116页。

外，户崎哲彦著有《唐代岭南文学与石刻考》，通过对今广西境内许多唐代石刻的考察，发出了"中国岭南地区文学研究的倡言"[①]；志贺市子则专攻岭南地区道教信仰，作品《香港道教与扶乩信仰：历史与认同》及若干相关论文，是对广东地区尤其是香港一带道教问题非常全面、深入和综合的研究。

还有一部分国际研究是以越南为中心的。越南的许多早期历史与发展源头，都与我国早期以及岭南早期的发展有密切关联，需要在我国古代相关典籍中寻找材料。面对这个问题，中国大陆和中国台湾、越南、法国、日本等国家和地区学界都倾注了颇多心力。法国学者伯希和（Paul Pelliot）1904年就已经在《交广印度两道考》[②]中提出了早期越南民族与百越民族互相之间迁徙流布的问题。早期的越南文学一定程度上是其时岭南文学的一个组成部分，越南学者从历史源流出发着重思考了中、越文学的关系，作品有邓台梅《越南文学发展概述》[③]、胡玄明《中国文学与越南李朝文学研究》[④]等。法国、日本学界出于各自的立场（殖民历史）也对越南研究抱有兴趣，分别对《二度梅》《金云翘传》等越南经典文学作品进行了基于中越文学与文化关系和影响的思考。

面对严谨的学术界态，必须客观地指出，国际视野中的岭南，在空间上常常被具体化为某几个特定的城市或地区；在研究对象和研究方法上，多为有针对性地对具体时段、具体人物、具体问题展开论述；或是从全球一体化的角度甚至殖民扩张的角度出发，侧重于近代以来岭南对外沟通、交流的作用与意义。将岭南视作一个整体的、动态沿革的地理空间进行的区域文化与区域发展探究相对较少。

---

① 户崎哲彦：《唐代岭南文学与石刻考》，北京：中华书局，2014年。第1页。
② 伯希和：《交广印度两道考》，北京：中华书局，1955年，第74页。
③ 邓台梅：《越南文学发展概述》，黄轶球译，收《黄轶球论译著选集》，广州：暨南大学出版社，2004年，第48页。
④ 释德念（胡玄明）：《中国文学与越南李朝文学之研究》，台北：大乘精舍印经会，1979年。

（四）述评与小结

综上所述，岭南作为一个地理单元，其文化表现、文学发展有自身的规律与特色，是长期以来客观存在的现实，但由于岭南自身发展与外界存在着一定的差距，岭南对中原地区的影响微弱，中原的强势文明对岭南影响却颇为深远。在古代社会中，受人地观念、华夷观念的潜在影响，对岭南地区的记述和研究大多停留在感性的、片面的印象式批评阶段。近代以后，随着西方思想的传入，中国社会格局的变革，岭南变远疆为门户，从文化辐射影响圈的末流爬升至自成中心的影响力顶端，岭南开始作为一个独立的地理单位，成为地域研究的对象。岭南自古拥有数量较多的港口，有着开放的传统；新航路开辟以后，成为中西方汇聚的交通要冲，具备了冲破旧有格局的条件。

在前人关于岭南的丰硕研究成果中，历史发展、文化演进的脉络扎实而清晰；在文学领域，自唐代岭南文学之树抽芽散叶以后，个案研究的深度和现象研究的广度实现了交叉覆盖，研究范围比较全面，但在研究文学的过程中，较为侧重文学本身或社会背景，论及岭南者，多为借地言物、借地言人，对地域文化的深层影响及意识生发提笔不多，岭南的地域特色对文学的渗透不够明显。从整体文学史上看，岭南唐前的文学园地稍显荒芜，资料少存，纵向发展过程中，岭南文体的类别也较为单一，基本以诗歌为主，研究时的中心多以"文学"为本位，综合地理、历史、政治、移民等变量对岭南文学的影响而进行的以地域为本位的研究较少。岭南的文学时时独立或脱离于地理之外，没能与自然地理、人文地理的空间相互结合，在地域文化性格的生成和延续问题上，没能最大限度地发挥和利用好文学这一表征的意义和价值。

第一章

岭南背景与概况

公元前222年秦征百越，设立三郡，郡辖范围被纳入行政版图当中，"岭南"自此作为一个伸缩性较强的地理指称沿用至今。《中国古今地名大辞典》中对词条"岭南"的解释是："古地区名。岭，一作领。即岭表、岭外、岭海，亦称峤南。泛指五岭以南地区。在中原人看来，岭南地区处在五岭之外，故名。"[①]在数千年的发展历史中，"岭南"完成了从普通词汇到专指名词的转变，其所指代的地理空间范围逐步明确，以唐朝划分岭南道为标志，进入了专指南岭以南地区的意义时代。大体来说，"岭南"在词义内涵上经历了空间概念从泛指转向特指、地理范围逐步缩小固定的变化，不再与大南北分界线以南的江南、福建等区域混同，以南岭以南为分界线明确了地理区域所在；随着王朝关注度的提升、自身经济贸易的发展、文化及教育等各方面的推进，岭南逐步形成了自身的人文区域特色，其范围由大变小，中心变散为集中，走出了一条由西向东、自北而南、开放朝外的发展轨迹。

第一节　史料中的"岭南"辨义

在目前可见资料中最早提及"岭南"的，一般公认为《史记·货殖列传》："夫天下物所鲜所多，人民谣俗，山东食海盐，山西食盐卤，领南、沙北固往往出盐，大体如此矣。"[②]有不少观点认为这条记载中的"领南"即指的是现代意义上的岭南地区，或者起码是秦时所设三郡的范围。但实际上，此处的"领南"并不应作此解。

首先，《史记》全书中出现"领南"的次数相当稀少，可见者仅此一处，没有其他证据或说明能够为此处的领南指"五岭之南"提供支

① 戴均良等：《中国古今地名大辞典》，上海：上海辞书出版社，2005年，第1773页。
② 司马迁：《史记》卷129《货殖列传》，北京：中华书局，1982年，第3269页。

援；"五岭"最早也见载于《史记》[①]，"岭"字在《说文》中解为"山道"[②]，与后世晚出的"山岭"意义有一些差别，《史记》也并未言明五岭的具体处所，五岭的范围经过后人的考订和研究才逐渐确立，并成为如今岭南的北极。其次，司马迁对秦时设立的南海、桂林、象郡等范围进行叙述时，采用的依然是惯用古称或当朝对该区域的行政表述，如"九疑""苍梧""儋耳"等；此外，由于赵佗建立的政权与西汉王朝并存了较长的一段时间，其国名"南越"也是《史记》中指代今岭南地区时使用频率较高的地名。与此同时，对华南地区盐业发展的考古研究表明，秦汉时期两广地区的盐业规模较小，专业性不高，没有形成产业，更不是当时全国范围内最发达的产盐地区[③]；且《史记·货殖列传》中对番禺出产的直接记载"番禺亦其一都会也，珠玑、犀、玳瑁、果、布之凑"[④]中没有提到盐，若以南越政权领土为空间对象的"岭南"在物产中的确有盐这一项，为何货殖罗列中不见，侧面佐证了前文中产盐的"领南"与现代意义下的岭南并不是同一处区域，将《史记》中的这段记载视作今岭南地区见载于籍的滥觞，或许是一种长久以来的歧义和误读。

古代中国社会分隔"南""北"概念的界限是动态变化的，这个界限可以是"岭"，可以是"江"，岭南、岭北，江左、江右在不同的时期不仅范围不同，其江其岭亦不同。在《史记》之后的大量文献记载中，"岭南"也曾多次出现，有与今岭南地区范围大致相合的，如《晋书·地理志》"秦始皇既略定扬越，以谪戍卒五十万人守五岭。自北徂南，入越之道，必由岭峤，时有五处，故曰五岭。……汉初，以岭南三郡及长沙、豫

---

① "秦为乱政虐刑以残贼天下数十年矣。北有长城之役，南有五岭之戍，外内骚动，百姓疲敝。"（《史记》卷89《张耳陈余列传》，第2573页）

② 许慎：《说文解字》卷九，北京：中华书局，1963年，第191页下。

③ 详见李水城：《中国盐业考古十年》，载《考古学研究》，北京：文物出版社，2012年，第379页；李巖：《从考古看广东的先秦商业》，载《广东经济》2002年第9期；李巖：《岭南先秦商业活动的考古学立场管窥》，载《古代文明》（第3卷），北京：文物出版社，2004年，第150—160页；陈伯桢：《中国盐业考古的回顾与展望》，载《南方文物》2008年第1期，第40页。

④ 《史记》卷129《货殖列传》，第3268页。

章封吴芮为长沙王"①记载的地区就与现代意义上的岭南地区相近，但范围更大；有些则与岭南地区无关，如《后汉书》《水经注》等②。真正为"岭南"确立"南岭以南"这一范围界限的还是唐朝时划全国为十道的政治举措，此后的史料中，"岭南"的指向非常明确，专指南岭以南的两广地区（依时代变化，曾包括越南部分地区和海南岛）。此前此后曾被使用过的岭桥、岭外、岭表、岭海、广南③等意义接近的重复词汇，也随着政治区划的确立和地理概念的巩固，逐渐划一为"岭南"。

也正是从唐朝的行政区划确定以后，岭南的地理范围开始固定了下来。此后，"岭南"的范围已经大致不出今天的广东、广西、海南及越南北部地区，岭南这一地理名词的弹性逐渐缩小。宋朝设路，分岭南为广南东路、广南西路，从地理划分上，意味着广东、广西从三国时分治交州、广州后，正式分离；从文化演进上，意味着以广东地区为主的粤地广府文化开始蓄力和勃兴，逐步领先了同属于"岭南"范围内的广西、海南，并且将"岭南"的文化意涵，从过去的统指岭南全境，逐渐向专指以广东地区甚至专指其中的广府民系而转化。

① 房玄龄等：《晋书·地理志》，北京：中华书局，1996年，第464页。

② 《后汉书·文苑传上》："夫雍州本帝皇所以育业，霸王所以衍功，战士角难之场也。……关函守峣，山东道穷；置列汧、陇，雍偃西戎；扼守褒斜，岭南不通；杜口绝津，朔方无从。"（《后汉书》卷8，北京：中华书局，1965年，第2603页。）这里的"岭南"指的是秦岭褒斜道以南。《水经注》中出现的"岭南"大多是泛称，或指作品中特定山岭的南部。见马雷：《"岭南"、"五岭"考》，载《中华文史论丛》2015年第4期，第352—353页。

③ 岭桥、岭外、领表，都是唐朝以前记载岭南时常见的名称。关于这几个说法，有研究者认为这是一种随意性强、不规范的体现："南朝宋范晔《后汉书·马援列传》：'峤南悉平。'……《后汉书·南蛮列传》载：'秦并天下，始开岭外，置南海桂林象郡。'马援'……岭表悉平。'……一书之内，把岭南称为'峤南'、'岭外'、'岭表'，随意性很大，用词极不规范。"见袁钟仁：《岭南文化》，沈阳：辽宁教育出版社，1998年，第4—5页。"岭海"由于自带诗意而更多地被应用在文学创作当中，约在唐朝以后才出现；"广南"是宋朝时分全国为十五路，岭南地区被划为广南东路与广南西路而得名的，如今"广南"一称虽不甚为人知，但"广南东路"却是"广东"的由来。此外还有"岭广"一词，在元朝时期被用来指代岭南，但岭广并非一个固定的行政区域名，加之元朝国祚不长，这个名字相较岭南的其他名称而言显得最为陌生。

第二节　岭南的自然环境分析及物产举要

南岭是我国重要的自然地理分界线，位于中国南部，约北纬24°－27°、东经110°－116°之间，东西长约600公里，南北宽约200公里，横贯湘、赣、粤、桂四省边界，可以视作广义岭南的北限。在交通不发达的古代，海拔1000米左右的南岭山地对南北交往有明显的阻隔作用。《禹贡》假托大禹划定国土为九州，由于南岭的阻遏，"岭南之地非九州之境"①，岭南之民也成为中原人心中的"异族"。吕后曾想发兵攻越，但阻于南岭以北："高后遣将军隆虑候灶往击之，会暑湿，士卒大疫，兵不能逾岭。"②西汉平南越后，好大喜功的汉武帝南巡，也只是"望祀虞舜于九嶷"③而返。可见南岭在古代社会中造成的交通困难及对政治势力南下所形成的障碍，是客观存在且影响较大的，也是导致岭南地区长期以来在主流社会中区域地位不高的一大重要影响因素。

南岭山脉中的大庾岭、骑田岭、都庞岭、萌渚岭、越城岭被认为与秦汉时期军队南下的五条通道有关，也被称为五岭，但实际上南岭的范围大于五岭。由于最早提出"五岭"的《史记》只使用了这一名词，并未说明具体是哪五个山口或水岭，以至后世对此五条交通通道的具体归属和考证，历来各有争鸣。④但无论五岭的归属如何论证，作为连接岭南与外界的几条主要交通通道，五岭的最大意义是在不同的历史时期，决定了岭南

---

① 杜佑：《通典》卷172《州郡·二》："自晋以后，历代史皆云五岭之南至于海，并是禹贡扬州之地。按：禹贡物产贡赋，职方山薮川浸，皆不及五岭之外。又按：荆州南境至衡山之阳，若五岭之南在九州封域，则以邻接宜属荆州，岂有舍荆而属扬，斯不然矣，此则近史之误也。则岭南之地非九州之境。"

② 《史记》卷113《南越尉佗列传》。

③ 《汉书》卷6《武帝纪》。

④ 五岭的说法不一，大致有"大庾岭、骑田岭、都庞岭、萌渚岭、越城岭"说（晋邓德明《南康记》），"大庾、始安、临贺、桂阳、揭阳"说（唐司马贞《史记正义》引裴渊《广州记》），周去非《岭外代答》言五岭非比山、乃入岭五途说，等等。其中，周去非的说法采信度不高，五岭的归属，以粤、赣、湘、桂几省，珠江、赣江、湘江几水系交汇分水处的出入口为具体对象的说法，比较有依据，也符合客观事实，正文中所列的五条通道是比较合理的说法。

地区的区域文化中心所在。秦汉时期，国家的政治中心坐西，顺流南下入岭，先至广西一带。由"宜广开恩信"而得名的广信地区成为了岭南地区早期发展阶段的首要中心区域。及后，随着国家政治中心的东迁和大庾岭地位的上升，西部入岭通道的交通意义为大庾岭所分取，重修后的大庾新岭道路宽17米，成为五岭诸道中交通最繁忙的一条，大庾岭不仅被誉为古代的京广线，还带动了粤北地区以韶关为中心的城市发展，形成了新的区域中心。珠玑巷也成为了移民入粤的中转站和枢纽点，积累下来的珠玑巷情节，实际上折射着岭南人对中原的依恋，在探寻岭南地域文化底色与意识的过程中，交通道路决定的中心城市，对地域文化及性格、心态所产生的影响，是源远流长的。在此还要指出的是，南岭对岭南地区的意义，实际上是"双面"的——一面是连接的、互通的意义，一面是封闭的、屏障的意义。岭南向内三面环山，向外则面朝南海，在南岭的围绕下，形成了一个半封闭的地理单元。这种封闭，一方面阻隔了文化的交流，让岭南地区早期发展显得缓慢；一方面却保留了岭南民性中的独立性和原生性，"长期孤悬南隅，文化相对封闭，使岭南的早期文化对外来文化的吸收中保持着这样一种方式：它只选择和吸收实际的、对自己有直接利用价值的物质文化，却并不改变长期形成的生活习俗和生存文化"。[1]南岭的存在，不仅在大部分时间为岭南地区隔绝了战火和兵燹，而且也让岭南的思想土壤较少地受到主流一元文化观的限制与束缚，加上海洋风气的吹拂，后期岭南文化成形并开始辐射外界，为岭南成为近代的思想策源地与革命的摇篮而打下了的基础。

岭南地区为亚热带季风气候，降雨充沛，水资源相当丰富，台风和暴雨也相对频繁。区域内一月平均气温在10℃-15℃，极端最低气温可达-4℃[2]，但范围极小、几率极低，植被为季风常绿阔叶林。地貌以丘陵

---

① 李德勤：《试论岭南文化的原生形态》，载《岭峤春秋·岭南文化论集（一）》，北京：中国大百科全书出版社，1994年，第32页。

② 本节内容中的数据来自赵济：《中国自然地理（第三版）》，北京：高等教育出版社，1995年，第260页。

和平原为主，广东一带多花岗岩丘陵，广西盆地常见石灰岩丘陵，喀斯特化明显，沿海地区球状风化程度较高，石弹地形随处可见。[1]

岭南区域内水系为珠江水系，由发源于云南马雄山的西江、源头在韶关市的北江和从江西南流至广东龙川并经过河源等地的东江共同组成。"西江之源最长，北江次之，东江又次之，南江最短，然水清于西江。"[2]几千年来，江水的奔流为三江的汇流之处带来了巨量泥沙，汇流点从一个浅海湾逐步形成了岭南最大的冲积平原——珠江三角洲。河谷及沿海河口也分布着其他大大小小的冲积平原或三角洲，这些三角洲互相穿插，相互连接，形成了复合三角洲平原。内部河网密布，水道发达，河流数量超过一千条。珠江三角洲由于基岩浅、来沙量大，向海伸展很快[3]，岭南自古至今的海陆地图变化非常大，许多如今已连成陆地的城市在古代曾经是一个个孤悬海外的岛屿，曾经的岸线也不断向海中推移。如今，广东省的海岸线长度与港口数量都排在全国前列。环珠江口地区的先民，因地制宜地发展出了渔猎、渔捞、农渔结合的生产方式；在水汽的氤氲下，形成了习水性、善用舟的在地风俗；通过港口及航线，与印支地区、东南亚地区甚至更远的异域范围产生交流，在岭南地区自身范围内，形成了与珠江中上游流域地区不同的特点，形成了地域内部的区别差别，为日后形成各自以苍梧、韶关、广州等地为中心的几处思想板块刻下了先期基础。岭南在南岭的外包围之下，内部是一个水的世界，水系、河流、海洋以及因此形成的沙田、三角洲，成为了孕育岭南地域文化的温床。岭南内部的"大东大西"之别及广东与广西，以及"小南小北"之别即粤北客家，潮汕，南方的广州、番禺，粤西的雷州、湛江之间的文化差异，也与这萦绕的水网环境大有关联。珠江三角洲作为岭南地区最大的平原，随着沙田的开发和利用，迅速提升了自身生产力，促进了经济的快速增长，吸引更多

---

① 赵济：《中国自然地理》（第三版），北京：高等教育出版社，1995年，第260页。

② 仇巨川著、陈宪猷校注：《羊城古钞》卷二"南江"条，广州：广东人民出版社，1993年。

③ 卢海滨：《岭南前事》，广州：广东人民出版社，2016年，第7页。

的移民南下聚族而居，在岭南社会单位中形成了牢固的宗族纽带，又带动了圩集、乡村甚至是城镇的形成与发展。城镇在明清之际于岭南大兴，富饶的物质基础上，以水网流向为纽带，广佛肇三地及粤西西江流域的商品流通网络四通八达，"百物辐辏，商贾常满"①。水流及海洋对地域发展的影响，在岭南发展后期的绝对中心——广州更是特别集中地体现了出来，"五岭以南，广州为一都会，三江汇其前，巨海环其外，气象开豁，语雄壮者，金陵而外，无所复让"②。如今的广东一省是无可置疑的商业前沿，在明清之际的岭南地区的社会经济发展中便已现端倪。

合宜的自然条件赋予了岭南丰富的物产，包括但不限于各类作物、海产、珍珠、布织等。在生产力和运输力都不太发达的古代，岭北不产的许多珍奇如犀角、象牙、玳瑁等都曾得到中原政权的特别青睐，在商贸往来和朝贡觐献时，都曾促进过当时尚不发达的岭南地区的文化交流，对当地的社会经济有着积极的意义。甘蔗、荔枝很早便名扬岭北，至迟在西汉时期，就已双双成为典型的岭南贡品。《西京杂记》（卷三）记汉朝与南越的朝贡往来谓："南越王尉他献高祖鲛鱼、荔支，高祖报以蒲锦四匹。"在收到刘邦的反馈后，翌年赵佗又以石蜜回献，石蜜即为一种甘蔗制品。岭南稻作技术成熟的时间也很早，东汉杨孚的《异物志》就有岭南出产两熟稻的记载，屈大均在《广东新语》中也明确提到过岭南地区的作物的熟制："志称南方地气暑热，一岁田三熟。冬种春熟，春种夏熟，秋种冬熟。故交州有三田，又语曰……南海有九熟之禾。"③下文中的"鱼蛤之肥"表明此地盛产海鲜。岭南多山，山珍与海味便一同爬上了餐桌，"食水产者、龟、蛤、螺、蚌，以为珍味，不觉其腥臊也；食陆畜者、狸、兔、鼠、雀，以为珍味，不觉其膻也"④的记载说明了岭南由于自身产出而形成了异于中原的饮食习惯。粤地湿润靠海，作物多熟、渔盐多利

---

① 嘉庆《龙山县志》卷2《杂着·圩市》。
② 梁佩兰、吕永光点校补辑：《六莹堂集》，广州：中山大学出版社，1992年，第425页。
③ 屈大均：《广东新语》卷14"谷"条，北京：中华书局，1997年，第371页。
④ 张华：《博物志》卷1，北京：中华书局，1985年。

之余，自古还是著名的产珠区。粤西的珠母港（今广东雷州与广西合浦之间）、粤东的大步海（今香港新界大埔水域）都盛产珠蚌。但以珍珠为代表的岭南名贵珍奇，却曾一度陷岭南于暴政高压与酷吏盘剥之下，直到中央政权对岭南地区的关注度逐步提高、态度逐步转变，才结束了岭南地区被不当统治的局面。

第三节　岭南的历史沿革、区域地位及发展规律

一、岭南地区的具体沿革及发展历程

秦汉以前的岭南历史情况可依据的材料不算丰富，只能通过考古发现与早期典籍的少量记载稍加拼凑。

韶关曲江狮子岩发现的马坝人（距今约13万年）化石证明，早在远古时期，岭南地区就曾经有人类活动的痕迹；广州东北郊暹岗出土的青铜器与陶片[1]则是中原文化与土著文化相结合的典型岭南早期文物。上古时期在岭南地区生活的先民是百越民族，三代至战国，"越"或"南"覆盖面都比较大（当"越"指周秦时期的越国时除外），说法也不统一，于越（夏）、蛮越（商）、扬越、荆越（周）、百越（战国）等，是华夏民族对南方诸族的泛称；吴越、闽越、南越、骆越等则与其部族生活的地理区域相关。今视当以吕思勉"自江以南则为越"[2]的定义最为简洁精准。在嬴政建立统一的帝国以前，在岭南地区生活的都是没有自己文字的少数民族，文明程度较低，由于自然环境和生产力条件的限制，社会发展与经济

---

[1]　考古信息参广州市文化局编：《广州秦汉考古三大发现》，广州：广州出版社，1999年。
[2]　吕思勉：《中国民族史》，上海：上海古籍出版社，2008年。

情况也还不发达。由于溢出政权管辖范围,华夏文明对此地的记载多限于对岭南外部情状及居民生活方式的描述;在态度和认知上,停留在猎奇阶段,视岭南及其民为荒蛮不化的蛮族,并在当时主流文明的标准下对岭南的一些风俗进行了批判。

翻阅早期典籍,《尚书·尧典》"申命羲叔宅南交""宅南方,其地曰交趾"①,明确地点出了地名;《逸周书·王会解》描述过一支由披发赤脚的瓯人、百濮人等岭南先民组成的队伍携带珠玑、翠羽等珍异前来商京的场景,是最早关于岭南地区贸易行为的记载。《庄子·逍遥游》讲了一个"宋人资章甫而适诸越,越人断发文身,无所用之"的故事,侧面反映了当时越地人民的生活特色,章甫在当时的中原文化中有着与文化相关的象征意义②,却在南方派不上用场,与当时执笔者和记述者的价值观不可谓不相悖;如果说《庄子》对此的评判主要是陈述事实,那么《墨子·节葬》则带有了明显的价值判断:"楚之南,有啖人国者,其亲戚死,朽其肉而弃之,然后埋其骨。……以为俗,为而不已。操而不择,则此岂实仁义之道哉?"③朽肉埋骨的丧葬方式被评价为不符合仁义之道,但时至今日,这种丧葬方式在岭南地区依然沿用,名为"二次葬"④。二次葬是一种非常适合岭南地区的自然环境的丧葬方式,尸体下葬后五到七年开地起骨,对节约土地资源也非常有帮助,与仁不仁义却没有什么关联。此外,想必没有哪个国家会为自己起名叫"吃人的国家",将楚南之地接近岭南的地区称为"啖人国",是因此地习俗与北有别,传播与认知

---

① 顾颉刚、刘起釪:《尚书校释译论一》,北京:中华书局,2005年,第32页。

② 宋国人把孔子戴过而出名的帽子带到岭南想要以"以物易物"的形式贩卖来换取岭南特产的珍宝,可越人断发文身,帽子没有用武之地。《礼记·儒行》:"丘少居鲁,衣逢掖之衣;长居宋,冠章甫之冠。"孙希旦集解:"章甫,殷玄冠之名,宋人冠之。"《说文解字》"冃"意:"冃,同帽,小儿及蛮夷头衣也。"段玉裁注:"谓此二种人之头衣也。小儿为冠,夷狄未能言冠,故不冠而冃。"(许慎、段玉裁注:《说文解字注》,上海:上海古籍出版社,1981年。)

③ 墨翟著、李小龙译注,《墨子》,北京:中华书局,2007年。

④ 中国内地从20世纪80年代起推行火葬,广东省于1994年颁布《广东殡葬管理办法》,改革土葬。港澳同胞、侨胞及其他政策允许的对象可以有条件地土葬。在广东彻底强制火葬前,仍有许多土葬地区采取二次葬的丧葬方式;澳门允许土葬,至今仍大量采取二次葬方式。

的过程中，既多讹误，也多偏见，记载一步一步远离事实、又被塑造成新的"事实"而流传，在中国古代文献中是很常见的。从《山海经·海外南经》"羽民国在其东南，其为人长头，身生羽"，到东晋郭璞注本中的"能飞不能远，卵生"，人身上长羽毛，一开始应该是南方少数民族身披羽毛以为服饰的讹传①，后来完全成了鸟类，这种完全不合逻辑的荒诞记载，都是在地特征被夸张、偏离，以满足记述者佐证自身观点的需求而造成的。长久以来被视作荒服的岭南地区，在秦朝以前，由于条件限制，没有得到主流文明的正确认识，也没有获得较多的关注。岭南全境被纳入行政版图以后，才开始得到缓慢的开发。

秦平天下，在国土南陲设置桂林、南海、象郡三个行政区划，包括今两广、海南三省全境及今越南中部、北部地区，面积在65万平方公里左右。三郡中南海郡相对发达，是当时的文化与聚居中心。南海郡范围内，郡治番禺（今广州）的社会经济情况和文明程度又处于较为领先的地位。秦始皇的确是位雄才大略的统治者，他派遣军队及五十万②戴罪商贾、遭谴赘婿南下越地屯垦戍边，合辑百越，无形中促成了岭南史上第一次大规模移民。惜乎秦祚只短暂，仅二世之功，中原便义军四起，在各方势力互相拼杀的十几年里，天下豪强无暇南顾，原为秦将、镇守岭南的"东南一尉"任嚣审时度势，临终前授命龙川令赵佗自立为王。"中国扰乱，未知所安……南海僻远，吾恐盗兵侵地至此……且番禺……亦一州之主也，可以立国。"③赵佗承其遗志，封关绝道，于公元前204年建立南越国，定都番禺。政权存续的近百年中，所辖范围在原秦三郡的基础上，继续向北（今福建、湖南）、西（今云南、贵州）和南（越南中部的林邑国）扩

---

① 葛剑雄、周筱赟：《历史学是什么》，北京：北京大学出版社，2015年，第12页。

② 秦始皇曾大规模地向岭南输入中原移民，这一点已得到公认，关于具体移民的数目则说法不一。"五十万人"的出处多依古籍，如梁廷楠《南越五主传》："谪有罪者五十万人徙居焉，使与土人杂处。"（载《岭南史志三种》，广州：广东人民出版社，2011年）但许多学者认为真实性存疑，其人数或少于五十万。在此只提出这一事件的存在，但本文不就具体人数的多少做专业统计与更深入的讨论。

③ 司马迁：《史记》卷113《南越列传》。

张。赵佗与刘邦都是富有政治智慧的君主，南越国政权与中原汉朝和平各安了许多年。但这种友好局面，被吕后晚年的"别异蛮夷"政策打破，赵佗随即"黄屋左纛"再次自立，后虽然在文帝的妥善处理下得到缓和，但随着赵佗的辞世，其孙辈在政治上的无能最终还是让南越国走向谢幕。

中原文明在南越国时期对岭南的记载主要出自《史记》《汉书》，自周朝以来就深深植根于中原人骨血当中的文明优越感在相关记载当中有一定的体现，比如最经典的对赵佗"魋结箕踞"的形象描写①，但比起其他史料，对以南越国为主的岭南地区的记载，两汉的史书还是比较客观的。以《史记》为例，相关列传以记录两个政权交往为主，没有着意过分突出岭南的自然环境、文明程度等，由于司马迁的生活时代与南越国的历史重合度较高②，《史记》不仅为后世的岭南研究保留和提供了丰富的文字材料，也相对客观地传达了汉朝政权对岭南的态度转变③，最大限度地从一个历史记述者的角度还原了南越国的相关情状。事实上，这是早期历史上，岭南仅有的一段得到中央王朝这种关注的时期。随着武帝再平南越，

---

① 《史记·陆贾列传》记载赵佗初见陆贾岔开双腿坐在地上，与中原礼数极为背驰。同出《史记》的《游侠列传·郭解传》"解出入，人皆避之，有一人独箕踞视之，解遣人问其姓名，客欲杀之"可侧证此行为在当时文明标准下的严重性。

② 武帝时期，赵佗已死，汉庭欲取南越之心日强，前有终军主动请缨剿南越王，后有韩千秋自告仅需三百壮士即斩吕嘉。韩千秋中吕嘉伏兵而死，其子韩延年得武帝封将军，随李陵北征匈奴。深陷重围时韩延年战死，李陵告降。司马迁为李陵辩解下狱遭刑，写出千古《史记》。司马迁35岁那年南越国亡，38岁继父职任太史令撰修史书，算得上是南越国历史的同期见证者。同时，他也是一位无可争议的伟大历史学家，《史记》中对以南越国为代表的岭南地区的绝大部分记载，都是公允的，在那个年代相对泛化的主流标准之下，这种公正客观，显得更为难能可贵。

③ 陆贾作为使臣客南越，赵佗接受汉王诏书，成为被中央王朝承认和册封的南越王，两朝保持岁贡关系多年，在《陆贾传》中有详细的记载。此时汉朝统而不管的态度是以"高祖有天下，知佗能合辑百越，恐遂为南边患"（梁廷楠：《南越五主传》）为基础的；后来事态发生转变，吕后晚年无故制裁南越，《史记》的《尉佗传》《南越列传》记载了赵佗的处理方式：先公事公办，苦无回应后，再次自立并发兵长沙国；后来文帝即位，两个政权的关系从兵临城下却六军不发的紧张对峙中重新得到缓和，但赵佗明言"事天子期无失礼"而已。赵佗去世后，其继承人一次次、一步步、一代代地摧毁他亲手建立起来的内外防御，从赵胡出尔反尔开始，让汉朝失去了对南越的信任，后来更是不惜卖国："汉兵临境，婴齐入朝，其后亡国，症自嫪女。"（《史记·南越列传》）把他亲手建起的国家拱手让人。

赵佗的雄才与苦心，连同着未及成熟的南越文明，一同被强势的中原力量磨平，此后的一千多年里，岭南都处于被中央王朝忽视的状态。

南越政权覆亡后，汉以其故地为九郡。[①]尽管南越国时期的治理和政策让当地经济、文化、生产等有了一定的发展，汉人与越人之间也有一些融合；但总体而言，两汉时期的岭南地区整体生活条件依然很落后，人口以生活习性与中原相异的少数民族为主，岭南的政治地位非常低，文化地位也只处于"被书写"和"被输血"的阶段。两汉到三国，中央王朝最大的责任是对岭南认知不正，施政不力，选派官员无德。汉时，南来为官的"文明人"，大部分都在岭南做下了攫取、掠夺、酷政之事，史不绝书[②]；面对岭南频起的"殊种异类"的抗乱，朝廷不省缘由，而变本加厉地施压，不果后，遂竟放弃儋耳、珠崖。经历了三国前期的群雄争抢、吴国时期的家族统治，随着晋室南渡，岭南地区在南北朝时期，有了两个重要的转变：其一是由于政权活动而导致的人口迁移改变了岭南的人口构成，大规模的北人南迁不断冲洗着原本以本地族群为主的人口结构，汉民族在岭南的数量不断增多；其二是随迁移者一同南来的中原文化改变了岭南当地的文教情况，不管是被朝廷选派还是贬谪而来的官员，还是出于避乱或畏祸心态而居身岭南的士大夫，[③]都是其时文化程度相当高的一批知识分子，他们对岭南当地相对落后的文化教育起到过推助作用。

分裂时期，尽管政权更迭频繁，但无论权落谁家，对岭南的治理和认识却出奇地相似：都对岭南当地民众尤其是少数民族带有偏见和蔑视；

---

①　分别是：儋耳、珠崖、南海、苍梧、郁林、合浦、交趾、九真、日南。其中儋、珠二郡秦时还未划入版图，是新开郡。

②　岭南的吏治问题出现很早，时间很长，主要是由于中央执政者没有真正尊重过该地该民，所以迟迟没能得到真正彻底的解决。朝廷一边说那里"人如禽兽"，一边逼得许多珠奴命丧海底，珠崖太守甚至对岭南人民强行割头取发，而依据汉时刑罚，死罪之下便是髡刑，可见官员行为的野蛮残酷。（胡守为：《岭南古史》，广州：广东人民出版社，2014年，第146页。）。

③　事实上，选择岭南作为避乱之地的例子出现得很早，将岭南或相关的地区作为流放地开始得也很早。东汉末年，战事纷乱，尽管当时的岭南在其他条件上都较为落后，但还是有许多人南来至此；晋室南渡，侨兴大族开始占据地位，岭南也成为了得势方打发异己的一处选择。如陶侃被王姓世族忌功，又如文豪谢灵运被贬，这些斗争中的失意者，最终都来到了广州。

除军事争抢和珍宝搜刮以外，几乎不认为也不承认此地对王朝有作用和意义；由官方力量推动的教育发展基本不存在，当地的文化和教育是在漫长时间里通过知识群体的改化和影响而逐步建立起来的。当然，这些情况不是绝对的，东汉平岭南反时也曾慰诱招降，选任岭南者也有良吏，更有著书立说者为岭南的文化建设添砖加瓦，但相比起整体层面上岭南所得到的政权垂注与态度，这些也只能让天平不至于过分倾斜而已。《后汉书》《三国志》《晋书》《北史》等各代历史典籍中的相关记载是体现这一时期岭南区域地位的材料。汉元帝面对"中国贪其珍赂，渐相侵侮，故率数岁一反"①的因官员贪赃枉法而导致的暴乱，询于贾谊之孙贾捐，贾捐在奏议中引《诗经》"蠢尔蛮荆，大邦为仇"的观点，说遥遥南方万里的远崖本就不足置郡县，又非只有儋、珠出产珍奇，弃之不可惜，且其地蛮人，如同禽兽，主张放弃二郡。②这种态度和论点也是当时岭外对岭南的基本立场和普遍观点。

更能体现主流文化中心对南陲人民态度的，是前者书写历史时对后者的用词用字。早期史书中提称少数民族，全都以反犬旁的"猩""獠"做记③，是一种非常直接明确的蔑写，至于"贼""蛮""夷"等字眼更是屡见不鲜。这种用字直到很久以后，汉人成为岭南地区的民族主体，对少数民族的认知逐步平和，才逐渐改用单人旁的"俚""僚"，反犬旁字开始被替代一部分，但仍有许多踪迹。《广东新语·文语·土言》记"广州人谓平人曰佬，亦曰獠，贱称也"④，证明直到屈大均生活的明清时期依然留存着这种对少数民族的不平等认知。事实上，岭南地区的少数民族人数众多，其发展程度各不相同，有处在原始阶段的，也有掌握较高的生产生活技术，甚至具备了较好的文明形态的。岭南地区与中原文明相较，的

① 范晔：《后汉书》卷86《南蛮传》，第2836页。
② 班固：《汉书》卷64下，第2835页。
③ 《太平御览》"俚"条，引万震《南州异物志》谓："广州南有贼曰俚，此贼在广州之南。"（卷785，第3478页）；《北史》载："《礼》云：'南方曰蛮……'然其种类非一，与华人错居。其流曰蜑，曰獽，曰獠。"（卷95，第3164页）
④ 屈大均：《广东新语》，第336页。

确处于落后地位，但岭北长期对南方诸族以偏概全，形成刻板印象，也是不客观的。

隋时，朝廷因民族领袖冼夫人的贡献册封其为谯国夫人，官方正史为其立传，对少数民族的态度有所缓和，原本处于半自治状态下的岭南地区及主体少数民族得到了中央政权的承认与肯定。科举制的确立为文化的传播和互通开辟了管道，大庾岭的凿通变天障为通途，汉文化进一步浸润岭南大地，北仕的岭南学子开始在史册中留下了名字。同时，唐朝时期的岭南作为贬官罪犯的最主要去处，在人口流动和文化播迁中，逐步完成了区域文化重心和区域民族主体的转变，长久以来散居于岭南各处的越人逐渐向广西、安南集中，或归化、融合于汉族，广东地区成为较为倚重的文化核心，其中又以粤北地区、番禺附近最为发达。唐末全国再次分裂之前，岭南的文化几乎已经完全由汉民族及汉文化主导了。但此时，前期形成的对岭南的固定认识，随着贬官的心态、情绪而被放大、泛化，一定程度上掩盖了岭南的真实面貌。

五代十国时期，岭南是割据政权南汉的属地，由刘氏家族掌权。立政之初，军强马壮，攻城略地，经济富足；中后期却荒淫暴虐，灭绝宗室，戕害族亲，后主刘鋹堪称前无古人后无来者的亡国之君。南汉国短短七十余年的历史中，最为重要的大事是越南的独立。自此以后，中国失去了对越南的统治权，在岭南文化中，原本就已留存不多的越人文化随着丁朝的独立而更加稀释，汉文化和汉民族的主体地位进一步巩固和确立。

两宋时期经济富饶，文明发达，岭南地区商贸繁荣，对外交往活跃。唐时创立的市舶建制在宋时得到进一步发展和完善，并成为日后粤地海关的前身；外贸的发达让广州城内聚集了不少外国人，称为"住唐"；城坊中还有专门的"番学"，即外商子弟的学校。但与此同时，宋朝的版图较之于其前朝后代是最小的，周边几大政权虎视眈眈，频频发难，无形中促成了北方人口的又一次南迁，这一次的目的地相较于前几次移民潮的终点又推进了许多，跨过大庾岭的移民在第一个落脚点聚集，成就了珠玑巷的千年荣光；继续向南、向西挺进珠三角地区的则成为了后来广府民系的源头。移民带来的教育发展是可以眼见的，出现了"异域化为儒雅俗，远民争识校仇郎"（宋代诗人谢伯初《寄欧阳永叔谪夷陵》）的景象。宋朝外患不绝，随着战事的升级，岭南天然的山峦屏障已经无法继续隔绝兵燹，南宋最后就沉没在岭南腹地的崖山海边。宋元鼎革是激发岭南文化中身份认同及家国意识的拐点，昔日的"南蛮""东夷"所在地爆发出前所未有的爱国豪情，岭南各地民众面对外族的入侵，以与大汉民族的主体意识与身份认同表现出了与王朝政权共存亡的家国气概，岭南民众对中原的认同感、对维护中华文明秩序的自身责任感深深地刻印进岭南文化的骨血当中，沉寂千年的南国疆土终于以民族主体的一部分、以抗击外敌的主力军、以极其正面英勇的形象出现在世人面前，并至今为历史所铭记。

　　明清是岭南高速发展、高度发达的时期，也是中央政权对此地区开始投入高度重视的时期。在建制方面，明沿用元行省制，但省界有变，以两广为主的岭南地区元朝时分别属于江西、湖广，明代改广东地区连同前朝的海北道成为明代十三行省之一，广西也独立成为行省。直到清朝，广东、广西的范围没有再产生什么大的变化。从明朝开始，岭南开始进入了一个以广东为发展龙头与重心的历史阶段，政权与王朝的重视与管治力度，偏向性较强地集中在了广东一带。不同于前朝历代，广东、广西、海南的发展虽然存在着内部差异，但岭南地区较之中原仍然是整体性的落后；对外贸易的兴旺、新型城镇的兴起、王朝重视程度的差异，让广东地区不仅一跃成为三省中的佼佼者，更以后生可畏的势头，追逐甚至赶超了岭北许多昔日大省的发展速度。曾经存在于大东大西（广东与广西）、大族外族（汉族与少数民族）之间的大岭南范围的不平衡，变成了集中于广东省内东部西部、民系内部甚至城镇周围的小范围发展距离，而"岭南"也从荒蛮瘴疠的代名词，变成代表广东地区的简称了。广东地区的经济发展迅猛，交通便利发达，城镇繁荣蓬勃，文化教育水平几创高峰，地域文化中的自主意识开始凸显，随着与广西、海南在政治、文化心理以及发展速度上的分离，广东区块经过了在广义岭南文化中长时间的沉淀、共生，终于成为独立而典型的文化代表，确立了现代意义上的岭南文化意涵。我们讨论岭南文化，当背景阶段进入明清时期，基本上就指的是广东地区、广府民系的地域文化了。

二、岭南地区发展的整体规律：岭南四步走

从历史发展的总体进程来看，迄秦汉至明清，岭南地区经历了"四步走"。第一步，以化外之邦的姿态，开始向文明开始迈进；第二步，以南滨王土的角色，对自身身份建立认同；第三步，以新张的文化使命与守护正统的责任立场，对欺侮奋起抵抗，也对文化原点进行追问，逐步建起了在大文明共同体框架之下的地域自主意识；第四步，以后来居上的傲气，对偏见进行清算，对定位进行重置，对曾经的文化母体产生不可逆的影响，作为一个新的思想中心，开始向外产生辐射。这一次的"外"不仅仅是以岭南为圆心的岭外，而拓展到了更广阔的国家疆域之外，开始与整个近代世界发生无法割裂的联系。

岭南地区发展进程的"一步走"，以秦始皇统一并开发岭南及赵佗建立并发展南越政权为主体。此时岭南的区域重心是苍梧广信和广州番禺。无须证明，岭南作为一个较为落后的文明区域，其向先进文化学习、向主流文化靠拢的发展开端，是从秦平天下开始的。先秦乃至更早之前，关于岭南的发展，地上、地下的证据皆不多见，在为数不多的史籍侧证与考古支持下，除了能够对此地百越杂居、受楚文化影响、社会发展与中原地区相异、与中原文明的确存在一定程度的交流等方面进行一些大致的判断，更多、更具体、更实在的探究，都还只是一个个自圆其说的观点而已。而大秦尽管命短，但却实实在在地把岭南一地同时纳入了国家的政治版图与文化版图当中，不仅书同文，为岭南地区带来了汉字，而且"语同音"，让岭南的语言环境从原本"重译乃通"的各种方言开始向统一的官方语言学习。五十万军民南下，为岭南的人口结构进行了一次"输血"，拉开了汉越合辑的序幕，为岭南地区带来了先进的文明、生产技术、手工匠人、商业头脑……成为了岭南全面汉化的开端，打下了岭南从百越杂处

之地逐步变成汉族聚居地区的基础。秦亡后天下纷争，时势成就赵佗，而赵佗建立的南越政权则成就和维护了"新造未集"的岭南地区的和平与稳定。中原的农民起义、诸侯逐鹿、楚汉相争烧红了大半个版图，刚刚结束无政府状态不久的岭南地区，早先互不统属的越族首领与部族酋长实际上蠢蠢欲动，而任嚣临终对赵佗的授意，则阻止了潜伏着的岭南再度分裂的危机，抵御了少数民族趁机动乱的风险，巩固了新建立起来的集权统治，尽管实际的集权统治者中心已经从秦王朝转变成了南越国，但南越政权的统治集团基本是南来的汉人，作为高级文明的代表，在岭南推行合辑百越的政策，为岭南地区提供了一个相对和平稳定的发展环境。在岭南地区发展刚刚起步的阶段，这种和平与稳定是难能可贵的。西汉建立之初"与民休息"，南越政权也逐步稳固，岭南开始与汉朝建立"互市"，换回当时的生产条件下岭南所亟需的铁器与牲畜，促进了当地的农业生产和冶铁发展。在南越政权存续的近一个世纪的时间里，岭南社会"中县人以故不耗减，粤人相攻击之俗益止"①。南越政权亦立亦臣，绝不是破坏统一、更不是复辟倒退，而是在秦王朝统一天下的基础上，带领岭南向着更高级的文明姿态跨出了迈进的第一步。后来汉朝收复南越，战火甫停，武帝便赶忙在岭南要地"广施恩信"，把岭南的治所——广信——通过天威确定了下来。这一行为意味着岭南又一次被纳入了中央政权的有效统治之下，中原文化的强辐射力愈加明显，在强势的影响力下，原生的南方色彩、百越根基被挤压、过滤、下沉，岭南地区的文化开始儒化、规范、定型。作为海上丝绸之路的始发站，岭南向外交流的序幕业已拉开。

岭南地区发展进程的"二步走"，是民族的不断融合，以史上连续不断的移民为基础，以南朝、隋朝时期的冼夫人的业绩及影响为标志。这一时期岭南的区域重心是交州、广州。南朝时期冼夫人率俚归汉、并表示永附政权，岭南的民族矛盾因为政治向心力而得到化解。冼夫人身为豪酋首领，拥有军权，但诫约本宗，维护岭南的内部稳定，还促进了全国的统

---

① 班固：《汉书》卷1下《高帝纪》，第73页。

一与和平，建隋后，教导族人"汝等宜尽赤心向天子，我事三代主，唯用一好心"。①少数民族不臣是古代社会中常见的矛盾与对立，也是岭南地区社会与岭北融合时遭遇阻碍的深层根源，长期处于羁縻状态之下，位于权力边缘和文化边缘的岭南无法得到强有力的保障和快又稳的发展。同时，岭南的人口构成也在此时发生了根本性的变化，秦时、汉末分别有两次显性、大型、一步到位的向岭南地区的移民活动，在此期间，还有一直存在的隐性、连续、潜移默化的人口融合与人口流动，冼夫人自己就做到了几代人都亲身联姻，并且率领大部分岭南少数民族归附隋朝，民族融合的程度日益加深，曾经在岭南是数量上的少数民族的汉族，逐步变成了主体民族。长期以来，岭南地区的少数民族武力行为接连不绝，当朝政权大多定义为"南蛮叛乱"，从而招致更为严酷的武力甚至军事镇压，使岭南民族关系紧张，社会发展缓慢，政制治效不高，文化发展双向受阻——一面是少数民族因被压榨、掠夺、强取等不公平待遇而对统治阶层抱有抵触情绪，影响了当地的文化融合与发展；一面是叛乱频发的社会面貌传入中原，为自视"礼仪之邦"的中原人所不齿不屑，对岭南地区的文化生出了一些偏见，阻碍了文化与思想的顺畅学习及沟通。在岭南民族矛盾不再最为尖锐、汉族逐步占据主体之后，这些问题渐渐解决，功及几代，影响深远。

　　岭南地区发展进程的"三步走"，是文化心理与身份认同的建立，最为重要的时间节点是宋朝，尤其是南宋。该阶段岭南的区域重心开始转向广州、韶关。偏安一隅的政权不仅带来了更多的世家大族，还让整个中国古代的政治、经济、文化乃至宗教重心都发生了转移。在正统尊严遭受挑战、蒙受屈辱、国家积弱开始走下坡路的这个历史时期，珠玑巷作为连接移民的交通与情感枢纽开始大放异彩，也成为了岭南与中原之间的中转站点，越来越多的岭南人热衷于追寻自身文化背景在珠玑巷的"开基"，实际上是一种对中原正统文化身份的追寻和认领。此外，南宋尽管政治疲惫，在经济发展、文教艺术、对外交流等各方面都非常不俗。南宋淳熙

---

①　《隋书》卷80《谯国夫人传》。

十六年（1189），广州出现了第一间书院，教育发展蓬勃，中原文化的传入让此地文生发自内心地认同自己的文化身份，并且生出维护文化秩序的责任与自觉，岭南地区已经不再是化外荒服，而成为了一个完全汉化的区域了，岭南此时的中心广州"建炎以后……俗化一变，于是衣冠礼度，并同中州"。当岭南向外确立了自己在整个文化共同体中的身份与地位，向内也辟清了自身的民系发展方向，粤方言、潮州方言与客家方言在这一时期开始形成，岭南内部的民系板块自此变得分明起来。南宋的偏安带动了整个东南地区的发展和崛起，在富饶的经济、扎实的人口、成熟的文化、互融的思想基础之上，岭南地区以此为拐点，借助政权沦亡的国仇家难，展示了自身的血脉玄黄，拾获了文化母体的认同与接纳。其自身的经济、文化、思想，也随着国家整体重心的综合性南移而得到了跨越式的发展。

岭南地区发展进程的"四步走"，是光炽四方的明清时期。广州已经稳坐区域重心的第一把交椅。随着沙田的开垦与珠江三角洲人口的迅速增长，岭南（主要指广东地区）的城市形态和宗族单位在明朝时期变得明确而牢固。农业生产具备了相当的规模，在可稻种、可养菱、可煮盐、可饲鱼的沙田的支撑下，岭南的经济、水利、手工业发展迅猛。港口、商业的发展超越其他地区，领先全国，广东成为了岭南地区的发展龙头，岭南则成为了全国商业、经济及对外往来的发展龙头。与此同时，以儒法为根基、礼制为诫约、以血缘为纽带的宗族集团则促成了岭南一地风俗文化的发展及人文思潮的勃兴。岭南地区重家传、多谱牒、修祠堂，在距离魏晋门阀千年以后的明清，开始格外重视起了宗族的意义与功用，对后来的华侨团体也有深远的影响，至今仍然滋养着岭南的地域文化。"粤地多以族望自豪……故氏族自繁而门第自别。"[①]明清以降，随着岭南的经济实力不断提高，教育水平日渐发达，岭南文化在中国整体文化中的地位不断跃升，至清朝，岭南已经在整体文化序列中得到了重新排位，不再居末，为近代后开启的新篇章打下了基础。

---

① 　《佛山忠义乡志》卷9《氏族志》。

第二章

化外星火："前岭南时代"
的文学状貌

"粤处炎荒，去古帝王都会最远，固声教所不能先及者也。"①先秦至汉魏六朝时期，是岭南地区发展的早期阶段。秦代移民越岭而下，不仅是民族融合的开始，也为岭南带来了中原文明、儒家文化和汉族文字。文字的记载和传承功能，为保存岭南早期面貌及文学情状提供了可能，尽管数千年来卷帙散佚，但仍然有为数不多的文辞句章穿过了历史的尘埃，为烟瘴笼罩的岭南留下了几点照亮迷雾的星火。本章将论述唐代以前的岭南文学情况，"岭南"的空间范围以相应朝代的行政建制为主（如秦汉时的郡县、三国时期的交州）；"文学"的对象范围，由于其时岭南地区的文化、教育水平相对落后，故择其大者，将在岭南空间内产生的文字作品（必要时也包括关于岭南的文献）皆列入其中。

第一节　奏议、上疏中的文学掠影

一、赵佗书与陈元疏：岭南文学的"情感源头"

"南越文章，以尉佗为始。"②作为岭南文学的滥觞，《报文帝书》③"辞甚醇雅"，被王朝史书引录而传世，是如今可见最早的岭南文献。以尉佗文章为代表的被史书收录的若干奏议、书信，是早期岭南文学的重要组成，也是文化相对落后、地位较为失重的岭南地区，在文学创作的"真空"中得以被保存最完好的部分。

两汉期间，赵佗定都番禺，上《报文帝书》；杨孚南海为官，奏《谏用兵匈奴书》《请均行三年丧疏》④；以经学成就而垂名于世的广信父子

---

① 屈大均：《广东新语》，第321页。
② 屈大均：《广东新语》，第332页。
③ 班固：《汉书》卷95《南越传》，第3851—3852页。
④ 欧大任：《百越先贤志》，"杨孚"篇末作者按："据范晔、袁宏《后汉书》、黄恭《交广记》、《艺文类聚》、《初学记》、吴铣三《才广记》参修。"

陈钦、陈元，有《上言虏犯边》《请立左氏传疏》《上疏驳江冯督查三公议》①及一段短小的《陈氏春秋》疏文②传世。

赵佗于岭南有勤治、合辑之功，实居君王之位，其与汉帝、使臣（贾谊、严助等）的文字往来，因发生年代早、本人地位高、保存状况好，被历来爬梳岭南文学史的学人追为源头。但严格来说，赵佗奏章（包括汉文帝回诏）由于其性质、目的的特殊性，既不能代表当时岭南地区的文学水平，也无法反映文学中的地域意识，史料意义大于文学功用。屈大均说"其中国人代为之耶□抑出于南越人之手也□"③，句读标点应为问号，代表这一文书的真实作者连翁山也存有疑惑，后人更是不得而知。从当朝到后世，岭外的"闻喜""获嘉"④两个县名，定格了几千年前的大悦龙颜；岭内的白云山、越王墓则承载了千年后的文学想象。百岁高龄的赵佗必定不曾想到，千载悠悠，一纸奏书成了自己创建的政权范围内最早的传世文献，成为了后世岭南人溯源寄托与依归，更成为了常写常新的文学对象。《报文帝书》本身没有对岭南的文学产生太大影响与作用，但其背后的历史和故事却充实了后世文学的书写素材。从这一点上说，谓赵佗文章为越文之始，称《报文帝书》开岭南文学之先，确乎合宜。

汉朝是古代历史上一个文化思想大碰撞后，实现了第一次大定格的时代。《汉书·五行志》概括其思想进程为："汉兴，承秦灭学之后，景武之世，董仲舒治公羊春秋，始推阴阳，为儒者宗。"随着思想格局定于一尊，统治版图也重收南越，从疆域的统治和思想的统治都进入了"大一

---

① 载《后汉书》卷36《陈元传》。

② 杨树达《汉书窥管》（上海：上海古籍出版社，1985年），引清陈文洪《左转旧注疏证》中对许慎《五经异志》（已佚）的摘录，其中有一段《陈氏春秋》的疏文。原文如下："《左传》表公十四年西狩获麟，奉德侯陈钦疏：说《左氏》者云：'麟生于火而游于土，孔子作《春秋》，《春秋》者礼也，修火德以致其子，故麟来，而为孔子瑞也。'陈钦说：'麟，西方毛虫，金精也。孔子作《春秋》，有立言，西方兑为口，故麟来。'郑玄以为修母致子不如立言之说密也。"

③ 屈大均：《广东新语》卷11《文语》，第320页。

④ 闻喜、获嘉是两个得名与岭南直接相关的县份。公元前111年，南越被攻破为汉所平，老臣、越相吕嘉被杀，汉武帝行至左邑桐乡、汲县新中，听闻消息，即将二地改名为闻喜、获嘉。此二县名分别在隋唐、魏晋时期被统治者短暂改名，但后又复用，一直至今。

统"的圈子里。为了更好地控制岭南地区，汉武帝"初开粤地，广布恩信"，广信位于灵渠沿漓江而下、汇入珠江主支流之一西江的重要入口，在距离上，比番禺离当时的国家首都更近，而且番禺作为南越国的定都地点，汉室不可谓不忌惮，选择广信，也是一种制衡，广西一带此后近三百年都扮演着岭南地区文化重心的角色，实际上是权力斗争的结果。所以出现了早期岭南发展历史上东西并举的局面，一边是以番禺为中心的东部重镇，一边是雄踞西部人才代出的苍梧、广信。"由两汉至南北朝是广东学术思想发展的第一时期……中原的学术思想……印度佛教，以至海外各国文化，亦多自……抑守西江要冲的苍梧，遂成为中原学术文化与外来文化交流的重心。"①陈氏父子是此时此地的一个代表。

陈钦、陈元被公认为岭南最早的思想家，著述颇丰，惜大多不传，绝大部分徒有名、目②，幸《后汉书》为陈元立传，留下几篇珍贵奏疏。相比来自河北真定的赵佗，陈氏父子是籍贯明确的岭南（苍梧郡广信县）人；杨孚的奏议全部围绕中央王朝的施政，而陈氏上疏则通过个人的今古文立场展现了当时以苍梧一带为代表的岭南学术发展情况。西汉末年轰轰烈烈的今古文经之争，不仅仅是同经异传中的学术观点与学术立场的较量，更是掌权阶级、话语阶级的内部斗争，重史与重义的古今文之别甚至成为了朝与野、新与旧之间争执不让的表层面纱。董仲舒罢黜百家，不仅独尊儒术，更独尊《公羊》，随着今文经学的发展与荒诞迷信的谶纬相捆绑，汉儒解经过分"六经注我"，走向了神学与教条的腐朽迷局，西汉末年的统治危机也是今古文经各为阵营的一针催化剂，引发了这场与政权统

---

① 罗香林：《世界史上广东学术源流与发展》，《广东建设研究专刊》1947年第二卷第一期。

② 关于陈元的著述，《后汉书》本传中的记述是："元少传父业，为之训诂。"唐陆德明《经典释文序录》载"司空南阁祭酒陈元作《左氏同异》"。清钱大昭《补续汉书艺文志》增"《左氏训诂》"，顾穰三《补后汉书艺文志》则记为"《春秋训诂》"。《后汉书》本传辑原文的有：《请立左氏学博士疏》《驳令司隶校尉督察三公疏》；各书提及而不见原文的有：与范升论争立左氏学博士的疏本10多篇（见《后汉书》本传）；《为司空宋宏下狱讼书》（见唐《北堂书钞》引《华峤后汉书》）；《为大司徒欧阳歙坐罪死上书追讼》（见《后汉书·欧阳歙传》）等。

治密切相依的学术大论争。古文经派麾下除主帅刘歆以外还有一员大将，就是苍梧人陈钦。陈元子承父业且青出于蓝，不仅为东汉时期古文经派的发展力排众议，铺平道路，更开立了岭南地区自此而始的经学传统。相较于时热甚炙的今文经学，古文经派简繁琐，远妄诞，重本义，秉师承，陈钦、陈元的经学思想与主张，在岭南地区是拓荒的、开放的；在中原地区是先进的、务实的，这种精神对后世的岭南文化性格及文学生态塑造影响深远。在粤人总集《广东文集》①中，《陈议郎集》（陈元官至议郎）被排在首位，翁山序云："陈议郎何以有集？屈大均曰：'议郎无集也，而为有集也者，以其奏疏二篇，盖吾粤文之首始。'……录之以冠《广东文集》，使天下人知……为领海人之光华乎！"②

　　从文学发展的角度来说，早期的文学门类相对广泛，往往与后世产生的"纯文学"概念有别。在主流文化几千年的绵延过程中，尚儒、尊经的传统经久不衰，陈家三代的经学贡献在早期的经学版图中摁下了一颗岭南的图钉，对于素喜厚重、悠久与传承古代社会价值标准而言，无异于为岭南一隅在文化回溯时，争取了一份积累和厚度，更为此后长久被视为化外蛮夷的岭南人士增添了一份底蕴和自信。通过对陈元疏文的管窥，在当时的历史背景下，"夫至音不合众听，故伯牙绝弦；至宝不同众好，故下和泣血"展示的是陈姓父子在学术上慧眼独具的坚持，"先帝后帝各有所立，不必其相因"则透露出理据分明、敢于直谏的立场和勇气。③作为最早的岭南籍学者，其书文及精神不仅代表了当时苍梧一带的最高学术水平，更为岭南后世经学发展打下牢固的基础，也在岭南文学草创之初为后代文学注入一股开拓开放、务实务本的力量与精神。

---

　　① 　本书是作者的半成作品，未完时已付印。由于清时文网苛严，屈大均作品屡遭禁毁，《广东新语》中有"予尝撰《广东文集》"之语。后幸得学者朱希祖及后人的艰难搜集和妥善保存，并将所藏孤本《文集》捐赠南京图书馆，成为2015年大型地方文献丛书《广州大典》中《广东文集》的重要依据与底本，《广东文集》经历了几百年的销禁、战火与流离，才终于得以重现其原貌与价值。

　　② 　屈大均：《广东文集》，清康熙刻本。

　　③ 　《后汉书》卷36《陈元传》。

二、魏晋南北官员奏章：岭南政治地位与民生情状的镜子

三国时期，岭南地区大部分时间在吴国辖下，称交州。长居交州的薛综曾上书孙权细表当地情状[①]；晋武帝收吴后，针对当时统领全国罢州郡兵的要求，及合浦一带珍珠贸易征调的沉重负担，时交州刺史陶璜上奏晋帝[②]。薛、陶奏章对当时交州的风土人情、民生状态、政治情况、军防、贸易等方面叙述详尽，是三国时期岭南地区较为重要的文字材料。南朝宋，始兴（在今广东韶关）太守徐豁上言陈事[③]，反映了当时岭南地区存在的一些具有代表性的问题如武吏、银民、俚赎[④]等。这些奏议绝大多数是揭露或指出岭南社会问题的，礼教未兴、叛乱时发、税高徭重等问题屡见字端，文中或谓"日南郡男女……可谓虫豸，有腼面目耳"（薛综），又云"此州之人，识义者寡，厌其安乐，好为祸乱"（陶璜），亦常见"未堪田作……乃断截肢体，产子不养，户口岁减"（徐豁）之辞。此引薛综一奏，时吕岱被从交州召出，薛综深恐继吕岱者不堪岭南地区管领之任，上奏细数此地前情与现状：

昔帝舜南巡，卒于苍梧。秦置桂林、南海、象郡，然则四国之内属也，有自来矣。赵佗起番禺，怀服百越之君，珠官之南是也。汉武帝诛吕嘉，开九郡，设交阯刺史以镇监之。山川长远，习俗不齐，言语同异，重译乃通，民如禽兽，长幼无别，椎结徒跣，贯头左衽，长吏之设，虽有若无。自斯以来，颇徙中国罪人杂居其间，稍使学书，粗知言语，使驿往来，观见礼化。及后锡光为交阯，任延为九真太守，乃教其耕犁，使之冠履；为设媒官，始知聘娶；建立学校，导之经义。由此已降，四百余年，颇有似类。自臣昔客始至之时，珠崖除州县嫁娶，皆须八月引户，人

---

① 薛综议论全文收《三国志》卷53《薛综传》，第1251—1253页。
② 陶璜奏章全文见《晋书》卷57《陶璜传》，第1560—1561页。
③ 徐豁奏章全文见《宋书》卷92《徐豁传》，第2266页。
④ "赎，蛮夷赎罪货也。"见司马光《资治通鉴》卷133"太豫元年七月"条胡注引文。

民集会之时，男女自相可适，乃为夫妻，父母不能止。交阯糜泠、九真都庞二县，皆兄死弟妻其嫂，世以此为俗，长吏恣听，不能禁制。日南郡男女倮体，不以为羞。由此言之，可谓虫豸，有腼面目耳。然而土广人众，阻险毒害，易以为乱，难使从治。县官羁縻，示令威服，田户之租赋，裁取供办，贵致远珍名珠、香药、象牙、犀角、玳瑁、珊瑚、琉璃、鹦鹉、翡翠、孔雀、奇物，充备宝玩，不必仰其赋入，以益中国也。然在九甸之外，长吏之选，类不精核。汉时法宽，多自放恣，故数反违法。珠崖之废，起于长吏睹其好发，髡取为髲。及臣所见，南海黄盖为日南太守，下车以供设不丰，挝杀主簿，仍见驱逐。九真太守儋萌为妻父周京作主人，并请大吏，酒酣作乐，功曹番歆起舞属京，京不肯起，歆犹迫强，萌忿杖歆，亡于郡内。歆弟苗帅众攻府，毒矢射萌，萌至物故。交阯太守士燮遣兵致讨，卒不能克。又故刺史会稽朱符，多以乡人虞褒、刘彦之徒分作长吏，侵虐百姓，强赋于民，黄鱼一枚收稻一斛，百姓怨叛，山贼并出，攻州突郡。符走入海，流离丧亡。次得南阳张津，与荆州牧刘表为隙，兵弱敌强，岁岁兴军，诸将厌患，去留自在。津小检摄，威武不足，为所陵侮，遂至杀没。后得零陵赖恭，先辈仁谨，不晓时事。表又遣长沙吴巨为苍梧太守。巨武夫轻悍，不为恭所服，辄相怨恨，逐出恭，求步骘。是时津故将夷廖、钱博之徒尚多，骘以次锄治，纲纪适定，会仍召出。吕岱既至，有士氏之变。越军南征，平讨之日，改置长吏，章明王纲，威加万里，大小承风。由此言之，绥边抚裔，实有其人。牧伯之任，既宜清能，荒流之表，祸福尤甚。今日交州虽名粗定，尚有高凉宿贼；其南海、苍梧、郁林、珠官四郡界未绥，依作寇盗，专为亡叛逋逃之薮。若岱不复南，新刺史宜得精密，检摄八郡，方略智计，能稍稍以渐治高凉者，假其威宠，借之形势，责其成效，庶几可补复。如但中人，近守常法，无奇数异术者，则群恶日滋，久远成害。故国之安危，在于所任，不可不察也。窃惧朝廷忽轻其选，故敢竭愚情，以广圣思。

　　这些与王朝政举直接相关的奏议文书，一方面上陈的是岭南地区的

诸多社会问题，另一方面，也体现出岭南在中央王朝管治中的地位和统治阶层对岭南的政治态度。在奏议与回诏的字里行间，不难拼凑出执政王朝对岭南态度及认识的几个关键词——边裔、珍奇、蛮族、荒弊，在道德标准、文化标准都以中原文化为准绳的导向下，无论是岭南自身发展的缓慢脚步，还是王朝偶见良吏大体无为的管理举措，都没能改变岭南的化外地位，反而在无形中形成了一些刻板印象与定调认知，并且在后来的漫长岁月中被进一步固化和加强，一度成为岭南发展途中的一个阻碍。此时，在相对稳定繁荣的社会环境下，中原的文学气象已是蓬莱文章建安骨，而南裔的文学道路依然迢迢复迟迟。

第二节　地方志乘中的传说记载与早期小说

一、破碎零落的神话

鲁迅在《中国小说史略》中说："神话不特为宗教之萌芽，美术之由起，且实为文章之渊源。"[1]中国上古的神话体系是破碎的、被篡改的，岭南地区的早期神话主要分为两类，第一类是与我国神系一样的神话碎片，另一类则是保存在少数民族口头与记忆中的故事传说。

第一类以西周时期的五羊神话为代表。五羊神话是岭南地区最早的神话传说，但相关的文字记载则在晋代文字中方始得见：

广州厅事梁上，画五羊像。又做五谷囊，随像悬之。云昔高固为楚相，五羊衔谷萃于楚庭，故图其像为瑞。六国时，广州属楚。（晋·顾微《广州记》）

---

① 鲁迅：《中国小说史略》，上海：上海古籍出版社，1998年。

北宋时期的《太平寰宇记》也对此有载：

　　周夷王时，南海有五仙人。衣各一色，所骑羊亦各一色，来集楚庭。各以谷穗一茎六出，留与州人。且祝曰：愿此阛阓，永无荒饥。言毕腾空而去，羊化为石。今坡山有五仙观，祀五仙人。少者居中持粳稻，老者居左右持黍稷，皆古衣冠。（北宋·乐史《太平寰宇记》）

　　历史学家岑仲勉先生对五羊神话进行考证并认为，这则岭南的早期神话，是一则史前拓殖神话："西周末期，王室衰微，诸侯崛起，楚人蚕食诸姬，汉阳姬族不胜楚人压迫，逐渐沿湘水流域向南迁徙……传播于南方。"①

　　岭南地区另一个重要的神话类别，是少数民族的神话传说，以创世型神话为主。有黎族的创生神话：洪水滔天的末世，人间只剩下一对兄妹。他们钻进一个大葫芦里躲避而逃生，按照雷公的旨意结为夫妻，生出一个男孩；结果雷公把男孩砍碎，成为八个肉块，变出四个男人，一个是汉人，一个是杞黎，一个是孝黎，一个是本地黎，剩下的四个肉块变成四个女人，两相结婚，繁衍后代，是为汉、黎祖先。②无独有偶，壮族以及今天的越南部分地区，也有类似的神话，以避洪水、男女结合、生出蛋状物、成为本族先祖的形式来解释自身的起源。其中影响最大的，当属在南方少数民族中发源并流传的盘古神话。盘古作为我国古代神系中的创世神祇、开辟神祇，其出现时间一直被置于太古时代，但实际上，在中原文明的相关记载中，盘古的出现时间很晚，在汉民族的文字史料中，最早出现盘古形象的是三国徐整《三五历纪》：

　　元气蒙鸿，萌芽兹始，遂分天地，肇立乾坤，启阴感阳，分布元气，乃孕中和，是为人也。首生盘古，垂死化身；气成风云，声为雷霆，左眼

---

① 岑仲勉：《五羊故事与广州语系民族》，载《广东文物特辑》，1948年。
② 详见《黎族民间故事集》，广州：花城出版社，1982年。

为日，右眼为月，四肢五体为四极五岳，血液为江河，筋脉为地里，肌肉为田土，发髭为星辰，皮毛为草木，齿骨为金石，精髓为珠玉，汗流为雨泽，身之诸虫，因风所感，化为黎氓。①

但事实上，盘古的形象是以少数民族神话为原型，经由岭南作为中转站，才扩散进入中原地区，成为开天辟地的神灵的。根据今日盘瓠神话在壮北地区的流传情形，其原型当属故西瓯越人的开辟神话。少数民族保存故事的方式多为口口相传，至今在壮族地区仍然可以见到关于盘瓠神话的唱本：

泰山盘古是我屋，大岭盘古是我身，庚子其年造天地，盘古出世到如今。

自我盘古初出世，造化天盘及地盘，做演化为日宫照，右眼化为月太阴。

骨肉化为山石土，头脑化为黄金银。肚肠化为江河海，血流是水无去停。

手指化为天星斗，毛发化为草木根。只是盘古有道德，开天立地定乾坤。②

盘瓠神话的原型，在岭南地区的产生和流传时间早、范围广，后来传入中原，影响了中华神系的组成与结构。在三国以前，盘古的名字不见于中原记载，通过对少数民族神话的口头传播、向北交流，中原文化开始"吸收了南方少数民族盘瓠或盘古的传说，综合了古神话中开辟诸神的面影，再加上经典中这里的成分和自己的推想，才塑造了一个开天辟地的伟大的盘古，成为我们中华民族共同的老祖宗"。③

---

① 转引自朱大可：《华夏上古神系》下卷，北京：东方出版社，2014年，第520页。
② 朱大可，《华夏上古神系》下卷，第524页。
③ 袁柯：《古神话选释》，北京：人民文学出版社，1979年，第7页。

二、地理博物志的"实录"性与岭南早期小说的萌芽

岭南的地理异物志类作品发于两汉兴于魏晋，到了三国两晋南北朝时期，如季羡林先生所说："形成了一种'异物志'热，在中国历史上这是空前的也是绝后的。……所谓'异物'，我的理解是不常见之物，是产生在凉州、南州、扶南、临海、南方、岭南巴蜀、荆南、庐陵等地的东西。"①

早期的岭南发展较为落后，环境较为封闭，直到秦汉时期，依然处于少数民族占据人口主体的阶段。在岭南早期发展的历史阶段里，许多属于本地的传说、神话和故事，都有赖于自己的孤悬而得以原汁原味地被保存了下来。对于文明已经高度发达的中原人来说，这些原生态的岭南状貌非常奇异，那些中原不见的特殊动植物非常神奇，由于地域、气候、生活方式等原因而导致的差异，非常新颖而有吸引力。地理博物志怪作品无异于为中原读者开启了一扇通往异邦他族故事的大门。

东汉时期，岭南人杨孚首开岭南《异物志》的先河，至魏晋时期，此类作品的数量非常丰富。其作者有岭南本地学人，也有外籍南任的官员，晋代的王范、黄恭作为岭南籍接班人，在熟悉本地传说和自然情况的基础上，写成各自的地理志怪博物作品，史载王范因《交广二州记》而"名动京师"②，足可以说明当时的读者群体对此类作品中的奇异之处有趋同的审美需求。三国两晋时期，任职或寓居岭南地区的岭北人也积极搜罗、网闻在地的故事传说，形成著述流传。山东人王韶之是南朝时的始兴太守，有《始兴记》。清人评述："元嘉初，徐豁为始兴太守，有政声。韶之未尝至始兴，或即从徐豁讨问故事，笔为此记欤？"③另还有张华的《博物志》、刘欣期的《交州记》、顾微的《广州记》等。惜作品完整留存下来的不多，幸后朝类书保存了其中的部分内容和条目。地理志、博物志作为

① 季羡林：《蔗糖的制造在中国始于何时》，载《社会科学战线》1982年第3期。

② 仇巨川：《羊城古钞》，广州：广东人民出版社，1993年，第445页。

③ 杨群伟点校：《南越五主传及其七种》，广州：广东人民出版社，1982年，第54页。

文学作品的兴起和发展，在岭南文学史上形成了一个传说、神话与早期小说共冶一炉的阶段。

（一）"从实到虚"的岭南民族部落、自然景观传说

岭南多山地丘陵，河网密布，百越杂居，早期地理志中不乏对山川河湖和原始部落的记载。由于自然景观形成的时间背景相当古远，越族先民又不识汉字，一些民族远遁山林或与别族融合甚至消失，这些故事尽管建立在真实的基础之上，但在口口相授的流传过程中，信息发生变化、产生增添都是可能的，带有一定的夸张成分，基本可以视作一种传说。

先秦时期的岭南，居民以土著民族为主，这是肯定的。[1] 秦王"逮发亡人赘婿"的行为实际上是向岭南的一次人口移民，随着汉人人口的初步增长，开始在少数中心区域建立城池、聚点，带来中原汉人的生活方式、汉字与教育。由于当时的岭南在文明程度和生产技术上的确与中原存在较大的发展差距，在汉人进入后，大多数少数民族与原始部落并未悉数加入到王化的队伍中来，农耕民族与百越族民的习性差异，成为了早期社会生活中极易被捕捉和认知到的一大岭南特点，在当时形成了一股搜奇献异的风潮。当时岭南"刺史竞事珍献"的风气为杨孚所不满，故"枚举物性灵悟"讽刺之。《异物志》中对原始部落的记载，如穿胸人、乌浒、儋耳、黄头人、斯调国、扶南国等，记载方式很有些《山海经》的意味，充满了怪诞、新异与猎奇：

> 穿胸人，其衣则缝布二尺，幅合两头，开中央，以头贯穿胸，不突穿。[2]

囿于历史环境和条件，南方诸族哪怕在当地，尤其是在掌握记述权、话语权、教育权的汉民族当中，也难免被传为"异"的化身。民族之间客观上服饰穿戴、生活习俗、语言表达等层面的差异，记录者在自身认知、

---

① 胡守为：《岭南古史》，第187页。
② 骆伟、骆廷：《岭南古代方志辑佚》，广州：广东人民出版社，2002年，第8页。

听闻其至所见的基础上，依然难免还有了解和认知的遗漏之处，根据真实进行了一定的处理和夸张，才有我们后来看见的传说记载。且先秦岭南部族大多远离汉人中心，在深山密林中保持着自己的习性生活，由于信息对接与认知能力的限制，此类记载尽管兼记传说，亦本着"实录"的原则，并非有意地虚构和夸张。两汉时期尽管在地理博物志类作品中有不少这样的记载，但岭南作家仍然主要是以客观、真实的态度来撰写地理博物类著作的，然而这些传说同《山海经》中的神话传说一样，多为"动以物，惊以怪"的荒诞内容，具有非常强的文学因素。①在我国古代社会早期发展的环境和条件下，无论是文学还是历史，真实与虚构界限都并不清晰，身边即世界、远方多神妖的特性十分明显，面对未知，在自身理解最大化的基础上，将叙述对象神化、魔化、怪诞化，是常见的手法。《史记·五帝本纪》提及南方部族的源头，也以神创的口吻叙之："（尧）放驩兜于崇山以变南蛮。"②

随着历史车轮的滚滚向前，当百越先民在岭南活动的年代与现实社会的距离越来越远、渐记渐渺以后，大约从魏晋时期开始，岭南的地理博物志怪类文学作品中开始大量、集中地出现了一些关于山川湖海来历的传说，如："城北有尉佗墓，墓后有大冈，谓之马鞍山。秦时占气者言：'南方有天子气。'始皇发民，凿破此冈，地中出血，今凿处犹存，以状取日，故冈受厥称焉。"③又如："以熙安县山下有神鼎，天清水澄则见鼎，刺史刘道锡，常使系其耳而牵之，耳脱而鼎潜，既而执引者，莫不疾耳，盖尉佗之鼎。"④此类传说的一大特点是以岭南地区的真实历史事件、历史人物为依据，引附于自然景观之上，把山川湖泊神格化，往往常言其内有生命体，并多做神意、奇能等解，一方面是古代泛神论的一种体现，另一方面也让早期岭南文学中的艺术魅力得到一定程度的加强，尽管

---

① 耿淑艳：《岭南古代小说史论》，中山大学博士学位论文，2009年。
② 司马迁：《史记》卷1《五帝本纪》，第28页。
③ 骆伟、骆廷：《岭南古代方志辑佚》，第86页。
④ 骆伟、骆廷：《岭南古代方志辑佚》，第157页。

这个阶段的传说记载依旧简短，但已经初步具备一个基本故事的框架和要素，在事实与想象结合的基础之上加入了文学创作的成分。《始兴记》的作者是岭北人，继承了两汉时期对自然存在的客观记录方法，又发展了魏晋时期的因志怪小说盛行而大兴的虚构之风，在记述岭南风物时加入了个人的创作意识：

> 林水源里有石室，室前磐石上行罗十瓮，中悉是饼银。采伐遇之不得取，取必迷闷。晋太元初，民封驱之家奴密窃三饼归，发看，有大蛇，螫之而死。
>
> 其夜，驱梦神语曰："君奴不良，已受显戮，愿以银相备。"驱觉，奴死，银在其旁。有徐道者，自谓能致，乃集祭酒盛，奏章书，击鼓吹入山，须臾雷震雨石，倒树折木，道惧走。[①]

到这个时期，从传说到小说的转向已经非常明显了，作者的创作意识，不分籍贯，都经历了"从实到虚"的变化过程，这与文学自身的发展内需与路径有关，也与外部环境的催化有关。

（二）动物传说中的早期小说形态及海洋意识

岭南物产丰富且珍奇，许多物种北方难见，在相关地理博物志类作品中，物产传说占比很大，其中动物传说的数量最多。岭南地处亚热带，曾有大象、犀牛等动物在此生存；加之水沛山多，植被茂密，蛇虫宜居；又因一面靠海，渔业发达，所以动物传说中常常以蛇、鱼等为对象，并且同样带有一定的神、巫色彩。

《异物志》有一则与蛇有关的幻化传说：

> 泰元中，汝南人入山，伐一竹，中央蛇形，已成枝叶，如故吴郡桐卢

---

① 骆伟、骆廷：《岭南古代方志辑佚》，第183页。

民，尝伐竹，遗竹一宿，见竿化雉，头颈尽就，身犹未变化，亦竹为蛇为雉也。①

又有许多夸张的动物形象描写：

风猩，如猿猴而小，昼日蜷伏不能动，夜则腾跃甚疾。好食蜘蛛虫，打杀以口，向风复活，唯破脑不复生矣，以酒浸愈风疾。南人相传：此兽常持一小杖，遇物则指飞走，悉不能去，人有得之者，杖之数百，乃肯为人取，或云邕州首领宵泂得之，泂资产百万，僮伎数百，泂甚秘其事。②

在猩类动物的客观形象上，安排了一定的故事情节，还加入了当地社会的真实元素，反映出了少数民族曾经作为财产附属于地方首领的问题。也有"目化为明月珠脚"的鲸鱼，与南域生产珍珠不无关系。这些描写真实与虚诞相结合，一定程度上客观地描述了动物的外貌、习性，反映了社会现实，又加入了想象和传说的成分，在地理、博物类书籍中，为从南裔之物到南方"异物"的转变添砖加瓦。

岭南靠海，居民和鱼类打交道的时间很长，早期虽以渔猎为生，但在汉时也发展出了自己的农业，加上当时越岭南来的一部分中原文化影响，渔农结合甚至鱼龙结合，都成为了岭南鱼类动物传说中一些依据。农业社会靠天吃饭，水就意味着收成。龙在官方是皇权的象征，在民间却是司水的神明，在民间被赋予和寄托了许多神话色彩和神秘力量。岭南动物传说中的大鱼时而"声为雷，气为风，诞津为雾"，符合龙凤在图腾时代的风云原型；时而"八月化为黄雀，到十月入海为鱼"，符合龙的幻化异形功能。这类传说体现了岭南传统渔业对社会的深层影响，鱼类作为客观动物对象被记入传说，伴随着农业生产的发展和中原对岭南的进一步儒化，在原有产业结构的基础上发展出了农业思想所需的龙神崇拜，并因地制宜地

---

① 骆伟、骆廷：《岭南古代方志辑佚》，第17页。
② 骆伟、骆廷：《岭南古代方志辑佚》，第55页。

与当地近海的地理条件相结合，发展出了较早的海洋意识。

在未知的海洋世界中，是文学的想象先行一步，开始了岭南对海洋的精神探索。从《异物志》"懒妇鱼"①这一则风趣故事开始，岭南地理志怪作品的想象翅膀已经飞抵汪洋之上。在后世的发展当中，演化出了岭南文学中的故事母题和信仰背景，温媪的故事原型及西江悦城的龙母信仰②正是在这类地理志怪博物作品当中逐步发展成型的。最早的温媪传说见晋人顾微所著《广州记》：

> 有龙掘浦口，昔蒲母养龙。龙取鱼以给母，母断鱼，误斫龙尾，人谓之龙掘。桓帝迎母至于浦口，龙辄引舫还。

情节简单，但原型初具。南北朝时期，沈怀远在此基础上加以改编，写进《南越志》，故事中温媪是龙母的原型，龙母断龙尾使其"辉色炳耀"，蕴含了成年礼的意义。在结尾处指出岭南因之而有"龙拙尾"船，依然带有鲜明的地理博物体志怪小说的特点③，后朝继续不断发展加工温媪故事，都以水系、海洋为空间背景，对原型传说加以想象和构建，终于在唐刘恂的《岭表录异》中，这一故事具备了小说的基本要素。从博物地理的实录、实记到想象、传说，从志怪、志异到把空间背景嫁接在海洋上"有意为小说"，早期地理志怪作品中的记载体现了岭南早期海洋意识的萌芽和发展过程。

---

① 这是一则记载岭南妇人死后成鱼的幽默故事，篇幅不长，引全文于此："懒妇鱼。昔有懒妇，织于机中，常睡，其姑以杼打之，恚死。今背上犹有杼文疮痕。大者得膏三、四斛，若用照书及纺织则暗，若以会众寡歌舞则明。"骆伟、骆廷：《岭南古代方志辑佚》，第17页。

② 龙母信仰是岭南地方特色的水神崇拜，早在先秦时龙母已产生于西江岸旁的悦城，汉晋南朝民间崇拜持续。岭南龙母信仰由来已久，龙母豢养龙子，实际上与古越人避蛟龙而"断发纹身"一样，是早期人们对水中神灵从畏惧到征服的体现。龙子在龙母的训导下，善良孝顺，施云降雨，保境安民，庇佑民众。龙母驯服蛟龙，对豢养蛟龙之母的崇拜，是早期古越人崇龙习俗的延续。详见王元林、陈玉霜：《论岭南龙母信仰的地域扩展》，《中国历史地理论丛》2009年第4辑，第49—50页。

③ 倪浓水：《中国古代海洋小说与文化》，北京：海洋出版社，2012年，第4、10页。转引自庄倩：《明清以前岭南海洋小说的叙事分析》，载暨南大学院校平台。

第三节　“前岭南时代”的文学特征、中心分布及影响要素

从秦汉起到南北朝，是岭南进入国家版图后的第一个发展阶段。在这段历史时期当中，以当朝行政区划为主要范围的岭南地区，经历了秦初、晋末两次大规模的、与王朝行为相关的人口迁移，以及一直以来断续、零散的人口流入。就两次大规模的人口流动来说，尽管“五十万”移民的确切性存疑，但其扩充了岭南地区汉民族人口的数量是不争的事实，同时还带来了中原的文明、技术和教育，让成为王土的岭南开始了早期缓慢的发展历程；南渡的衣冠儒士的确没有悉数落脚岭南，但随着江南的富庶与勃兴，南北分野从此前的以长江为界而继续下移，连江西一带都集中了不少流民，为最终大规模越过五岭打下了先期基础。西晋末年战火熊熊，“永嘉世，天下荒，余广州，皆平康”[1]，比江南更南的迁移终点还是落在了岭南地界上。历代移民及后代，包括与当地越人相融合后的后代，是早期建设开发岭南的生力军，是当时先进文化的在地传播者。对于这一历史阶段的岭南而言，移民的意义印证着文化传播的规律。“人类文化的传播始终是一种由高势位文化向低势位文化流动、辐射、渗透的倾向，而低势文化在文化的传播过程中，则较多地表现了对高势文化的认同受容与消解。”[2]

一、不容于秦的社会精英促进岭南地区从原始状态向文明跃进

秦王派大军南下尽管出于军事目的和政治目的，但移民队伍当中的

---

[1]　广州西村矶岗晋墓砖文，《广州市文物志》，广州：岭南美术出版社，1990年，第121页。转引自胡守为：《岭南古史》，第192页。

[2]　蔡丰明：《吴越文化的越海东传与流布》，上海：学林出版社，2006年，第4页。

许多人实际上是拥有专业技术技能的人才，有六国的旧贵族、与掌权者政见相左的文人、被驱赶的手艺人、工匠、和破坏新王朝计划经济秩序的前朝商人，"事实上很多都是中原人的精英，只不过不容于大秦王朝罢了"①。这些对朝廷无用的人，在当时"由古越族构成的古朴、散漫的氏族部落的遗风仍然支配着各个领域"②的岭南却是大有可为的。岭南的早期发展过程实际上就是一个对中原文化的接受过程，原先的土著居民所不具备的先进技术和生产力，随着南下的大军而得以在岭南扎根和传播。农业方面，移民既充当了中坚的劳动力量，也把在中原早已发展成熟的铁器牛耕方式带到岭南，成为当地农业的革命性转折；手工业的制造技术不断吸收中原的经验，从出土文物中可以看出岭南青瓷、玉器、造船等行业水平已经逐步向岭北看齐；岭南物产丰饶，营商环境较之重农抑商的中原宽松许多，戴罪而来的商贾自然没有错失机会，秦汉之际岭南就已经发展出了相当发达的商业经济甚至对外贸易。

屯边戍守的军队和获罪被放逐的移民成为了岭南地区较早的一批汉族主体，尽管带有一定的发配性质，但并不妨碍他们是当时岭南高级文明的代表。这些被"遗落"在岭南的汉民，朝廷没有打算把他们调回中原，而赵佗又积极大力推行合辑百越，鼓励与越族通婚，产生了大量的汉越混合家庭，汉民族在此地的生活结构变得非常稳固。以至于虽然民族不同，当初南下的目的也是为了进行殖民甚至征战的，但经过融合以后，这些中原将士不但没有发起作战的感情需求，更没有必须执行战斗的命令要求，不仅确保了岭南地区的安全稳定，也为当地族民带来了和平和文明。岭南地区得以拥有一个平稳和缓的社会环境，在先进生产力的影响和带领下发展和前进。

---

① 卢海滨：《岭南前事》，广州：广东人民出版社，2016年，第42页。
② 陈磊：《岭南文化志》，上海：上海人民出版社1998年版，第11页。

二、农业、交通带动中心城市的出现发展及王朝政策对岭南社会的影响

（一）农业的开发与人口的分布

事实上，中国古代的移民行为并非只有南方一个朝向，迄秦至汉，坐中偏西的政治中心曾向疆土各极发送过人口。始皇三十三年蒙恬"西北斥逐匈奴，自榆中并河以东……徙谪，实之初县"，三十六年"迁北河榆中三万家"[1]；武帝元朔二年"夏，募民徙朔方十万口"，元鼎六年秋"分武威、酒泉地置张掖、敦煌郡，徙民以实之"，[2]证明早期的移民输出也曾以西北区域为目的地，但最终的结果却是"蒙恬死，诸侯叛秦，中国扰乱，诸秦所徙谪戍边者皆复去"[3]及两汉时期当时大量边民回流，基本宣告了秦汉之际向西北的移民失败。同样地广人稀的岭南却因为有适宜农业生产气候环境，足够养活新增的农耕人口，移民因此具备了适应当地生活的基础，才能在岭南区域一边繁衍生息，一边与当地居民融为一体。

但当时岭南的地理范围较大，内部发展不均，农作技术的传入一定程度上加剧了原有的倾斜程度。汉民族流入后，较之越人土著，地位是比较高的，他们不去侵犯和屠杀越人，也并不愿意在长途跋涉后继续深入岭南其余荒僻险峻的丛林腹地，农耕民族骨血里的习性促使他们在有限的条件下择良地而居，中原移民在岭南地区的内部分布是一种主动选择的结果。根据《汉书·地理志》和《后汉书·郡国志》对两汉岭南诸郡户口的统计数字，可以看出户数和口数的增长幅度都呈现出由北到南递减的情况，靠北的苍梧郡户口增长最多，其下依次是南海郡、合浦郡、九真郡。中原移民在迁移的过程中，因"地利"之便，其集聚程度往往由近及远而呈现从高到低的趋势，[4]中原人南下的路线主要是陆路，故各条南下道路的交汇

---

① 司马迁：《史记》卷6《秦始皇本纪》，第259页。
② 班固：《汉书》卷6《武帝纪》，第170页。
③ 司马迁：《史记》卷110《匈奴列传》，第2887页。
④ 王小丽：《秦汉时期岭南移民问题研究》，河南大学学位论文，2007年。

点成为了中原人主要聚集的区域，除了自古因南北交通而发达的苍梧一带，今天的珠三角地区也在汉时迅速发展起来。中原移民在为适宜农耕的岭南地区带来人口的同时，一方面使本来就是政治经济中心的南越都城番禺一带更加繁荣，另一方面，也令岭南内部的发展差距进一步增大，在汉人未至的越人聚居区，无论在农业技术还是文化接受上，对比都变得更加明显。

（二）交通发展带动区域中心的形成

拥有先进生产力的中原移民对作为移入地的岭南起到了带领性的改变和教化作用，除了促进社会经济发展和高等文化传播，还不断改造着连通外界的交通条件。早期岭南的自然地理条件决定了这里是一个半封闭的区域，整体大环境的西面和北面为山岭所阻隔，内部地貌多丘陵故而其内水系流势也成向心状特征。[①]在自然地理条件的限制下，岭南的交通主要依靠山隘与谷口，形成水道与陆路相结合的交通特点。早期岭南自身发展较为落后，整体与中原的连接实际上更多的是中原的需要。秦汉时期的国家政治中心在黄河中下游地区，位于岭南的西北方向，以长安或洛阳为起点，经汉水、长江干流入洞庭湖后，溯湘江而上，或由湘江支流潇水转贺江，是进入岭南的主要通道，《汉书·两粤传》中"故归义粤侯二人为戈船，下濑将军，出零陵，或下漓水，或抵苍梧"[②]就指的是这条路线，灵渠的开凿也进一步沟通了长江、珠江水系间的交通。汉末到隋前的分裂时期，政治经济中心在地图上发生右移，建康成了六朝古都，岭南与中心的方位关系转成了东北向，水陆兼程直下番禺的通道地位渐升，本就是南越都城所在的东部区域地位在得到巩固的同时继续走高。与此同时，向外连接海洋的航道也在逐步发展，合浦、龙编镇西，番禺、广州居东，都是隋唐以前岭南海道的重要据点和港口。

---

① 详见陈代光：《论历史时期岭南地区交通发展的特征》，载《中国历史地理论丛》1991年第3期。

② 《汉书》卷95《两粤传》，第3857页。

　　经过时间的积累，地处各交通道路沿线的汉族聚居区域逐步发展和形成了较为发达的城市。秦汉至南朝，西面的苍梧、广信，东边的广州（番禺）和粤北的韶关（南雄、始兴）位于进出岭南的各通道交汇点，或地势优越，或水系通达，或兼而有之，在岭南整体状况相当落后的历史时期，凭借文明与人口的聚合跻身“都会”行列，凭借区位优势集中了各方面的资源。在内部发展并不平衡的岭南地区，形成了西、北、东三个板块，西部中心接受中原文化濡染最早，东部中心曾为南越首都，不仅是向北、更是向外的连接枢纽和信息、资源集散地，北部中心是陆路入岭的第一站。以广信、番禺、韶关为中心并向外形成辐射半径的文化板块，为日后岭南内部自身民系、文化区块的生成打下了基础。

（三）王朝政策影响下的社会环境

　　建唐以前，岭南主要历经过东汉一代、三国时吴、南朝数室及短祚隋朝的统治。各朝虽然政情各异、国力不一，但在对待岭南的政治举措上，有一些相同点。其一是由于客观地理位置和自然环境而施行的羁縻政策，其二是根据岭南地区长期聚居的少数民族而施行的民族政策。从社会整体的角度出发，此二者之间又是相通的。我国疆域辽阔而民族多元，面对版图之内的边疆问题与异族问题，中央王朝在绝大部分时间里都采取先礼后兵的态度，怀柔羁縻为主，武力征伐为辅，更重视国土和统治的稳定性，并不以战争作为直接和第一目的。秦汉时期对岭南的态度也的确是按照这个走向发展的，然而汉末隋前，国土长期分裂，政权鼎革频仍，统治主体和社会阶层更迭迅速，对岭南地区的政策在这一时期发生了一些偏向。

　　汉末三国，豪强各起，岭南刚刚从王朝攫取的泥淖中爬出，又跌落到家族统治的境地中去。士燮家族在岭南以“藉累世之恩”为名，行封建割据之实，孙权因此使吕岱平南，除去家族势力、巩固吴国统治的同时，却也巩固了吴国在岭南实施的弊政。王朝的贪婪掠夺、滥征滥发与民众的反抗暴乱在岭南开始往复循环，吴国感到交趾难控，分置交州、广州，一治龙编（今越南），一治番禺，岭南地区内部东、西重心的基本格局从这时

起被政权行政明确划分开来。①魏晋士族兴起，与门阀贵族相对应的阶级便是庶族寒人。对岭南地区而言，南朝时期悄然形成的寒人武夫集团对当地社会发展的影响是深远而巨大的。"在世族高门掌握政权，官界布满世族，寒门被挤到角落的时候，以军人入仕，是寒门最宽广的仕途。"②南朝地方政府大多军政合一，对岭南的武力征讨时间长、频率高，几乎全部针对岭南当地少数民族，甚少被外部战火燃及的岭南地区，此时却陷入长期的内部讨伐当中，"岭南各级地方长官组织的地方性讨伐活动，地方政府很大意义上沦为讨伐机构"。③

此外，税赋、徭役和贩卖人口的问题并没有从政府统治层面得到解决，反而时有加重的迹象。《陈书·欧阳頠传》载"又多致铜鼓、生口，献奉珍异，前后委积，颇有助于军国焉"，"生口"指的就是岭南的俚人，"北史，周文帝讨诸獠，以其生口为贱隶"④直接指出了统治阶层以官方姿态支持甚至参与岭南的人口贩卖的现象。"从皇帝到臣僚，都把对岭南少数民族的征讨与国家财政收入紧密联系起来，对于用这种方式来填补国家财政收入心安理得。"⑤

（四）整体文化格局的动向操纵岭南地区文化中心的摇晃与停摆

与先秦时期的百家争鸣状态不同，汉朝是儒家文化脱颖而出，傲视百家，进入了思想上的大一统时代。这种文化秩序的建立和维持被汉末激烈的征战打破，文化随着战争的蔓延，溢出了中原的范围，于是开启了汉魏六朝时期激烈的南北碰撞。汉末以降，一个朝代的气数已尽，一个社会的秩序解体，一种礼教的规范崩溃，整体文化格局开始调适和改变，酝酿生成着一个崭新的形态。正如宗白华所言："这几百年间，是精神

---

① 后来西部重心发生变化，与唐末五代国家再次分裂时越南独立有关。
② 陈长琦：《两晋南朝政治史稿》，开封：河南大学出版社，1992年，第243页。
③ 彭丰文：《南朝岭南民族政策新探》，载《民族研究》2004年第5期。
④ 屈大均：《广东新语》，第336页。
⑤ 彭丰文：《南朝岭南民族政策新探》，《民族研究》2004年第5期。

上的大解放，人格上思想上的大自由，人心里面的美与丑、高贵与下贱、圣洁与恶魔，同样发挥到了极致。这也是中国周秦诸子以后第二度的哲学时代。"①在这样一个历史背景下，汉族与外族、南方与北方，都开始了一次大融合与大碰撞，玄学兴起，宗教浸润。在文学领域，文学巨匠如繁星耀眼，三曹、七子、陶渊明、谢灵运……理论巨著熠熠生辉，《文赋》《文心雕龙》《诗品》……处处透着解放和自觉。

岭南在这一阶段，经历了区域中心的摇摆和回归。从早期的番禺都会、苍梧要冲齐头并进，到全区中心从番禺挪移到广信，经历了几百年的"广信中心时期"，随着三国时期的交广分治，加之广州港口地位的重要性日显，越接近南朝末年，岭南区域内部重心重返东边的趋势就越明显。分裂期间广信地区的历史沿革：

黄武七年，割南海、苍梧、郁林、高凉四郡为广州；高趾、九南、九真、合浦为高州，俄变旧，永安七年又分高、广二州，广州之名实于此。所以名广州，因刺史治在广信，乃取县名之一为州名耳。②

早期由于占据交通优势，加上中原政权的有意选择，广信苍梧一带曾是岭南内部的区域中心。随着历史的发展与情势的变迁，岭南的中心城市开始在东西之间摇摆，时在广信，时在广州。在南方社会发展、岭南经济进步、广州港口繁荣的影响下，整个区域的中心在三国分交、广以后开始回归番禺，并且朝着日后以广州一地为唯一中心的方向迈进。魏晋之际，广州港与海外的联系变得频繁而紧密，直接影响了岭南内部东、西两个中心的杠杆平衡。远在内陆腹地的广西对于抓牢港口的控制权有心无力，在历史的必然之下，岭南的重心开始向广州折返。在秦汉除南越政权存续期以外的时间里，广信地区的地位在岭南内部较高，南越时期及三国至吴国

---

① 宗白华：《美学与意境》，北京：人民出版社，1987年，第183—184页。
② 江藩：《炳烛宝义集》，转引自谭元亨：《广府寻根》，广州：广东高等教育出版社，2003年，第168页。

灭亡之前，岭南的重心在东西之间摇摆，交广分离以后，岭南重心回归番禺。中、西重心的并举，实际上是岭南地区在中华整体文化中再造与整合的过程，伴随着广州的繁荣及其地位的确立，在此后与海外的频密接触中，岭南地区还开启了在世界多元文化中的吸收与交流。

本章小结：唐前岭南文学的基本特征与"前岭南"的概念所指

由于传世作品总数不多，早期岭南的文学构成主要有两类。一类以文献为主，大部分为王朝史书中保存下来的奏章、疏议，不具备太多文学性；文献与岭南地区之间的关系界定基本上以与岭南相关或成于岭南为标准，突出的是官方对该地区的态度和看法，岭南地区的本土意识还没有踪迹。另一类是少量文学作品，后世追溯岭南文学史，奉为诗、文滥觞，但作品少存，基本无以得观，也不具备地域性和阶段代表性，只能作为一种可靠的源头略笔一提，这些硕果仅存的诗文对岭南文学本身的发展而言，没有产生太多影响后世创作的意义。值得一书的是从两汉兴起到魏晋大热的地理博物志怪作品，作为岭南地区早期既有文学性又具备地域特色的一类作品，可以视作岭南地区的小说源头。可惜小说在岭南高开低走，后来并没有成为岭南文学史上最耀眼和突出的一个分支。

这一时期岭南文学的最大特点是"文学史就是政治史"，王朝政权是文化源头，是记录主体，是价值标准，岭南处于被涵化①的阶段，文学表达更多的是一种以汉书越的形式来进行的。岭南地区在王朝统治中的地位随着政局而历经变化，通过文字记录而累积下来的价值判断也随之变化。

---

① 涵化（acculturation）一词最早由鲍威尔（P.W. Powell）于1880年提出，后发展成一种关于文化接受的理论，指两种或以上的文化通过长期的接触和整合，导致一种文化接受其他文化的过程和结果。文化涵化体现了不同文化的相互作用，但这种作用并非是完全对等的，在通常的情况下，往往是强势文化向弱势文化、主流文化向非主流文化的熏陶和管束。对于被作用的文化来说，这其中既有对起作用的文化的积极认同和乐于顺应，也有着无奈接受甚至是强迫适应。而进入涵化的高级阶段则是两种文化在文化结构、文化制度、文化行为、文化心理的高度趋同与一致，这一过程的最终结果就是所谓的同化（assimilation）了。（详见覃召文、宋德华：《岭南思想文化的演进与更新》，北京：社会科学文献出版社，2015年，第21页。）在岭南古代发展历史上，涵化的过程具体表现为汉化、儒化。

南越政权稳固时，史书文字还比较客观，中立不加展开地叙述当地情况："南方暑湿，近夏瘴热，暴露水居，蝮蛇蠚生，疾疠多作"①；重进版图后，岭南既没有获得王朝的正视与重视，统治者也没有着意经营此地的文化教育，面对发展不均衡的地区与民族，史书记载日益偏向，《隋书·地理志》依然把岭南记录和形容成一个接近原始社会的地方：

> 自岭已南二十余郡，大率土地下湿，皆多瘴疠……其人性并轻悍……重贿轻死……巢居崖处，尽力农事，刻木以为符契，言誓至死不改。父子别业，父贫乃有质身于子，诸獠皆然。

留下的信息不但没能开启当地文学的新篇章，反而为后世留下了岭南地区自然艰苦险恶、人民愚昧野蛮的文字实证。

本章称隋唐以前的岭南文学为"前岭南时代"，"前"有两重含义。一方面，是岭南出现真正的文学之前；另一方面，是岭南出现本土意识之前。我们今天谈论的岭南文学，尤其是它的"前半段"，实际上默认谈论的是以儒家文化的播迁为背景、以汉民族创作者为主体、以中原价值观和教育成果为体现的文学。前岭南时代，岭南人口中的少数民族数量仍然占据主体地位，作为外来人口的汉民族，对这一地区的认同感和归属感正在缓慢形成，汉化与儒化的进度仍在推行当中。在前岭南时代，南下的社会精英、先进的农作技术促进了早期岭南社会尤其是中心城市的发展，中心城市的出现为文化与教育资源的聚集提供了可能，尽管此时中央政权的政策与态度对岭南地区的社会发展有几乎决定性的影响，可"人们创造自己的历史，但是他们并不是随心所欲地创造，并不是在他们自己选定的条件下创造，而是在直接碰到的、既定的、从过去继承下来的条件下创造"②，此时的岭南只是历史时期下对应的地理范围和概念，处在真正

---

① 班固：《汉书》卷64《严助传》，第2781页。

② 《马克思恩格斯选集》第一卷，北京：人民出版社，1995年，第584页。

与地域文化和区域文学发生关系之前的阶段；经过前岭南时代的涵化和积累，才有了后来的岭南本土意识，"岭南"才能真正冲破地名、真正成为一个地区文化的依托，进入了文学和文化意义上的"岭南时代"。

第三章

闻"南"色变：唐宋时期的岭南文学（上）

第一节　前代移民基础：岭南人口主体的转变

　　唐宋时期是我国古代历史上社会、经济、文教等各方面都比较发达的历史阶段，随着朝代更迭，政治、经济、文化中心都处在持续南移的过程中，从黄河流域到长江流域，连动和辐射了新中心周围的区域发展。岭南地区在此时基本完成了人口主体的转换，进入了新的发展时期。

　　从秦始皇时期开始的向南移民有的留成落籍、有的世袭首领[①]；汉时已经出现发往岭南的贬官谪臣[②]，王莽之乱和董卓之乱也促动了中原世族避难南走；汉末隋前国势变化激烈，或战乱，或分裂，"自汉晋以迄陈隋，黄河长江两大流域兵连祸结，虽无宁日，独南疆安靖，士庶相率南移，地方文化逐渐滋长，所由来也"[③]，既有显性的"一步到位"的移民群体，也有隐性的"日久教化"的融合后代。远至岭南的流人移民经过几百年的在地经营、同化、融合，汉越趋同度日高。衣冠南渡的人口迁徙带动了江南的发展，江南的繁盛给与岭南接近的江西一带输送了大量富余人口。随着交通条件的改善，进入岭南的难度系数逐渐降低，为唐朝开始的又一次移民浪潮创造了条件，并最终在南宋末年达到顶峰。在不断迁徙、安居、融合的过程中，这些移民后代或汉越后人逐步建立起了自己的身份认同和故乡意识，在外部文化、教育的影响下，另一方面成为在地人口主体，一方面也成为了在地的文学创作主体。

---

　　① 东汉初年，青州人士黄万定随伏波将军马援征南后留在合浦，其后人世代充任诸洞首领。详见蒋祖缘、方志钦：《简明广东史》，广州：广东人民出版社，1993年，第75页。

　　② 贬官至岭南地区始见于西汉末年哀帝时期官至中郎谒的宦臣张由，获罪徙合浦；据《汉书》载，还有京兆尹毋将隆、孔乡侯傅晏、泰山太守丁玄等徙合浦；东汉灵帝时期大将军窦武兵败自杀，家人远走日南。详见李绪柏：《两汉时期的巴蜀文化及岭南文化》，载《学术研究》1997年第3期。

　　③ 李应林：《广东文物序》，载《广东文物》卷首，上海：上海书店，1990年。

　　冼夫人是岭南民族融合史上的一个代表人物和关键人物，跨越三朝，"世为蛮酋"[①]，号召力和影响力覆盖粤西甚至海南[②]。她与地方豪强、高凉太守冯宝联姻，后人多有闻名朝野者，与突厥可汗同侍宴席而引唐高祖开怀笑称"胡越一家，古未有也"[③]的冯智戴是其曾孙长子，大名鼎鼎的高力士也是这一家族的后人[④]。冼夫人一生统领俚人，维持部族内部的稳定，率领部众及族人归附隋朝，为自己赢得身后声名，也为岭南地方赢得了安稳和平；对内促进汉俚之间的长久融合，对外让岭南地区在长久的政治失衡状态下重新得到中央王朝的承认甚至是部分肯定，隋文帝册封冼夫人为谯国夫人，隋朝正史为其立传，足可见其政治向心力与军事向心力对岭南地区产生的影响。

　　"谯国"是南北朝时期对封国的一种叫法，杨坚在岭南设谯国夫人幕府，相当于一个自治机构，等于将岭南州的军事统领权也一并交付给冼夫人。冼夫人没有辜负头上的封号和手中的权力：一方面，她诫约本宗，"使从民礼"，教导当地人服从法令，改变了过去号令不行的局面，对于法令中与当地少数民族习俗抵触的方面，也号令服从，无形中促进了土著民族的涵化程度，让处于羁縻状态下的岭南地区尤其是冼夫人势力范围内的高凉一带"政令有序"[⑤]；另一方面，王朝的嘉许为岭南带来了相对平稳的政局，岭南得以摆脱南朝时期针对少数民族四下征讨的环境，曾经

---

　　① 《资治通鉴》卷163"大宝元年六月"条，第5047页。
　　② 冼夫人的影响和号召力覆盖到海南，与她颇富领导智慧有关。南朝经略岭南，实施过任命俚人领袖为地方官的措施，在这种治理方式之下，岭南实际上处于半自治状态。冼夫人的兄长冼挺曾任南梁州刺史。但他身上有着典型的俚人特质，好勇斗狠、性喜攻击，仗着家族地位与朝廷职务，侵略邻郡、掠夺资源，延续和扩大了岭南地区少数民族各部之间长期争斗的问题，岭南地区的许多俚人部族深受其害。冼夫人权力劝谏阻拦其兄长欺侮同族的做法，设法化解仇怨，使各方停止攻击，展现出了她既深入了解俚人性格，同时又具备其他俚人没有的政治家素养的优势，高屋建瓴地看到了不同部族之间争斗的原因，并且找到了化解的方法。如此，冼夫人的贤名在俚人社会中广为传播，海南岛儋耳一带的俚人闻之，也前来归附。详见卢海滨：《岭南前事》，第8章。
　　③ 欧阳修等：《新唐书》卷1《高祖皇帝》，北京：中华书局，2003年。
　　④ 高力士原名冯元一，祖父为冯智戴，曾祖冯盎为冼夫人的孙子。高力士幼年被高延福收养而改名，后入宫成为垂载史册的人物。
　　⑤ 胡守为：《岭南古史》，第264页。

屡被逼反的"被压迫之下层民族"①基本结束了自南越国覆亡后的受压命运，在相对平稳的社会环境下发展生产和生活。作为与南越丞相吕嘉同样出色的越人领袖，冼夫人不仅自身一生为保护族人利益而付出，曾上书朝廷揭发官吏对俚人的罪行，为少数民族百姓请命②；还通过自身威望及与冯宝的婚姻，打破了种族界限，促进俚汉相融，带领岭南地区顺理成章地依附王朝。

在陲悬岭外千年之后，经历过独立政权、弃置放逐、武镇豪夺，岭南地区在几次移民浪潮与民族融合的作用之下，原本作为人口主体的百越各族经过长期汉化，大部分趋汉、融汉，向几个中心区域和城市聚集，与汉民族的文化、教育一同发展。汉化程度较低的少数民族选择离开中心城市和汉人聚集区域，另寻山林。凭借人口主体的"换血"和中央王朝的承认，从百越杂居变成汉人聚居，岭南社会、经济、文化进入了一个向岭北追赶和跃进的发展时期。

第二节 唐代贬官：情绪与环境的文学共鸣

一、隋唐时期的大环境

隋祚虽短，但其开科取士，影响深远；有唐一代，太宗依山川地形划全国为十道，不仅结束了分裂时期对岭南地区混乱的行政建制，也标志

---

① 陈寅恪：《魏书司马睿传江东民族条释证及推论》，《金明馆丛稿初编》，上海：上海古籍出版社，1980年，第101页。

② 隋文帝仁寿元年（601），朝廷任赵讷为番州（番禺）总管。赵在任时大肆贪腐，虐待越人，导致众多少数民族反抗、逃亡和造反。冼夫人通过明察暗访，掌握了赵讷贪赃枉法的大量证据，上书朝廷，并派幕府长史张融亲自进朝，向皇帝提出安抚逃亡俚僚百姓和进一步治理岭南的具体意见。皇帝得书后向冼夫人颁发诏书，冼氏以89岁高龄上马亲巡各州，化解了岭南可能爆发的又一次战事危机。详见卢海滨：《岭南前事》，第174页。

着"岭南"地理概念的正式确立，后沿用至今。唐岭南道包括今广东、广西、海南三省及越南北部地区，唐懿宗时期又将原岭南道分东、西，广东、广西各有治所，宋划全国为十五路，包括广南东路与广南西路，乃顾炎武谓"今之广东、广西为广南东路、广南西路之省文"[①]；随着五代时越南独立、20世纪海南立省，后世粤、桂、琼雏形具备，分野清晰，唐宋时期岭南的范围已经基本与后世通行的岭南概念对接，作为地理名词，"岭南"至此不再有空间上的伸缩性；作为地域文化指称，由于广州的地位得到巩固并延续至今，"岭南"在文化上的内涵也从这时起逐渐从大范围的三省范围向特指广东地区缩进。

岭南山高地远，隋末混乱之际，在区域内部形成了多个大大小小的割据势力，掌控着各自的半独立王国。唐初中央王朝对岭南地区的治理十分重视，与前代相比有根本性的改变。面对南疆留下的各方豪强及他们给岭南造成的斑驳陆离的政治局面，李唐王朝初期采取了怀抚政策，在政区设置上，充分照顾到了各大势力的实际情况，唐初岭南九大都府——广府、循府、南康府、高府、桂府、南尹府、钦府、交府、南德府——即分别对应八大势力，以及岭南第一战略重镇广州。[②]终唐一代，统治者都在为逐步消解岭南遗留的地方势力而作为，罢、废、拆分各府，并在盛唐时期形成了"岭南五府"（广、交、桂、容、邕）的政治地理格局，设节度使，直至宋朝形成"三分"局面。隋唐以前，由于入岭通道和人口密度的关系，岭南地区的军事重心和政治重心曾经一度东西并举，广州并不是唯一一处岭南要地。居东的番禺一带一直是岭南东部的政治重心，但广州成为文化、军事重心并一直把这个地位稳坐至今，是从唐代开始的。"其在整个岭南中心地位的获得，根本上来说还是由于其得天独厚的区位优势：广州位于珠江流域三大水系汇合入海处，溯流而上，可达岭南绝大多数内

---

① 顾炎武：《日知录》，北京：商务印书馆，1986年。文渊阁四库全书第1466本卷31，第1071页。

② 罗凯：《从三分到归一：唐朝前中期岭南政治地理格局的变迁》，载《中国历史地理论丛》2018年1月，第33期。

地；泛海而下，能覆盖所有沿海地域；而且其北距五岭还有较广大的腹地，位置比过于偏北的桂州无疑更为优越。在张九龄整修大庾岭路之后，其与中原交通不便的劣势也消除了，于是其岭南道的核心地位更不可动摇。"①

隋唐时期，科举带来了南人北仕的机会，遥远的岭外学子得以进入岭北的文学体系并因此垂名；朝廷既委派得力官员治理岭南，也流贬获罪文人谪居岭南，催生了相应的文学创作。不仅如此，这种南北的交通和联结，一方面让地处偏远的岭南增加了曝光度，更频繁地出现在了创作主体的感受范围当中，对岭南的文学想象在唐时陡然激增；另一方面让已经接受儒家价值、饱读诗书的岭南人士更加接近甚至接触文化源头、文化母体，随着"梦想照进现实"，当故土与中原的差距更加直接地展现在眼前，进一步印证了历来中原价值体系对岭南的认知和判断时，出现了几种截然不同的创作心态。反映在文学上，集中体现为自卑与自豪的反差，以及创作时选择文学体裁和学习对象的倾向和标准。

二、个体跌重与环境刺激下的创作情绪

自秦朝出现流放制度以来，边疆地区就一直是获罪遭贬之人的去处；到了唐朝，南方地区成为流放的主要目的地，其中又以岭南最为集中。据统计，在唐五代共计2828人的贬官总数当中，贬至岭南道的人数为436人，超过江南西道与江南东道，列流放人数首位；新、旧《唐书》中记载的211位有具体流放地点的贬官人士中，罪谪岭南的也有138人；有唐一代进入岭南的1248位士人中，有152人是因为贬谪而来。②由于记载与史实之间可能存在的误差，历史上贬流岭南的人数可能比统计数字还要更多，但这

---

① 罗凯：《从三分到归一：唐朝前中期岭南政治地理格局的变迁》，载《中国历史地理论丛》2018年1月，第33期。

② 资料来源：尚永亮：《唐五代贬官之时空分布的定量分析》中"唐五代贬官人次时空分布表"，载《上海大学学报》2007年第6期；王雪玲：《两〈唐书〉中所见的流人的地域分布及其特征》，载《中国地理论丛》，2002年第4辑。

些数据已经足可以证明岭南地区在唐朝时期是流官第一目的地的事实。

岭南去都甚远,流贬不仅让罪臣谪宦远离故土,离开政治中心,而且往往发往岭南道内最贫瘠、最远恶的州县,"一去一万里,千之千不还"[①]。广州算是顶好的去所,得此"待遇"的人在流官总数中却也极少;不少人遭流连州、韶州等位于岭南东北部城市,因为气候、环境相对其他州府温和,路途相对短些,也已经是流贬官员中幸运儿;更多的则被贬谪崖州、雷州、康州甚至驩州(在今越南中部地区),[②]不得不在赶赴雷州半岛、海南孤岛和唐朝版图最南极的长途跋涉中苦苦煎熬,在落后的贬谪地生生忍受。

从遭贬的那一刻起,催发的时限、路途的艰辛、内心的悲苦、未卜的前途,交织互杂,一直伴随着官员到达目的地;岭南地区陌生的环境,"鴃舌"的言语,落后的条件,无疑又给了刚遭受重大打击的流贬人士当头一棒。面对这样的人生经历,南贬文人纷纷借笔抒怀,与他们命运深深纠葛在一起的岭南,也成为了客此地、过此地的文士们作品中的主要对象和高频元素。以贬谪文人为创作主体、以岭南为书写对象的迁客诗文,主题相近,但表达各异。在个人主观情绪与岭南客观环境的共同作用下,呈现出不同的风格和类型。

第一种是悲怨型。这是唐朝迁客岭南诗中比例较高的一种,创作背景为作者原本就逼近负荷临界点的负面情绪,被在地自然环境激发,结合个人经历与感受,形成一种集恐惧、忧虑、悲愤与无归属感于一体的复杂情绪,并在有相同经历的作者作品当中寻得共鸣。这种共鸣集中表现为一面痛诉岭南地区荒蛮、条件落后,对沿途、在地满眼的景物风俗心怀抗

---

① 杨炎:《流崖州至鬼门关作》,彭定求等:《全唐诗》卷121,北京:中华书局,1960年,第1213页。

② 据学者统计,唐五代岭南道贬官20人次以上的地区有崖州(37)、端州(30)、桂州(23)、循州(20);贬官10人以上的地区,有广州(18)、康州(18)、雷州(17)、韶州(15)、贺州(15)、潮州(14)、昭州(14)、柳州(14)、爱州(13)、驩州(13)、儋州(13)、封州(12)、钦州(12)、象州(11)、新州(10)。详见尚永亮文《唐五代贬官之时空分布的定量分析》。

拒;一面哀叹个人命运不公、去家千里,大吐对原籍地或为官地等中原地区的眷恋之情,表面上强调自己的迁客身份,实际上是要划清自己与岭南当地民众的界限。流放本来就是一种借助对政治中心的空间隔离和地理驱逐,而在身心上给予获罪者双重折磨的一种手段,受儒家价值观教育出身的文人被放逐到远中心地区,客观条件的艰苦或许只能称之为"灾",心灵上对流放地的不认可、对自身被文明体系抛弃却不知归日的焦虑,才是更深切的"难"。面对具备法律效力的这场灾难,他们无法反抗和扭转被贬的命运,身体到达远裔,精神却还在原乡。风俗各异的当地人被他们视为反礼教、反文明的代表,已经身遭贬黜的流官更加不能从心理上接受自己与他们混为一谈,所以在作品中,时时不忘明里告诉读者、暗里提醒自己——我是此地客居的谪人,我与他们不同。靠着这点倔强的"不同",似乎能为他们争取到一丝心理安慰;南生的一草一木,都能引起北归的泣诉,远离中土和文明中心的失意官员一直在诗文中通过南北的对比甚至对立,在灵魂深处为自己及同伴寻找一个有朝一日得以返程的理由。

这类诗作可以一窥作者南贬的心态与感受,却难以得见客观平实的岭南描写。根据贬官自身的经历与南下的过程,每一个阶段都能够从诗文中找到情绪佐证。关于出发前的境况,有张籍说的"辞成谪尉南海州,受命不得须臾留"(《伤歌行》);关于巨大的落差与对比,有李绅叹的"昔陪天上三清客,今作端州万里人"(《至潭州闻猿》),反映出一朝被贬,失去的不仅是熟悉的家园与高官要职,更是生活的质量与文人骨血里的自傲和尊严。开始流放生涯,沈佺期往安南,直言"问我投何地,西南尽百蛮"(《过鬼门关》);宋之问行至半途所见皆为"处处山川同瘴疠,自怜能得几人归"(《至端州驿见杜五审言沈三佺期阎五朝隐王二无竞题壁慨然成咏》),可见大部分人对岭南的固有认知是牢牢建立在传说、听闻和夸张想象的基础之上的。到地之后,相异的风俗与民教让贬官只觉"郡城南下接通津,异服殊音不可亲"(柳宗元《柳州峒氓》),二贬的重击甚至让柳州的山水都完全失去了存在感,只留下"翻为岭外行"的字句。宋之问更撰长诗《入泷州江》:

　　孤舟泛盈盈，江流日纵横。夜杂蛟螭寝，晨披瘴疠行。潭蒸水沫起，山热火云生。猿躨时能啸，鸢飞莫敢鸣。海穷南徼尽，乡远北魂惊。泣向文身国，悲看凿齿氓。地偏多育蛊，风恶好相鲸。余本栖岩客，悠哉慕玉京。厚恩常愿答，薄宦不祈成。违隐乖求志，披荒为近名。（后文略）

　　坐实岭南苦险的程度，把身在南方的所见与意属北方的精神对立起来，在"蛟""瘴""蛊""荒"的环境里，塑造自己"孤""病""悲""泣"，仓皇辞北南向而行，只有纹身凿齿之民在前的形象。其另一首《晚泊湘江》：

<blockquote>
五岭凄惶客，三湘憔悴颜。
况复秋雨霁，表里见衡山。
路途逐南转，心依雁北还。
唯余望乡泪，更染竹成班。
</blockquote>

　　和《发藤州》中"丹心江北死，白发岭南生。魑魅天边国，穷愁海上城"的描述相比更是着重强调了自己的"身南心北"之况。在本就极不情愿前往岭南的诗人眼里，当地的一切客观事物都只是他抒发北思和表达忠心的借力，心态的失衡成了一个障眼法，无限放大表象，却完全遮蔽本质。

　　由于贬谪处所的一切都站在文明价值的对立面，越是流露出个体对此地的不认同，则越是等于变相向外界传达和澄清自己的立场，于是这类悲愤型南贬士人，便在文学表达中竭力刻画甚至是丑化岭南，通过对当地的"怨"，来突出自己对北方的"恋"，通过对客观事物的否定，来强调个人主观意识的正确。这类作品的主旨，无外乎切盼赦归与愤懑不乐，作为文化和地域上的"闯入者""外来者"，大部分迁客文人带有与生俱来的优越感，来自北方的文化优胜心理和世代积累的南方地域偏见，加上个人的经历与情绪等综合作用，哪怕岭南有可爱、优秀、值得称道的地方，他们也不会下笔，更不愿下笔。一旦承认此地有可取之处，他们就更加没有再回北乡的机会了。

　　岭南在中央王朝中的区域地位一直排在倒数，加之地理环境的隔绝与信息交往的不对等，一直以来岭南都处在被岭外价值标准曲解甚至误解的境况之中。这种由于沟通管道不畅而导致的偏向，本应被人口的迁徙和流动逐渐纠正，但有唐一代的南贬文人由于特殊的政治环境和个体因素，不仅没有修正和改善外界对岭南的固有印象，而且在他们对岭南的漠视、仇视甚至是恶意夸张之下，犹如从天而降一张黄色封条，以加倍的威力压在了原本就难以负载的"五指山"上。作品中对岭南的表现始终停留在泛写层次，所述和岭南总是保持着疏离状态，对其贬苦却表现深入。这种诗歌并非真正的岭南诗，而是文人政治抒情诗、作者的内心独白。①

　　第二种是客观型。文学创作是一个非常个人化的事情，经历和性格是影响因素的一体两面。尽管大多数南迁政客与流贬文人都在遥望长安，但也有一小部分文人消解了个人的负面情绪，平静地浏览起甚至适应了岭南地区的深层面貌。这种消解个人途径不一，有些天性豁达，恰好在南方寄情山水；有些收意归隐，将个体生活与政治生命剥离；有些在地推动城市建设和文化教育，来重拾个人价值与政治认同。

　　永贞革新后，刘禹锡一贬再贬，落脚连州，还连累八旬高龄的母亲一同背井离乡，其中的打击和失落可以想见。刘禹锡不是没有悲愤怨抑的情绪，他再贬时曾与柳宗元同行，至湖南分手，并作诗赠别，传达自己愁肠百结又无法言说的心情。诗作中的情感表达并不借助贬损南方来实现，甚至没有太过强调具体地名，只一句"桂山东过连山下"，也是紧接"相望长吟有所思"②的，不曾在任何地域特质或高下对比上进行展开。不仅如此，在连州时，他积极调整心态，深入了解当地社会，亲身体察少数民族

---

　　①　邓小清、李德辉：《唐人岭南诗的三个类别》，载《文学史话》2018年第3期。
　　②　现引全诗如下："去国十年同赴召，渡湘千里又分岐。重临事异黄丞相，三黜名惭柳士师。归目并随回雁尽，愁肠正遇断猿时。桂江东过连山下，相望长吟有所思。"刘禹锡：《再授连州至衡阳酬柳柳州赠别》，彭定求等编《全唐诗》第361卷，第4080页。

的生活习俗，一面调适自身，一面适应当地，身处瘴乡，也愿意去发现和歌咏连州秀美的一面。刘禹锡有组诗《海阳十咏》，笔下的岭南不仅不蛮恶，反而还是可爱的、治愈的，是帮助他排遣政场失意情绪的去处，其中的《云英潭》：

> 芳帷覆云屏，石瓮开碧镜。
> 支流日飞洒，深处自疑莹。
> 潜去不见迹，清音常满听。
> 有时病朝醒，来此心神醒。[①]

发掘山水自然之余，对岭北人许多根深蒂固的观念和认知，刘禹锡还发挥了一种近似于科学的精神——细致观察。他亲身接触连州当地的许多少数民族，并且把当地民众的形象和生活作为创作的素材。《蛮子歌》"蛮语钩辀音，蛮衣斑斓布。熏狸掘沙鼠，时节祠盘瓠"客观平实地描绘了柳州少数民族的外形及特点，对其文明程度没有抱持批判态度，对于中原民族不同的习俗也没有打上价值标签，这种不加渲染的重实文字相当难得；另一首《莫瑶歌》：

> 莫瑶自生长，名字无符籍。
> 市易杂鲛人，婚姻通木客。

[①] 正文篇幅所限，列三首于此处，资料出处：《全唐诗》第355卷，第3990页。

《海阳十咏·吏隐亭》
结构得奇势，朱门交碧浮。外来始一望，写尽平生心。
日轩漾波影，月砌镂松阴。几度欲归去，回眸情更深。

《海阳十咏·切云亭》
迥破林烟出，俯窥石潭空。波摇杏梁日，松韵碧窗风。
隔水生别岛，带桥如断虹。九疑南面事，尽入寸眸中。

《海阳十咏·玄览亭》
潇洒青林际，夤缘碧潭隈。淙流冒石下，轻波触砌回。
香风逼人度，幽花覆水开。故令无四壁，晴夜月光来。

星居占泉眼，火种开山脊。

夜渡千仞谿，含沙不能射。

展现的是一幅旁观者眼里的莫瑶生活画面，尽管对象"非我族类"，但其文字对于其中的"异"况发乎奇、止乎实，尤其是对"含沙"的处理，是当世南贬群体中所罕见的。含沙是生活在水里的一种虫类，会喷射沙子一类的物质，人类接触后可能会生病。含沙的形象经过传说、夸张和想象加工，在中原一直被妖魔化、鬼怪化，成为长期生活在内陆的中原人心中对岭南谈之色变的一种毒物。同期的柳宗元有"射工巧伺游人影，飓母偏惊旅客船"（《岭南江行》）一句，说的也是含沙，但却字字透露出对岭南的无知与恐惧。不过柳宗元比起好友刘禹锡，尽管对岭南存有一定的偏见，但其身为柳州刺史，却在治理政策上推行了一些符合当地社会客观现实的方式方法，改变了他最不愿接受的一些地方，虽然这些政举是以柳宗元本人不能适应岭南当地的这些情况为缘由的，但也实实在在地促进了柳州地区的进步和发展：

越人信祥而易杀，傲化而偭仁。病且忧，则聚巫师，用鸡卜。始则杀小牲；不可，则杀中牲；又不可，则杀大牲；而又不可，则诀亲戚饬死事，曰："神不置我矣！"因不食，蔽面而死。以故户易耗，田易荒，而畜字不孳。[1]

元和十年柳宗元到任，采取政策"以佐教化"，还推行教育，渗透儒化，以开民智，又因百姓挑水困难而在城北造井，解决柳州人吃水困难

---

① 柳宗元：《柳州复大云寺记》，董诰等《全唐文》卷581，北京：中华书局，1983年，第5868页。"刺史柳宗元始至……辟之广大，逮达横术，北属之江。告于大府，取寺之故名，作大门，以字揭之。立东西序，崇佛庙，为学者居。会其徒而委之食，使击磬鼓钟，以严其道而传其言。而人始复去鬼息杀，而务趣于仁爱。病且忧，其有告焉而顺之，庶乎教夷之宜也。凡立屋大小若干楹，凡辟地南北东西若干亩，凡树木若干本，竹三万竿，圃百畦，田若干塍。……后二年十月某日，寺皆复就。"

的问题。这些客观上的落后与困境，柳宗元选择以解决代替厌恶，用实干带领精神，不仅推动了当地社会经济的发展，也在教化民众的同时，完成了一轮自我的劝慰和救赎。从对发配地怀有深深的恐惧，在"今抱非常之罪，居夷獠之乡，卑湿昏雾，恐一日填委沟壑，旷坠先绪，以是怛然痛恨，心肠沸热"（《寄许京兆孟容书》）中铺写凄惶可怖和荒僻怪异的景象来展现被流放远疆的焦虑悲苦，到"居蛮夷中久，惯习炎毒，昏眊重腿，意以为常。……楚、越间声音特异，鴂舌啅噪，今听之怡然不怪，已与为类矣"（《与萧翰林俛书》）的悄然习惯；更令人欣喜的是，从《柳州城西北隅种柑树》《茅檐下始栽竹》《种术》《种白蘘荷》《新植海石榴》等诗作中还能发现，柳刺史一面移风易俗，一面入乡随俗，自己种起了柑橘、石榴来；从前闻之色变的毒物、植被，后来也能客观认知了，为了适应炎热的环境，抵御水土不服而导致的瘴病，当地特产的草药也成了柳宗元田头的作物："门有野田吏，慰我飘零魂。及言有灵药，近在湘西原。服之不盈旬，蛰蛊皆腾骞。笑抃前即吏，为我擢其根。蔚蔚遂充庭，英翘忽已繁。"（《种仙灵毗》）这样放下主观戒心，接纳客观现实的转变，都被文字忠实地记录了下来。

岭南地处偏远，相对与世无争，唐时还成为了南禅一宗的发源地，浓厚的禅林风气对当地的地域文化和生活方式产生了不小的影响。一些贬谪官员来到此地，既遭经世为民价值观的背弃，便生出隐逸山林的精神旨趣来。李涉一生几遭贬黜，南来康州，谓"来往悲欢万里新，多从此路计浮尘。皆缘不得空门要，舜葬苍梧直到今"，甚至做出了"转知名宦是悠悠，分付空源始到头。待送妻儿下山了，便随云水一生休"的举动。

总而言之，在南下的流贬群体中，能够及时自我调节以接受流放命运、适应岭南环境的人还是少数，更多的人常怀忧愤，身心俱疲，抑郁成疾，客死异乡。在作品的字里行间哀哀泣诉，声声调调都在指认岭南的烟瘴与苦恶，实际上，那种遭受打击又无从申辩的生不如死的感觉，才是真正的夺命元凶。

第三节　送别与赴任：想象的魑魅国与真实的岭南道

一、正常委任、入幕与泛游者笔下的岭南形象

《通典·州郡十四》："大抵南方遐阻，人强吏懦，豪富兼并，役属贫弱，俘掠不忌，古今是同。……爰自前代，及于国朝，多委旧德重臣，抚宁其地也。"①唐时，王朝对岭南地区的治理举措和政治态度有了很大转变，李唐、武周时期皆重视该地区吏治与民生，为官者对待百姓"在任数载，秋毫无犯"，对待恶徒"悉绳之，境内清肃"，对待当地社会的物质发展"教人烧瓦，改造店肆，自是无复延烧之患，人皆怀惠，立颂以纪其政"②，这些被朝廷正常委任的仕官群体还带来了一批入幕人士，成为了在岭南较发达地区生活的新成员；与此同时，被发配来的大批政场、官场"弃儿"也成了岭南腹地各州府的新血液。后一类人大多地位高、影响大，在当朝后世颇负文名，其遭遇和命运富有戏剧化特征，形成的落差和对比很容易引起人们的关注，而且左降群体数量众多，情绪激烈，文学表达相当强势，所作诗文容易引人注目，甚至盖过了到岭南做官、入幕的人所留下的文字的风头。但实际上，被正常委任到岭南的官员，以及在岭南周边、邻近地区生活、工作的文人，在任地为官及入岭游览时，也留下了不少文学作品。岭南东道节度使杨于陵、徐申，幕僚韦词、李翱，客游过路者李群玉，朝廷使官许浑、徐铉等，都有诗文传世。

由于不像左迁文人一样受到身心与信仰的打击，也不是以戴罪之身千

---

① 杜佑撰、王文锦等点校：《通典》卷184《州郡十四》，北京：中华书局，1988年，第4961页。

② 段内三处引文来源："在任数载"句：《旧唐书》卷89《王方庆传》，北京：中华书局，1975年，第2897页；"悉绳之"句：同上引；"教人烧瓦"句：《旧唐书》卷96《宋璟传》，第3032页。

里奔徙往岭南深处的落后地区，正常为官与入岭客揽的文人没有低落的心境和命运的焦虑，眼前所见皆是景色，流贬作品中常见的对岭南的夸张、丑化甚至漠视在这些作品中极少出现，对地域的还原程度较高，从这类作品中，能够拼凑出一幅岭南的风景组图。李群玉路过南越故地，还结合了岭南地区的神话故事、古老传说，从混沌开蒙写到戎马倥偬，结合广州一带的气候特征和环境特征，写出了滨海南国的前世今生，格局宏伟，气势磅礴。最重要的是，作为一个不带偏见的"过路人"，李群玉以正统文化中极具代表性的溯源方式，认可了岭南地区的发展源头和历史沿革：

> 五仙骑五羊，何代降兹乡。
> 涧有尧年韭，山余禹日粮。
> 楼台笼海色，草树发天香。
> 浩啸波光里，浮溟兴甚长。
>
> 南溟吞越绝，极望碧鸿蒙。
> 龙渡潮声里，雷喧雨气中。
> 赵佗丘垄灭，马援鼓鼙空。
> 遐想鱼鹏化，开襟九万风。
>
> （《登蒲涧寺后二岩三首》之一、三）

一些官员使南日久，甚至对本地生出眷恋，友人别任岭外，不住朝南回头："诏移丞相木兰舟，桂水潺湲岭北流。……闻说公卿尽南望，甘棠花暖凤池头"（许浑《闻韶州李相公移拜郴州因寄》）；身背朝廷使官身份，总有一天他们会动身返京，想到可能要与这一方水土作别，连潺峡清谷都像在发出挽留："岭外春过半，途中火又新。殷勤清远峡，留恋北归人。"（徐铉《清明日清远峡作》）

对于岭南的历史发展、胜迹典故，南来官员也给予了追凭和认可，许浑《南越王庙》：

秦汉持兵鹿未穷，自乘黄屋岛夷中。

南来作尉任嚣力，北向称臣陆贾功。

箫鼓尚陈今世庙，旌旗犹镇昔时宫。

越人未必知虞舜，一奏薰弦万古风。①

需要注意的是，经由王朝常规管道委任的官员，目的地一般都是岭南境内较为发达的城市，如广州、桂州；南下途中保有朝廷职官的身份，较为体面、轻松地来到岭南；落脚在社会经济与发展程度较好的城市里，其所受到的环境冲击远远小于被流放到更远僻的崖州甚至骥州等地的左迁仕人；他们比起流贬文人对岭南的态度显得温和甚至积极，是可以理解的，但这种情况也只存在于少数人的作品中，"做官出使过境者之诗对岭南的平视和泛览并不适于全体……唐代到过岭南且非贬谪的何其多也，但真正做到了平视的也不多见，许浑、李群玉、李商隐算是其中做得好的，其余多数要么不写诗，要么无诗留存，真正有诗且持平视态度的不超过十人"。②从人数比例、生活地区和艺术成就上来说，整个文学天平还是朝着对岭南不利的一方倾斜的。

二、赴岭南送别诗中的岭南想象

从先秦时期开始，荒远难至的岭南因为客观条件上的交通障碍和主观认知上的价值印象，而被建构出了一个夸张、失实的形象，笼罩在岭南上空的除了烟雾瘴气，还有北人的猎奇想象。"想象具有比较多的含义……根据口头语言和书面文字的描述形成相应事物形象的认识活动……指人们在自己已有的知识经验基础上，能够在头脑中构成自己从未经历过的事物的新形象。"③前文提及的《山海经》中人身上长羽毛的故事，就是一个

① 转引自张荣芳等：《南越国史》，广州：广东人民出版社，1995年，第376页。

② 邓小清、李德辉：《唐人岭南诗的三个类别》，载《文学史话》2018年第3期。

③ 王伟民、段安平：《创造思维学》，西安：西安出版社，2005年，第57页。

典型的例子。唐朝时期岭南地区得到朝廷在管理上的重视，岭南腹地的大面积范围也得到了深度开发，^①通往岭北的交通障碍被进一步清扫，南人北任与北人南贬的双向流动打破了过去单一的信息管道，更多、更真实、更在地、更深入的岭南信息能够被千里之外的中原人士频繁获取。但有以下几点需要注意：其一是尽管有唐一代，岭南自身的发展已经上了一个新的台阶，但这种发展是建立在与岭南自身过去状况对比的前提下的，向外与中原城市相比，岭南的自然环境、社会条件、经济发展、物质生活等各方面依然与发达城市有很大的差距；其二是与岭南发生关系的作者群体在当时文人总体数量中的占比其实是很低的，从南往北的这条方向，通过科举取士而选拔入朝的岭南人士数量极少，也不具有典型的地域代表性，从北往南的这条方向，被贬徙南的官员绝大部分情绪低落、心态不平，得返者寥寥，只能说，流动的人群的确让岭南在中原人士生活中的出现频率变得高了一些，比起客观条件限制的前朝历代，把认知上的距离拉近了一点，但并没有传回和输出成一个纯然本真的岭南形象。

唐代为了巩固在岭南的统治，加大对少数民族的管理力度，共新置州22个、县90个，岭南随之跃升为全国各道中增置行政单位最多的一道。随着管理等级的细化，岭南地区的用人缺口明显增大，唐朝中前期，许多官员从中央被委派到当地执政，在唐代有别必赋诗相送的社会氛围^②下，为出京到地方赴任的官员作诗送别颇为盛行；唐朝中后期社会离乱，百姓名士纷纷逃南避难，在这样的社会情况下，出现了一批集中以赴岭南送别为主题的文学作品，南下的官、文群体写出与地方有关的作品后，身居北方的同朝文人也常常添作、互动，形成隔空跨域的对谈与交流。这些生平未曾踏入岭南的人们，在所受教育的基础之上，根据友人遭遇、故事传闻和

① "岭南的开发，乃是中国长期造田运动的收尾时期，这主要是在唐代完成的。"详见傅筑夫：《中国封建社会经济史》，北京：人民出版社，1986年，第18页。
② "景龙元年中宗率李瞬、李适、刘宪、苏颋、李适、郑愔送张仁愿赴镇朔方，并亲自制序赋诗，群臣同和。"计有功：《唐诗纪事》卷9，上海：上海古籍出版社，1955年，第145页；"唐穆宗时，工部尚书郑权为岭南节度使，卿大夫相率为诗送之"，洪迈著，孔凡礼点校：《容斋随笔·容斋续笔》卷4，北京：中华书局，2015年，第202页。

文学想象而开始进行的自己岭南书写。"艺术想象或文学的审美想象也是人类想象的一种，它是一种饱含情感，充满形象或形式因素，色彩最为瑰丽，内容最为狂放不羁、丰富多彩的想象。"①受气候特征、自然环境、民族差异和文化发展不同步的影响，没有来过岭南的人对岭南进行想象时，有以下几个特点。

　　第一是魑魅横行的夸张神怪想象。鬼门关和魑魅之乡是岭南远播的"盛"名。广西境内有一处出入口，扼守在通向崖州、钦州、交趾的必经之路上，由于地势险要，烟瘴横行，被称为鬼门关，"鬼"是"桂"的变音。在关于岭南的文学想象中，充斥着对过鬼门关有去无回的恐惧。如《通典》："州南去三十余里，有两石相对，状若关门，阔三十步，俗号鬼门关。……其南尤多瘴疬，去者罕得生还，谚云：'鬼门关，十人去，九不还。'"②实际上只是由于外地人对当地酷炎湿热的气候难以适应，往往水土不服，饮食不安，造成疾病。魑魅之乡更是常常出现在关于岭南的文学想象当中，孟浩然《送王昌龄之岭南》说"已抱沉痼疾，更贻魑魅忧"，元结《送孟校书往南海》写"吾闻近南海，乃是魑魅乡"，仇注杜诗中对"山鬼独一脚，蝮蛇长如树。呼号傍孤城，岁月谁与度。从来御魑魅，多为才名误"中的"山鬼"解释为"《楚辞·九歌》有《山鬼》篇。《述异记》：山鬼，岭南所在有之，独足反踵"。③伴随着唐朝时期盛行的精怪迷信之风，岭南被公认为魑魅之乡、鬼蜮之世，地理志乘的记载中也掺入了妖魔化的文学想象：

　　开成中，桂林裨将石从武，少善射，家染恶疾，长幼罕有全者。每深夜，见一人自外来，体有光耀。若此物至，则疾者呼吟加甚，医莫能效。从武他乡，操弓映户，以俟其来。俄而精物复至，从武射之，一发而中，

---

　　①　蔡毅：《创造之秘——文学创作发生论》，北京：人民文学出版社，2002年，第82页。

　　②　杜佑：《通典》卷184《州郡十四》，《景印摛藻堂四库全书荟要》史部第140册，台北：世界书局，1985年，第553—554页。

　　③　杜甫著、仇兆鳌注：《杜诗详注》第2册卷7，北京：中华书局，1999年，第560页。

焰光星散。命烛视之，乃家中旧使樟木灯檠，已倒矣。乃劈而燔之，弃灰河中。于是患者皆愈。①

这些偏重迷信、鬼怪的印行，让岭南成为了不祥甚至大凶的代名词，经过积累和泛化，在《旧唐书·韦执谊传》中，出现了这样的记载：

自卑官常忌讳，不欲人言岭南州县名。为郎官时，尝与同舍诣职方观图。每至岭南州，执谊遽命去之，闭目不视。及拜相，还所坐堂，见北壁有图，不就省。七八日，试观之，乃《崖州图》也，以为不祥，甚恶之，不敢出口。②

结果历史吊诡，韦执谊因叔事而连坐贬往崖州，其结局在史书中，只浓缩为"果贬死"三个字，一笔一划透尽了千年前的黑色幽默。

第二种是超出认知范围的猎奇想象与深层文化优越感。岭南物产丰富，许多动、植、药物岭北不见，中原人常常对此间的物产特性感到不可思议。惊异之余，往往又衍生出许多加工，于是便有《鹦鹉瘴》这样的故事：

广之南新勤春十州，呼为南道，多鹦鹉，翠矜丹觜，巧解人言。有鸣曲子如喉啭者，但小不及于陇右。每飞则数千百头，食木叶榕实。凡养之，俗忌以手频触其背，犯者即多病颤而卒，士人谓为鹦鹉瘴。愚亲验之，咸通十年夏，初有三大舶将五色鹦鹉至者。病其胡语，昔天监年，交州有兽能歌鹦鹉者，诏亦不纳。③

鹦鹉的语言能力加上岭南地区的瘴疠名片，成为了想象的素材，搭建

---

① 李昉等编著：《太平广记》卷370《精怪三》，北京：中华书局，1951年，第2943页。
② 《旧唐书》卷135《韦执宣传》，第3733页。
③ 段公路纂，崔龟图注：《北户录》卷1，北京：中华书局，1985年，第4—5页。

了一个"常摸鹦鹉背就会容易得'鹦鹉瘴',这种病让人浑身颤抖而死"的故事框架。一方面体现了外人对岭南特殊物产的猎奇心理——巧解人言的动物出现在南方,容易让人联想到当地盛行的巫术迷信;另一方面也暴露出岭北人潜意识中的文化优越感——他们发自内心地认为岭南是险恶甚至邪怪的,凡是接触此地,哪怕只是沾一点边,也会招来危及性命的祸患。除开唐代传奇方兴未艾的文学背景,这实际上也是一种鄙夷岭南的表现。

元稹一生没有来过岭南,但《送岭南崔侍御》的景象却其状态可怖,节录于下:

> 蜃吐朝光楼隐隐,鳌吹细浪雨霏霏。
> 毒龙蜕骨轰雷鼓,野象埋牙刷石矶。
> 火布垢尘须火浣,木绵温软当绵衣。
> 桄榔面磣槟榔涩,海气常昏海日微。
> 蛟老变为妖妇女,舶来多卖假珠玑。①

大量的岭南意象和岭南碎片被拼接在一起,从岭南方志、小说杂著中脱胎出的认知基础,加以个人耳目所接,构设出了一个失真的岭南形象。这种想象的行进路线直接把岭南小说在当朝的发展空间压缩殆尽,汉朝时期遵循"重实"原则的地理博物志文学没能发展成进一步的成熟小说文体,反而背离源头,朝着夸张与虚构的方向越走越远。岭南本土也终于没能在有唐一代岭北传奇正盛的时期孕育出自己的小说作品。

第三是鼓励友人重振精神的正面想象。传统儒家文化善于也惯于追本溯源,往往通过抽取事物发展过程中与自身价值相契合之处的方式,借助历史和典故来论证叙述对象的合理性。尽管岭南地区时常以瘴乡蛮地的形象出现在岭北文人的认知体系当中,但在漫长的发展历史上,也还是流传下来一些符合中原文明价值观的意象和代表,如越王、汉台、贪泉、铜

---

① 《全唐诗》第12册,第4572页。

柱、伏波、陆贾等。从表面上看，它们是具有岭南自身地域特色的名词，但从深层来看，是因为它们能够从各自的角度和背景彰显儒门伦理，迎合统治阶层的价值取向，故能够得到核心价值体系的承认和传播。

"唯君饮冰心，可酌贪泉水"（钱起《送李大夫赴广州》），贪泉的典故出于《晋书·吴隐之传》[①]，汉魏及分裂时期，由于王朝对岭南的轻视，加上当地物产珍稀奇异，贪赃受贿的现象在岭南地区特别严重，由是生出贪泉一说，谓朝廷官员来到此处，饮了广东南海县西北面的一眼泉水就会变得贪婪。形容官吏廉洁奉公，恰如其分地赞美了远行之人的品性，同时又贴合地域文化。"陆贾千年后，谁看朝汉台"（刘长卿《送裴二十端公使岭南》），陆贾是西汉时期为刘姓天下安邦治国的谋士，曾出使南越，出色圆满地完成了外交任务，此借喻远行之人也是经世伟才。除此以外，指代地理标界的"铜柱"也常常入诗："莫教铜柱北，空说马将军"（杜牧《送容州唐中丞赴镇》）、"沙埋铜柱没，山簇瘴云平"（马戴《送从叔重赴海南从事》）。汉时伏波将军马援在交趾立下铜柱，作为边陲疆界的分隔与征战胜利的象征，后世常引用此典故歌咏将帅在蛮荒之地建功立业。

另外还有一些当世大家，他们或文学造诣精深，或亲身到过岭南，写出的诗篇大多取用正面意象，哪怕暗怀个人的担忧和疑惧，也只借一些岭南特色的外物来进行隐性表达，试取几首：

《送段功曹归广州》

杜 甫

南海春天外，功曹几月程。

峡云笼树小，湖日落船明。

---

① "朝廷欲革岭南之弊，隆安中，隐之为龙骧将军、广州刺史、假节，领平越中郎将。未至州二十里……有水曰贪泉，饮者怀无厌之欲。隐之既至，语其亲人曰：不见可欲，使心不乱，越岭丧清，吾知之矣。乃至州所，酌而饮之，因赋诗曰：古人云此水，一歃怀千金。试使夷齐饮，终当不易也。及在州，清操逾厉。"（《晋书》卷90《吴隐之传》，北京：中华书局，1974年，第2341—2342页）

交趾丹砂重，韶州白葛轻。

幸君因旅客，时寄锦官城。

《送严大夫桂州》

白居易

地压坤方重，官兼宪府雄。

桂林无瘴气，相署有清风。

山水衙门外，旌旗艛艓中。

大夫应绝席，诗酒与谁同。

韩愈到过潮州，他在送行与自己遭遇相似命运的朋友时，以典例起兴，铺叙南方景色，描绘在地生活，以舒缓友人的紧张情绪：

《送桂州严大夫同用南字》

韩　愈

苍苍森八桂，兹地在湘南。

江作青罗带，山如碧玉篸。

户多输翠羽，家自种黄甘。

远胜登仙去，飞鸾不假骖。

比起他贬谪时期自己写过的一些反映岭南生活的作品，这已经算得上是非常正面且积极的了①。所以说，心态、身份、经历对创作的影响，还是要大于客观环境本身的。

由于岭南地区北端崇山横隔，交流不便；内部土著杂居，文字少通；儒家文化与北方文明带有天生的优越感和排他性，所以中原地区收取到

---

① 韩愈也有带浓浓歧视的作品《泷吏》："恶溪瘴毒聚，雷电常汹汹。鳄鱼大于船，牙眼怖杀侬。州南数十里，有海无天地。飓风有时作，掀簸真差事。圣人于天下，于物无不容。比闻此州囚，亦在生还侬。"对比鲜明。

的岭南信息一直是不太完整也不太客观的。加上古代科学技术不发达，迷信思想在日常生活中占有一定的地位，在信息传播的过程中，那些异样的、外族的民族特点，气候的、地理的自然现象被夸张和放大了，世代累积后，传统的价值标准和认知体系逐渐牢固，中原士人心中的岭南形象开始刻板化和固定化。随着北官南仕的队伍不断壮大，在文学的世界里出现了越来越多的岭南描写和岭南想象。大部分与入岭有关的文学作品过于切近现实，岭南成为了作者抒发政治怨怼的对象，成为了与文明世界对立的参照，对岭南的判断上升到道德政治层面，混合了个人得失的考量；只有少量作家作品较为客观平和，公允得当。这些想象的倾向性与作者自身性格和经历的关系最大，在地状貌只是位列第二的外部刺激。只有摒弃功利的、怨艾的态度，树立起客观的、科学的意识，才能产生正确的审美判断。但有唐一代的这类文学作品尽管失实，却开辟了一个诗歌地理中的岭南，各种各样的岭南书写和岭南想象传递出了人们对此处此地的情感体验和价值判断，"诗人将自己历史意识、政治抱负、人文关怀、生命理想投射于岭南地理之中，使岭南成为构建他们诗意人生和文化人格的重要方式。"①自此以后，在自然地理和人文地理以外，岭南还作为诗歌地理概念而存在，并且成为岭南本土意识最终破土的重要背景。

---

① 侯艳：《唐宋诗学岭南意象的时空思维与生命审美书写》，载《广西社会科学》2012年第6期。

第四章

近乡情怯：唐宋时期的
岭南文学（中）

第一节　岭南文人的故乡情结

　　科举和南选制度为岭南儒生进入统治系统提供了管道和机会；成为王朝统治机器的组成部分，也为岭南籍士人能够留下更多的记载和资料提供了条件；借助有关本地文人的资料和作品，能够在探讨本地作家对岭南的感情认知时，起到一定程度上的参考作用。

一、张九龄的"唯一"性

　　一代贤相张九龄，籍贯韶州曲江，素以诗名、文名、政名著称，诗文谓开岭南清淡之风，常被后世追为"岭南文学之祖"，有《曲江集》传世。家中累世为官，但官职都不及他显赫。玄宗一句"风度得如九龄否？"[①]是对其政治功绩的终极肯定。张九龄凭借自身的大家造诣，被视作岭南文学史上的一颗明珠，言岭南文学者必及张文献，他的文学造诣和政治声名，让他成为这块长久以来颇受排斥的土地上，难得一见的珍稀和骄傲。在结合地域背景进行研究时，值得注意的是，张九龄除了许多"第一"——岭南本地第一个大家、第一位文豪、第一个宰相，更是一个"唯一"——他是岭南文学园地尚显荒芜时期茕立的参天大树，更是同时期本土作家群体中罕见的拥有正面故乡情结的岭南人。

　　在岭南地区的发展历史上，韶州与苍梧是两个崛起较早、发展程度较

---

　　① 张九龄在唐玄宗开元年间任宰相，其性格铮傲，守正不阿，尚直敢谏，甚至不惜触怒唐皇。后因危及奸佞集团利益而为小人所排挤，索性辞官不仕。安史之乱倾覆了唐朝的统治大厦，玄宗内避四川，念起张九龄曾主杀安禄山、但自己却没有听从这一建议的过往，面对破碎山河空悔不已。后来每每有人向上举荐宰相人选，玄宗总要问一句："风度得如九龄否？"

高的中心区域。张九龄的家乡曲江属于岭南地区的韶州思想文化板块①，韶州地处粤北，踞于五岭入口脚下，历史上韶州的府所多为曲江。韶关一带战事较少，社会平稳，在岭南境内属于经济与教育情况较好的地区，加上地处交通要冲，往来移民数量众多，拥有相对庞大的人口基数，从曲江走出来的张九龄，不仅生长在岭南几个最发达的地区（苍梧、广州、韶关）之一，还生长在该发达地区的中心城市（韶关曲江）里。由于家庭背景的关系，张九龄自幼接受传统儒家教育，并继承了几代人的发展轨迹，进入官场。与自己任韶州别驾的曾祖、窦州（今广东信宜市）录事参军的祖父、新州所卢县（今广东新兴县）县丞的父亲不一样的是，官至宰相的张九龄，成为了家族中第一个进入政治地理中心和统治集团核心的人，比起一直在岭南范围内任职的前几代人，他靠才学与能力为自己赢得了极高的地位，也为自己提供了一个崭新的生活环境。张九龄现存的200多首诗作中，有近50首咏及故乡；文、赋中也有《开凿大庾岭路序》《荔枝赋》等与岭南有关的作品。对他来说，南北环境的客观对比应该是鲜明的，在他笔下，有请奏国事的公务文书，也有沉浮官场的政治感遇。关于南方的记忆常常遥远而亲切，可堪怀念。

　　与流贬诗作不同，作为常年在外的曲江人，张九龄为官十三年，经常借诗言情，抒发对故乡的怀念。这种故园情思虽然没有时时刻刻用明确的地名来表达，但依然显示出张九龄个人对家乡有较高的认同感和归属感，诗文作品在同时期的岭南籍文人中有较为明确的乡邦意识，并且张九龄本人并不避讳去展示和显露自己的岭南地域身份和这种思乡的情绪。西江流经韶关，是韶关人的一份城市记忆。他在《西江夜行》中这样写道：

> 遥夜人何在，澄潭月里行。
> 悠悠天宇旷，切切故乡情。
> 外物寂无扰，中流澹自清。

---

① 关于岭南思想文化板块的划分，参覃召文、宋德华：《岭南思想文化的演进与更新》，第41—92页。

> 念归林叶换，愁坐露华生。
>
> 犹有汀洲鹤，宵分乍一鸣。

　　在儒家文化中，对家乡的思恋是一种常见的情感表达，但这是士族群体中的一种共性；当我们把眼光从士族群体向外投射，传统价值体系中看重和常见的还有对血脉的重视、对郡望的自豪和籍贯地域近畿与否的价值判断。岭南地区在张九龄生活和为官的年代，还远没有能够摘掉落后、蛮荒的帽子，尽管对比起魏晋时期的门阀制度，对大姓望族的推崇浓度已经稀释了一些，但是生于名望之门的荣耀感还是根深蒂固地植扎在人们，尤其是儒家教育体系下士人们心底的，不然也不会有"城南韦杜，去天尺五"的俚语流传于有唐一代了。张九龄并非自视出身望族，他直言自己是"纷吾自穷海，薄宦此中州"（《高斋闲望言怀》），更强调自己"臣本单族"，偶尔还会表露出由于自己家姓寒微、籍贯偏远而可能带来的困境："惜此生遐远，谁知造化心。"（《浈阳峡》）一届岭外寒士，在京孤根无托，只凭一己才华在朝内浮沉，但张九龄却没有因为惧怕主流社会对岭南的标签和认知，而将自己的籍贯所在与思想情感藏掖起来，南面是故乡，脚下是生活，眼前是未知的宦海前路，他也只说"我有异乡忆，宛在云溶溶"（《感遇十二首》），或者在辞官时"伏槛一长眺，津途多远情"（《秋晚登楼望南江入始兴郡路》），远别的路上因为有对故土的思念和期盼，反而冲淡了被谗而辞的无奈与失落。当族内后辈和天边飞鸟都要南行时，更是勾起了他的乡愁，《二弟宰邑南海，见群雁南飞，因成咏以寄》直接明显地袒露了一番：

> 鸿雁自北来，嗷嗷度烟景。
>
> 常怀稻粱惠，岂惮江山永。
>
> 小大每相从，羽毛当自整。
>
> 双凫侣晨泛，独鹤参宵警。
>
> 为我更南飞，因书至梅岭。

无论是长安、洛阳，还是韶州、番禺，都是张九龄熟悉的、生活（过）的地方；他一生从政十三年，几上几下，也曾游历四方，看过各处河山，在离乡远游的岁月里，逐渐在文学作品中构建了一个恋乡怀土的精神家园。

在张九龄的文字世界中，岭南作为故乡，地域特征基本上都是正面的。他笔下的另一岭南重镇广州：

《送广州周判官》

海郡雄蛮落，津亭壮越台。

城隅百雉映，水曲万家开。

里树桄榔出，时禽翡翠来。

观风犹未尽，早晚使车回。

既歌咏了广州地区的历史名胜，又描写了当地的社会生活和自然风情，还写出了岭南地区独有的特色和物产，文末升华主题，又像是告诉将别的朋友，更像是提醒北居的自己——这里的美好让人流连，有空还是常回来看看。《与王六履震广州津亭晓望》再写广州：

明发临前渚，寒来净远空。

水纹天上碧，日气海边红。

景物纷为异，人情赖此同。

乘槎自有适，非欲破长风。

全诗大气磅礴，先是写自然景物由近及远，后又从精神境界推情入理，眼前客观的瀚水朗空成了个体情绪的承载者，激发出互通的感情。事实上，颈联所写的"景异情同"，在张九龄自己和岭南文学上，更多地表现为"景同情异"。唐代岭南文学的大部分构成主体是左迁流贬作品，本籍作者张九龄作为唐代岭南文学的另外一极，完全是凭借着这种对同一个

地方进行不同描写的"景同情异"，在丑化岭南、敌视岭南的作品情绪中，挤出一条夹缝和一点空间，让一个明媚秀丽、风物宜人的岭南形象在唐朝的诗歌地理中生存。"秋瘴宁我毒，夏水胡不夷"很明显地借化了外界常见的对岭南的刻板印象入诗，却又表达出一股强烈的"正名"意味，瘴毒、蛮夷这些"同景"，在不同身份的人眼里就能够生出"异情"——"行李岂无苦，而我方自怡"。（以上出自《夏日奉使南海在道中作》）另一首《巡按自漓水南行》更直接地写出了岭南地区的山水风貌，是一篇吟咏岭南的佳作（节录）：

> 况乃佳山川，怡然傲潭石。
> 奇峰岌前转，茂树隈中积。
> 猿鸟声自呼，风泉气相激。
> 目因诡容逆，心与清晖涤。

评家谓张九龄是"继陈子昂之后，从再度恢复大写古调、提高诗歌的气格着手，充实了山水诗的骨力。……他对当时诗风的影响便是他的感怀体山水诗中所显示的极其清高孤拔的气质和深刻的人生思考，使汉魏风骨在山水诗中得以传承"。[①]由于张九龄自身艺术成就的高度，他不仅大大方方地展示自己的故乡情结和本土意识，还承上启下，蓄外育内，开创岭南一代诗风。翁方纲说他"不得以初唐论……不得以方隅论"[②]，证明他的文学成就其实已经超越了所处时代与身居地域，而具备了相当的普遍性，甚至是垂范意义。

二、其他岭南籍文人的身份自卑

在岭南留下文学作品的本地人比外地人少很多，名气也不如左迁官

---

① 葛晓音：《山水田园诗派研究》，沈阳：辽宁大学出版社，1993年，第172、178页。
② 翁方纲：《石洲诗话》卷1。

员或南来的游客、文人、士大夫。唐代岭南籍的文人数量本来就少，还有失传或无记的可能，我们只能根据一些其他的限定条件，尽量通过比较全面、可信的官方记载，来获取一些岭南籍文人的信息。其中最为准确、也最能够体现代表性的，当推唐代在科举制度中对岭南籍进士的记录和统计。以孟冬《登科补记考证》及广东、广西地方志为依据，考、录得唐代占籍岭南的进士人数为35人[①]。除了张九龄以外，这些岭南籍进士中还有几位也是当朝较为知名的优秀文人，留下了自己的传世作品。但正如前文所述，张九龄的正面故乡情结是岭南籍文人中的一个特例，因为在其他岭南籍文人的作品中，不仅难以寻得对故乡的描写和眷恋，而且还时时讳言自己的籍属和身份。试举几例：

（一）提及岭南时的鄙夷情绪

来自偏远南道，曾与蛮夷为伍，家门卑微孤寒，深受儒家传统价值观影响的人很容易对以上几点产生偏见；每样都占全了的、好不容易出人头地的岭南籍文人，则很容易因为以上这些籍贯"特质"，和对此产生的顾忌而感到自卑。从这种自卑中生出的挣扎与矛盾，日夜伴随着他们，尽管已经远离岭南千里，却依然找不到方式和方法，洗脱这由于籍贯而与生俱来的印迹。当文人走出五岭，北向而上的那一刻，就是想要融入上层文化圈中的，至少也想要得到相同价值体系中的人的认可；可现实常常让他们陷入外界与自身共同的压力和纠结当中。由于这样的原因，部分岭南籍文人时刻抓住机会，强调和证明自己在价值观和认同感上，与大多数儒家受众的一致性；这种迫切想要得到认可而又寻路无门的失落，常常在文字中

[①] 这一数字只做征引之用，意在说明岭南籍学人在唐朝的数量在全国范围内占比很低这一事实，以反映出其时的背景和环境。笔者略知在唐代岭南籍进士人数这一问题上，还有许多其他的意见、声音和材料，各家结论的具体数字是有出入的，所认定的具体人物也因不同的原因，互相之间存在人员的增删或缺补。正如《粤大记》的作者郭棐所言："阐余照于晨星，存什一于千百，它或知而未确者，不敢漫书焉。"由于笔者能力有限，无法亲身逐人考订是否符合资质，此处的引用不代表笔者在具体数字上只认同"35人"一说，也不代表笔者不认同此研究中其他有理据、有材料的结论和数字。

转化和融合成对故乡的鄙夷与回避，借助自己对岭南的不认可，来换取文明中心对自己的接纳。

刘轲籍韶关，学术造诣颇为精深，是与张九龄齐名比肩的文化名人。屈大均盛赞他的成就，"吾粤文始于北，为张文献与君"，又"谓曲江公之后，岭南复有君接武其人"。但他对岭南的态度与同乡张九龄截然相反：

> 轲本沛上耕人，代业儒为农人家。天宝末流离于边，徙贯南鄙。边之人，嗜习玩味异乎沛，然亦未尝辍耕舍学，与边俗齿。且曰：言忠信，行笃敬，虽夷貊行矣。故处边如沛焉。[①]

中国式的保身哲学贵"同"忌"异"，最怕你有什么地方和大多数"不一样"。尽管这种不同可能并没有价值和是非上的对错，但相异本身就已经足够把人拒于门外了。除了张九龄以外，唐代有名姓、有记载的许多其他岭南籍文人，较少有留下关于故乡的作品，不仅没有什么正面歌咏岭南山水风物的诗文，在政策建设上也不像张九龄那样曾经为家乡发展谋福祉；由于大环境的影响和自己个人的选择，还常常把自己塑造成一个"不思（南）乡"的人，他们的身份认同和心灵归属，以及个人的追求目标和精神寄托，都在北方、在中州，在儒门、在朝廷，总之不在故土，不在岭南。

（二）以郡望代替籍贯

如果说，通过在提及岭南时，表达自己对当地的不认可来争取自己在主流文化圈中的地位和话语权，是一种岭南籍人对故乡的负面情绪的话，那么直接略过籍贯所在地，只讲郡望地点、不讲出生地点，则是另一种常见的与岭南"撇清关系"的做法。

桂州人曹邺，工诗，在晚唐享有盛名。翻阅他留下的百余首诗文作

---

① 刘轲：《上座主书》，董浩等：《全唐文》，第8647页。

品，写岭南或广西故乡、故园的，不见；倒是有"我祖西园事，言之独伤怀"的句子，多次着意强调自己的家世沿革，屡屡提及自己是三曹的后代，还以名和字来作证，不仅名"邺"，还字"邺之"，生怕勾不起别人对曾经显赫的邺城曹家的回忆和联想。其作品时常怀有对自己仕途不顺的不满，不知这样的宦海挫折是由于外界客观因素，还是与他个人竭力与先代郡族攀扯也有关系。当然这是一种推测，但曹邺刻意"曲线救国"的做法的确反映了他身上存在的自卑心理和负面故乡情结，面对出身和籍贯，没能做到儒家传统中所要求的"贫贱不能移"。既慕圣贤之道，焉有只求其表，不图其里之理，但这是个人的缺憾与时代的局限，后人不能站在上帝视角予以过多的苛责。只是《四库全书总目提要》也曾评曹邺谓"顾其诗乃多怨老磋卑之作"，或许他可以强调郡望、淡化籍贯的做法在后人看来，评价和感触竟是共通的。

这样的例子还有不少，邵谒根本不说自己是岭南人，刘柯在《庐山东林寺故临坛大德塔铭并序》中自称为"彭城刘柯"。韦昌明在《越井记》中也不忘申明自己的岭北家族渊源："又秦徙中县之民于南方三郡，使与百越杂处，而龙有中县之民四家。昌明祖以陕中人来此，已几三十五代矣。"相比之下，韦昌明以历史爬梳的方式交代迁徙流变，隐晦地指明自己的"来历"，又通过历史上著名的大规模移民来为先祖的南下提供合理性及不可反抗性，同时捆绑自己与中原文明发源地的深层关系，把自己塑造成一个先进生产力的代表者、在荒僻南疆进行开拓的形象，已经算是比较平和的了。

第二节　文学体裁取向变化与岭南文学的内部发展

唐朝社会稳定，文化发达，诗歌的发展达到了前所未及的高度，加上

唐末五代词体兴起的先兆，堪称诗歌体裁的全盛时期。

一、岭南作家的摹古取向

本书在第二章中，指出了先秦至汉魏六朝这个阶段的岭南文学与政治的紧密关系，中心思想可以归为一句"（当时的岭南）文学史就是一部政治史"；这种政治因素的遗留在很多方面给岭南文学的后续发展带来的影响，有第三章中指出的贬谪文人及其作品特征，还有上一节中论述的本地文人看待岭南的心态，综合这些方面则又可以总结成一句"（这一阶段的）岭南文学史，就是一部力争向儒家价值标准看齐的文学史"。

有唐一代，我国社会、经济、文化等各方面的发展都是标杆性的，文学领域大放异彩，诗歌园地百花竞艳，诗人辈出，奠定了唐诗不可撼动的地位。在七律、长篇叙事等体裁已经竞相成为经典的大环境下，去京千里的岭南诗坛似乎显得不那么热闹。唐代岭南籍作家在奏议、文赋之外，依然延续了自汉而然的易学、春秋等传统，除去这些特定的学术研究，留下最多的就是诗歌；但在这些诗歌当中，大部分风格都与"古"有关，而且在体裁上，则是同时期岭北诗人已较少触及的五言古诗占了绝大多数。

关于岭南诗人古意浓厚这一点，历来不乏研究与分析。张九龄、曹邺各开广东、广西的诗坛先声，也是存世作品最多的岭南文人。张九龄"藻思翩翩，体裁疏秀，深综古意，通于古调，上追汉魏，而下开盛唐"（明徐献忠语）[1]，曹邺"其诗格调高古，意深语健，诸体略备"（明蒋冕语）[2]。同时期的刘柯更是直言自己自幼就立志学古，对当朝甚为流行的传奇、律诗等体裁并不愿为：

---

[1]　周挺辑：《删补唐诗选脉笺释会通评林》，《四库全书存目丛书补编》第25册，济南：齐鲁书社，2001年，第506页。

[2]　蒋冕《二曹诗》跋，转引自梁超然：《毛水清注·曹邺诗注》，上海：上海古籍出版社，1982年，第73页。

伏念自知书来，耻不为章句小说栓桔声病之学，敢希趾跟踪，切慕左邱明、扬子云、司马子长、班孟坚之为书。①

这种追古、摹古、复古的文学取向，成为了有唐一代岭南文人的共同选择。从许多方面都能够看出岭南文士对于古风的认同和推崇，是自觉的、主动的："邺之师法古则，不为近体"（曹学铨语）；更是有目的的："邺之诗得于乐府古辞，使人忘其鄙近。"诗尚用典，岭南人想要通过摹古来贴合儒家价值标准、同时力证自身见解和认知，他们的习古作品中援引的典故很多都是直追汉魏的，"九龄诗歌中所涉典籍及前人作品140余种，740余次（人、事、诗）。其中《诗经》86次，占11.6%，《楚辞》37次，占5%，《古诗十九首》等汉代诗赋40次，占5.4%，魏晋六朝诗赋69次，占9.3%，隋唐诗文赋6次，占0.8%。若以总集而言，所涉频度最高的就是《诗经》、其次是《楚辞》和《古诗十九首》。……所谓'尽力于《丘》、《坟》，寻源于《礼》、《乐》'"。②此外，像郑愚《泛石岐海》"未卜虞翻宅，休登王案楼"就上追孙吴时对岭南有教化之功的虞翻，又提建安时代讲学于南海的王集，都是岭南古史上的曾事教育和学术的文化名人。借助古代先哲或儒家圣贤与岭南的关系来抬高本地文化价值和认同度的用意比较明显。

在作品的崇古风格之外，对文学体裁的选择也能够体现唐代岭南文人的文学取向。他们在精神上好古、复古，还在体裁上拟古、仿古，曹邺一人的传世作品中，仿乐府古题而作的就有19首，仿古民歌、民谣的诗作有3首。唐代去古已远，整体诗坛空前繁荣，也并不再是乐府古体正当时的年代了。从这一点可以看出曹邺等岭南籍士人在体裁上对古体的刻意选择。此外，绝大部分传世的岭南文人作品体裁都是五言。《曹邺诗注》载曹邺诗111首，其中五言古诗82首，约占总数的74%。熊飞《张九龄集校注》载张九龄诗232首，其中五言古诗多90首，约占总数的40%。其余唐代

---

① 刘轲：《上崔相公书》，董浩等：《全唐文》，第8645页。
② 顾建国：《张九龄研究》，北京：中华书局，2007年，第176页。

岭南进士诸人的零诗残句共涉及诗作有20首，其中五言诗13首，包括五言古诗2首、五言律诗11首。从岭南文人在体裁选择上的集体倾向来看，有两重原因。第一重是精神上极力向主流靠拢的心态，出身之地文化瘠薄，便在创作之时着力借助厚重的历史来弥补，他们大多选择代表传统、代表曾经的文化巅峰的体裁，来进行个人文化立场的隐性宣发。第二种则是地域上的潜在影响。北方辽旷，山高地阔，故而北音雄健，性格豪迈深长；南声河密丘多，宛转交错，所以南声短平顿促，性格细腻少雄。一直以来在唐代诗歌的地理分布中，就有七言、五言的南北之别。王昌龄生于北方，号称"七绝圣手"；刘长卿生于南方，自号"五言长城"。七言、五言的南北鼎立不是偶然的，多少都有地域风气的深层因素在。

二、南汉时期的岭南文学概况与五代词中的岭南形象

（一）南汉文学略述

五代时期的岭南地界属于南汉政权所有，南汉擅长攻城略地，其领土面积实际上比唐朝时期的岭南道要大些。这时的中国经过唐末的乱世，已被分割成许多独立的政权，但在这段政治领域的寒冬时期，文学却没有凋敝。相反，西蜀、南唐等国都滋润出了传誉后世的文人和作品。南汉国政治成就并不突出，其政权末期的统治更是荒淫暴虐，完全失序，但其自建国以来，国主大多好文，朝内也云集了一批善文的墨客大臣。正是"五季文章趣卑陋甚矣，然当时诸膺伪，其国颇亦有人"。①《十国春秋》《南汉书》等史料载，南汉高祖时期的著作郎陈光乂、中书侍郎王定保、翰林学士承旨王宏等，都是富丽文辞，工笔诗赋之人，中书舍人王诩的赋作还因为太过出彩被推传到别国去②。中宗朝时，岭南丞相简文会、钟允章颇有文名，钟甚至包揽了当朝所有的诰赦、碑记等朝廷所需的政治公文拟写

---

① 蔡修，《铁围山丛谈》卷3，北京：中华书局，1983年，第58页。

② 《南汉书》卷11《王诩传》，第57页。

任务，"每撰进，无不称旨"。①另外，黄损、孟宾于也都是南汉时期优秀的岭南文人，现有诗歌传世。总的来说，南汉时期的本地文学作品留存本就不多，我们今天能看到的，更多都是后世在不停地转注和引用中，对当时的人事文章的评价。南汉文学的诗歌、断联、残句，思想旨归大多与社会现实与作者个人的抱负、理念相关，能够反映岭南地域特性的作品，或能够体现出作者身上岭南籍地域性格的作品暂时不见。

（二）五代词中的岭南形象

跳出政权归属的框架，在整体文坛上，五代词中有一批描写岭南风光的作品值得注意。"咏南荒风景，唐人诗中以柳子厚为多。五代词如欧阳炯之《南乡子》、孙光宪《菩萨蛮》亦咏及之。惟李珣词有十七首之多。荔子轻红，桄榔深碧，猩啼暮雨、象渡瘴溪，更萦以艳情，为词家特开新采。"②唐五代词人作品中涉及岭南的，有孙光宪的《八拍蛮》《菩萨蛮》（2首）；毛文锡的《中兴乐》；《花间集》中李珣、欧阳炯的《南乡子》（共18首，其中李作10首，欧阳作8首）；还有《尊前集》中的李珣词7首。其中，李珣在《花间集》《尊前集》中的岭南词作加起来共有17首之多，它们相互之间的风格和内容都较为统一，可以视作组词。

李珣被李冰若奉为花间派宗主，与温庭筠、韦庄比肩。《栩庄漫记》："《花间》词十八家，约可分为三派：镂金错彩，缛丽擅长，而意在闺帷，语无寄托者，飞卿一派也；清绮明秀，婉约为高，而言情之外，兼书感兴者，端已一派也；抱朴守质，自然近俗，而词亦疏朗，杂记风土者，德润一派也。"③他的《南乡子》系列词作，以南方为空间对象，一部分可能是江南，另一部分从景物、特产等要素，如"越南云树望中微"可以明显地看出是直写岭南的。从南越特产、到生活器具、再到女性形象，展现出一幅别异于唐代文学中的岭南形象。其作品中写到了豆蔻花、

①　《南汉书》卷11《钟允章传》，第59页。
②　俞陛云：《唐五代两宋词选释》，上海：上海古籍出版社，1985年，第235页。
③　李冰若：《花间集评注》，北京：人民文学出版社，1993年，第230页。

荔枝、刺桐花、桄榔树、猩猩、象和孔雀等岭南特有的动植物，还写到了藤笼、木兰舟、椰子酒、螺杯、鹦鹉盏等岭南沿海地区才使用的日常用品用具。从"夹岸荔枝红蘸水""椰子酒倾鹦鹉盏""骑象背人先过水"这些对生活场景的描述中，能够看到一幅色彩明丽的岭南生活画，"设色明蒨，非熟于南方景物不能道"①；从"游女带香偎伴笑。争窈窕""暗里回眸深属意""见人微笑亦多情"等对南方女性形象的刻画里，能感到一股大唐开放的遗风，对于女性的美，词人是肯定的、是主动发掘、欣然记录的，与同时期五代词人作品中大量的深闺女性形象比起来，这些南方女性参加劳动、接触社会，显得更加真实可爱。除此之外，岭南东部沿海，内部多河，水系发达。善用舟楫不仅是一个积累已久的岭南认知，更是真实存在于岭南社会的生活需要。李珣的《南乡子》组词中，水、舟、船等意象出现的频率很高："兰桡举，水文开"写水波荡漾；"避暑信船轻浪里"写内陆水网上较为平静的航行，没有大海汪洋中的惊涛骇浪，只有消退暑热的轻柔波浪。

五代词中以岭南为题材的作品，以李珣为代表，其别开生面地从社会生活中的细节、在地的特色物产和南方女性形象等方面刻画了岭南的形象。其他词人的作品也有相近的地方，如欧阳炯的词，更加注重设色，凸显细微之场景，营造出纯净明和的境界。如《南乡子·其六》②：

路入南中，桄榔叶暗蓼花红。两岸人家微雨后，收红豆，树底纤纤抬素手。

孙光宪《八拍蛮》：

孔雀尾拖金线长，怕人飞起入丁香。越女沙头争拾翠，相呼归去背

---

① 李冰若：《花间集评注》，第235页。
② 祁宁峰：《唐五代诗词中的岭南意象变化及其成因》，载《广州大学学报》2013年第7期。

斜阳。

　　孔雀的艳丽外貌呼应越女拾翠的活泼，岭南不再陌生可怕，反而摇曳多姿。

　　纵向来看，过去几百年，唐诗中的岭南一直被操纵成丑陋可怖的形象，五代时期，词体特有的婉约柔美感，和花间派一贯的清秀艳丽风，扭转了岭南一直以来的刻板印象；横向对比同期词类作品中充斥的男女情怨、缠绵旖旎，清丽明媚的岭南词提供了一个不一样的审美范式，更加鲜活，也更加真实。

　　岭南在五代时期以"新"的形象出现在组词中，有作者自身的因素，也是整体环境改变的结果。从作者自身来说，以李珣为例，李珣是波斯裔的胡人，科举名次不高，《花间集》中一直称呼他为"李秀才"。岭南过去被恶意丑化的一大原因是传统儒家价值观中根深蒂固的华夷之辨在起作用，而本来就不具备强烈的中原正统观念的李珣，就对岭南等边陲地区不带有太多天然的鄙夷和成见。而且李珣本人曾经因为波斯身份而受到过一些调侃，如其好友尹鹗曾作诗曰："异域从来重武强，李波斯强学文章。假饶折得东堂桂，深恐薰来也不香。"[1]想来对于常年被异化的岭南越民更加能够生出共情，所以下笔时才撕去了大多数人都常提常新的那些固化标签，而朝向另一端的客观之美而用力。李珣精通药理[2]，而岭南多产草药，他出于采药或往来贩卖药品的需求而来过岭南。药学具备一定的科学性，故而李珣应当对事物有相对客观的认知能力和认知习惯；加上采药常常要深入山林或腹地，也加深了他对岭南具体情况的了解。这也就不难解释为什么五代时期他能够独树一帜地写出近20首与岭南风光有关的明丽景物词。从整体环境而言，其一，南汉政权军事力量强劲，南汉国的经

---

　　① 转自程郁缀：《五代词人李珣生平及其词初探》，载《北京大学学报》1992年第5期，第12页。
　　② 这一推测的依据来自其有著作《海药本草》五卷，所谓海药，即海外及岭南药。其弟李玹亦"以鬻香药为业"。黄休复《茅亭客话》，卷三，明津逮秘书本。

济、社会也比较发达，内外交通进一步畅顺，移民往来由于唐末的混乱而更加频密。其二，词学的生发土壤与南方有天然的关联，西蜀、南唐是花间词的重镇，其写作对象中本来就带有很多南方的色彩。这样一来，岭南作为南方阵营的一员，而天然带有一种亲切和可接受性，词人在心理文化距离上对岭南的排斥与陌生已经慢慢减弱了。其三，经过前代文学作品的积累和建构，岭南文学中的几大特色已经初步显露出来，贬谪群体作品中的岭南标签是惊惧可怖的，传说与想象里的岭南认知是蛮荒落后的，极少部分作家笔下的岭南是客观真实的。唐代贬谪诗中的意象由于创作主体情绪的强烈而偏离事实太远，五代时期，贬谪群体暂时退出文学舞台，在分裂和动荡的国土上，大家不仅辨别出了岭南贬谪诗中的夸张和想象成分，而且还在更加严峻的国家情势之下，后觉出偏安一方的南国之美来。对岭南的认知规律和文学形象变化像一条抛物线，在唐朝时期触及顶点之后，逐渐由于社会环境的变化、信息管道的畅通、固有观念的松动等开始慢慢回落。

第三节　先宋岭南的文学特性与成因

观照隋至五代的岭南文学，这一时期，岭南的人口结构进一步转变，逐渐形成以汉民族为主体民族的文化社会；王朝对岭南的态度发生了转变，岭南社会也因此得到了一定的发展；科举、南选等制度的施行打通了人文世界中的"大庾岭"，唐朝的贬官制度和政治环境则为岭南带来了大批文化层次较高的儒家文化接收者，南北的交流互通变得频繁了起来。在这样的背景下，与岭南直接相关的文学作品明显增多，其中岭外籍文人的作品数量最多，又以贬官群体作品占大多数，还有少部分本地文人的作品留存。岭北人的相关作品以身份原因造成的立场差异为最大特色，而岭南人的作品则以个人对故乡及自我的身份认同为最大区别。非本土作家的作品，对于这一时期岭南文学史的意义主要是丰富了岭南文学的数量和素材，能够从中看出岭南形象的形成过程；对于岭南本地作家及作品而言，这一时期则是本地文学的发展期，是地域意识的萌芽期。

一、东南区域地位的跃升与岭南人口主体变更及区域内部发展

（一）汉民族成为人口主体，交通条件进一步改善，东南地区整体开发的带动

隋唐以前，岭南社会的人口结构还是多民族的，汉族人口较各少数民族人口少；随着移民的进入、越人的汉化、先代移民后代的繁衍和发展，在一轮又一轮的民族大融合之后，汉民族从岭南的少数民族变成了主体民族。宋代以前，岭南地区的民众已经大致分成三类：汉人或移民后代、世代居住在较为开阔发达地区的"中县民"、汉化程度较高的少数民族或其与汉人通婚的后代"化蛮"和依然保持自身生产生活方式的少数民族即"真蛮"，其中前两种类别的数量已经占了大多数。终唐一代，人口的流入速度加快，从古代人户的资料记载看，唐代岭南境内的人口比起隋朝大量增加，天宝年间的户口数量为218277户，是隋朝的1.6倍。其中有一个最突出的现象，就是韶州的人户密度突然凌驾西江沿岸诸郡之上，跃居全省（以今天的广东省范围计，依参考资料，笔者按）首位，为每平方公里4.7户。①事实上，以安史之乱为分界线，政局的变化和统治中心的移动，成为了整个东南地区开发的转折点，这其中当然也包括岭南。中唐以后，朝廷实际上失去了对中原地区的控制权，作为从文化中心南逃的话语喉舌，迫切地需要重建另一个新的高地和据点。以当时东南地区的整体环境来看，江淮一带的发展较为稳定，由于割据时期北方侨民的聚集，而有比较稳固的汉族人口社会和中原文明体系；但其他区域还是有许多他们认

---

① 田方主编：《中国移民史略》，北京：知识出版社，1985年，第48页。

为喜乱好斗的"蛮民"存在，对统治不利，退北守南的朝廷因此也开始重视起了南方的文化开发，独孤及说"缦胡之缨，化为青衿"就指的是东南地区的福建在学堂建设方面的成就。文化中心的转移是一个积累和转变的过程，在这样的过程中，其辐射的范围也在逐渐推进和变化。岭南在宋前的发展，一方面是区域本身发展的必然，另一方面，也是在中国文化重心界限的南移过程中，作为南方整体的一部分，随着整体南方文化一同崛起的。

隋唐时期岭南地区的交通条件都有了很大提升，不论是向北（中原）还是向外（南洋）都更加便捷。"故交通日启，文学易输。水道交通有数益处焉，输入外邦之文学，士之益也；本国物产输入外邦，商之益也；船舶交通朝发夕至，行旅之益也；膏肤之壤资为灌溉，农之益也。"①唐朝时，岭南道范围内，以西江沿岸的人口最为稠密，这与先民的逐水草而居和移民的择通道而下都有很大的关系。西江流域附近的今高要、罗定一带，地势高爽，金银矿藏的开采业务甚盛，在江水交通的带动下延续着自秦汉以来的中心地位继续发展。广州由于南越、南汉的二度定都，又是港口，在唐朝时还是我国最重要的外贸口岸，而一直处于政治、经济、文化等各方面都较为领先的地位，人口方面，也早已形成以汉族为主的社会结构。粤北韶关在唐时区域地位陡升，与大庾岭的开凿和武水的开发利用有密切的关系。其余像连州、桂州（依唐时建制）等地也发展较好。总体来说，宋前岭南地区的发展，基本呈现出在保持东西平衡的同时逐渐向东倾斜的态势。自汉朝以来就处于交通与文化中心地位的苍梧板块，延续了过去的地位但稍有下降；广府文化的中心广州则平稳发展，不断超越邻近地区甚至过去的自己；粤北韶州异军突起，在思想板块的地图上占据了一极，形成东、北、西三处中心的局面。《广东新语·文语》谓"天地之气，自西北而东南，闽之建州、吾粤之曲江，亦西北也。汉之时，吾粤文始于西，为陈钦、陈元父子；唐之时，有张文献与君（指刘轲，笔

① 刘琅主编：《南北学派不同论·精读刘师培》，厦门：鹭江出版社，2007年，第212页。

者）"。屈大均此番评述中的"西北"即指的是苍梧以西、粤境之北的韶州地区。

　　这一时期岭南地区的内部板块的分化还没有完成，广东、广西之间的差异逐渐露头但还不明显；潮循两州还处在被开发的早期阶段，恶溪满布的鳄鱼在逐渐迁入的人口压力之下逐渐消失，潮州拉开了"姓韩"的序幕，但距离潮州文化的正式形成和独立发展还有一段距离；韶州一带文教、经济的跃进和珠玑巷的移民意义促动和酝酿了客家文化的雏形；广府文化区域此时只有广州发展较好，珠江三角洲等地直到宋朝才开始逐渐利用起来，所以广府文化也仍然处在自身的发展和学习过程中。

（二）科举的意义

　　科举、南选制度，让距离文化中心很远的岭南士子获得了进入国家行政机构的资格。隋唐时期通过科举走向台前的岭南人群体有两个共性，其一，在地理区域分布上，都来自交通通道、水流流域的途经城市；其二，在家庭和教育背景上，都来自接受儒家文化价值观的汉人家庭。梳理唐代岭南籍进士的家乡地理分布规律，可以得出三条以南海为中心的岭南籍进士占籍地的辐射区域，分别以西江、东江和北江为依托，在水系流域沿岸发展和辐射。①其中西江系进士的分布县数最多、人数第二，证明唐朝时期西江流域城市的文化重心地位依然保持；北江系尽管县数位列第二，但进士人数高居第一，可以看出韶州一带的跃升和飞速发展。再分析唐代岭南籍文人、官员的家庭背景，无一例外都来自交通通道或水流流域覆盖城市中的富裕阶层，而且都是汉人家庭，有深厚的中原情感联结，也有明确的家族世迁记录。他们有的是官宦世家，有的是累世豪族：广东张姓三进士张九龄、张仲方、张仲孚，张九龄的曾祖父、祖父、父亲都有官职；姜公辅祖父栩为舒州刺史，父挺为盛唐令；韦谠父播为司封郎中。广西的宁原锑"世为合浦豪族，原梯即刺史纯从孙也"；孔闰曾祖父孔戣，唐元和

---

　　① 西江系：南海、番禺—高要—晋康—封川—谭津—阳朔—临桂。北江系：南海、番禺—曲江—浈昌。东江系：南海、番禺—东莞—归善—龙川。

十三年以国子祭酒拜岭南节度使，祖父温宪举博学明经。到了晚唐武宗时期，朝廷采庶孤进，奖掖寒门，许多寒子庶士由此得到照拂，宰相李德裕甚至不惜为此与朝中党贵结怨而谪官南走，出现"八百孤寒齐下泪，一时南望李崖州"的景象。由于科举制度实行的时间很长，以才学选士的原则在其存续期间一直没有发生根本性的改变，读书、中举、出仕、得到肯定和承认，成为了一种典型又唯一的范例和出路，日积月累，则对当地教育的促进起到了积极的作用，教育条件的改善和提升，帮助更多的岭南士子实现了自己的抱负和目标。

科举制度的确立对岭南地区及岭南地区的文学创作最大的意义，在于确立和保障了参与到文学史中的岭南人的儒性，让岭南、岭北在人文领域的限界和壁垒被"一桥飞架南北"的统一的儒家价值体系所溶解，尽管无法扩散到整个体系的角角落落，去彻底清洗和刷净过去的刻板认知所留下的偏颇观点，但岭南地区自己的、本土的文学创作主体的精神内核和基本取向，由于要符合和服从科举的标准与要求，故而也符合并服从主流文化和主流价值的标准与要求。前文中所说的汉民族成为人口主体，从"人"的根本意义上，让岭南地区拥有了自己的文学可能；在这种可能性确立以后，再通过科举这一选拔制度，让岭南地区从空间地理向人文地理的概念转向逐渐发生。

二、诗歌地理中对岭南的审美与审丑：身份立场导致的"两极分化"现象

借用丹麦文学史家勃兰兑斯的一句话："文学史，就其最深刻的意义来说，是一种心理学，研究人的灵魂，是灵魂的历史。"①先哲孟子也早在两千年前就提出过以"颂其诗，读其书，不知其人，可乎？"为中心的知人论世、以意逆志的观点。先宋的岭南文学形态具有非常鲜明的特点，

---

① 勃兰克斯：《十九世纪文学主流》（第一分册），张道真译，北京：人民文学出版社，1980年，第3页。

这种特点集中表现为对同一客观事物的相反主观认知。造成这一现象的原因，有文化积累的因素、也有社会影响的因素，但从根本上说，还是创作个体的身份、立场而导致的情绪和认知差异。岭南地区的实际情况加上文化积累和社会影响，形成了唐代历史地理概念中的岭南；而创作群体的作品风格与倾向，则勾画了一个文学地理，或者更具体一点，诗歌地理中的岭南。

　　唐代的流官制度中，距离的远近是一项重要的衡量标准，罪名越深重的，流放地就越偏远。被贬到岭南的官员等于遭受了个人情感和生活质量的双重打击，"一别京华年岁久，卷中多见岭南诗"，情绪和基调大部分以审丑为主。由于唐代的酬和赴别之风，大批官员被贬往岭南的现象，带动了被贬者的同朝好友、亲朋至交等也创作了一些与岭南有关的文学作品，其动机是送别、祝行、祈愿，但其中涉及对岭南的印象受到传统观念和南下文人的影响，笔下的岭南结合了听闻与想象，把虚实与加工裁剪在一起，拼凑成了岭外人士心目中的岭南。这两部分作品，进一步放大了岭南由于交通不便、信息不畅、习俗不同和华夷观念而在中原地区广为流传的神怪、魑魅印象，加之作者群体或亲身到过岭南谪居，或是当朝有名的文人，他们的经历和名气，为这种实际上荒诞偏颇的描写加深了可信程度。唐代诗歌地理中的岭南形象，就在失意的情绪和地域的偏见中，呈现出了一副面目可怖的样子。与此同时，在同时期另一部分关于岭南的文学作品中的岭南形象，与贬谪诗歌中的差距几乎已经大到让人怀疑它们描写的不是同一个地方。这一部分作品的作者身份主要是过岭的游客、平调的官员，以及极少数的左迁流客和本地文人。这一群体的作品在对岭南进行描写时，没有太多的主观情绪和夸张想象，由于它们与大多数同时期作品的风格相异甚至是相悖，在强烈的对比之下，反而得以在唐代岭南的诗歌地理中占有一个不显眼的角落，在以流贬诗为主流的岭南主体作品中，求夹缝而生存，成为时过境迁、情绪退潮后，重新审视和正视岭南时，稀少的、可贵的、客观的、审美的声音。

　　唐代的岭南文学，与地域主题关系密切的几乎都是诗作。其内容风

格上的差异性，说明了地域文学作品内涵和风格上的复杂性，也说明了人对文学的主导性。如果只停留在"明于知礼义，陋于知人心"的阶段，就无法从一堆完全符合诗学格律的作品中，提取和抽象出情感认知上的规律与倾向。同时，尽管大量的作品都明显地显示出创作者的身份、立场和经历对作品价值取向的深刻影响，但在总结规律时必须注意到，这种影响不是必然的、绝对的，不能一刀切，先定性地认为出身决定立场，身份决定心态，文学与外部世界的联系是多样的。人是一个多面体，人的一生有许多阶段，每一个阶段中，同一个人会对同一件事产生不同的看法；社会是一个多面体，在某一方面表露出它美好的一面，另一方面也必然存在缺陷的地方；文化更是一个多面体，它被一代代人塑造，又塑造着一代代人；文学也由此具有复杂的层次和深刻的内涵，受不同的主客观原因影响，作品体现的善恶美丑判断，有时是理性的、准确的，有时又是非理性的、偏执的，在审美和现实之间的区域内舞蹈；有时候文学甚至是功利的、虚假的，说到底，最重要的还是在当世价值体系之下，最符合主流认知的人的感受的，和最能体现权力合法性的，所以文学并不一定纪实。在唐代诗歌地理中，岭南两极分化的形象，终究还是一个"作者何必然，读者何必不然"的问题。真实的岭南，既有穷山恶水，也有山川明媚，两极的中心或许才最接近本真。

本章小结：岭南本土意识的萌发与文学风格的生成

唐五代以前，"岭南文学"的范围与"岭南"一样，是广义的，以宽泛的"与岭南相关的文学作品或文字记载"为条件；当真正有一批岭南籍文人跻身文化中心之后，"岭南文学"的范围才具有了狭义的内涵，真正的"岭南人创作的文学作品"开始得见于文学史上。客观环境的变化，让受儒家教育的岭南汉族有机会进入主流中心，真正意义上的本土意识，是随着本地人成为主流创作群体中的一分子而开始萌发的，文学风格上受到的地域影响，也在这时起才开始显露出来。

刺激岭南本土意识或本土观念生成的第一因素，是岭南人面对北人的认知和评判时，对自己家乡的看法，这种看法的主体是通过科举制度走向权力系统内部的岭南籍汉族儒生。门阀观念下，士族对寒族的歧视，"中国"观念下，京畿地区对远京地区的歧视，都是存在的。在自卑与落差中，如何定位自己的"来处"，就成为了岭南本土意识萌发的第一步。在汉民族成为岭南地区人口主体时间还不长的唐代，还处于萌发和形成过程中的微弱的岭南本土意识，主要表现为对岭北文化的认同和学习，凸显自身对"古"的追寻，竭力为岭南或来自岭南的自己寻找文化传统中的合理性和存在感，从而向文化核心靠拢，达到主流标准的要求，从根本上说，就是为了达到符合汉族华夷观和儒家价值观的要求。"弱岁读群史，抗迹追古人。……孤根亦何赖，感激此为邻。"张九龄的此番自述，不失为这种心态和意识的典型代表。

　　萌动之初的本土意识一定程度上影响了创作者的情感倾向，在情感倾向的驱使下，岭南人创作文学作品时，对体裁的选择和对笔法的处理较为相似，形成了最初的本土岭南文学的地域风格。有唐一代岭南人创作的文学作品的显著风格是五言居多，笔法清淡，情感孤直，群体共性比较明显。"五言古体，发源于西京，流衍于魏、晋，颓靡于梁、陈。至唐显庆、龙朔间，不振极矣。陈伯玉力扫俳优，直追曩哲，读《感遇》等章，何啻在黄初间也。张曲江、李供奉继起，风裁各异，原本阮公。唐体中能复古者，以三家为最。"①五言体裁由于字数的限定，不适合收容太过顿挫扬抑感情；而大部分岭南文人在创作中的感情倾向也比较现实、比较关注眼前和自我，或悲叹自己的孤寒身世，或以古为鉴，借讽所见的社会黑暗。岭南文人群体对宏观局势发展的关切较为缺乏，对同时期整体环境中最能体现大唐精神风貌的题材也不敏感，对诗坛中新兴的潮流和趋势几乎不予依附。唐代盛行的游侠诗、边塞诗、流行于初唐和晚唐的艳情诗以及词体文类的创作者中，都没有岭南人的身影。

　　这种风格的形成，首先是因为岭南社会一直以来的封闭状态开始改

---

① 沈德潜：《唐诗集别裁·凡例》，上海：上海古籍出版社，1979年。

变，面对南北发展客观上的差异与不同步，首要任务就是抓住机会趋同、自证，以"拿来"的态度为根本，一切都处于向外吸收、学习和充盈的阶段，成熟的自我意识和坚定的身份认同还处在形成的过程当中；其次，岭南的社会环境、生产方式催生了一种相对务实的文化精神，与北方更加重视宏伟愿景的"大手笔"相比，长期密切与自然接触且商业经济比较活跃的岭南社会，普遍更在意事功与民生；另外，在儒家精神掌握主导权的同时，岭南地区的佛道影响并不弱，葛洪在罗浮山修道，慧能开立禅宗，考虑到释道二家在岭南的环境和土壤，以及三教之间的融合与汇通，我们有理由相信道家文化和禅宗文化也对文学风格的塑造起到了自己的作用，岭南籍官员在唐朝的集体归隐行为①就是一个证明。

---

① 在唐代政治最黑暗的僖宗和昭宗两朝，出现过岭南籍官员集中归隐的现象。郑谷《送吏部曹郎中免官南归》"贤人知止足，中岁便归休。云鹤深相待，公卿不易留"这首诗说的就是曹邺，记载了他才中年就弃洋州刺史不做回阳朔归隐的事情。杨环刚当了几天官，"除弘文观笔者按应为馆校书郎"，但"居无何，拂衣退"；张鸿隐居不仕；陈万言晚年归隐渔村；邓承勋因救柳砒有功被任命为江州刺史却谢病归。端溪人李谨微，"天佑元年登进士，授番禺令，之任，舟泊三洲、夜半月高……一渔父拿舟而来，长揖谓曰：'闻子吟啸，有观国之志，谓宜高尚云林，以保天年。'言讫不见，谨微悟，遂隐不仕"。其成为最富戏剧性的归隐者，也与唐五代隐逸词中的渔父意象暗合。

第五章

家国同心：唐宋时期的岭南文学（下）

在我国历史上，一些相邻朝代之间存在政治上、制度上和文化上的承袭发展关系，前朝开创，后代继承，具有相同的阶段代表性，所以在进行历史表达时常常并提，如"秦汉""明清"等。在文学世界中，"唐宋"时常被合并讨论。在岭南文学史上，唐宋交迭是一个分水岭，宋朝文学中的岭南形象及岭南自己的文学风格，与前代有比较大的区别。

第一节　两宋时期的社会背景与岭南的发展情况

赵匡胤篡后周建北宋，天下并未同时归一。南方的分裂政权仍然散踞，燕云十六州以北的整个北方更有辽国这个强敌。太祖分析情势，制定了北守南攻的战略，"中国自五代已来，兵连祸结，帑藏空虚，必先取巴蜀，次及广南、江南，即用国富饶矣"。[①]970年，宋军向五代时期最早称帝的南汉出兵。南汉原本国力强盛，极为擅长攻城略地，可惜传位四世后，南汉君主刘𬬮荒淫昏庸。赵军南下，冲破天障一般的五岭，岭南士卒失掉了那股曾经在丛林中迂回作战的豪气与凶悍，宋军直破贺州，轻取连、桂，刘𬬮还沉浸在"昭、桂、连、贺本属湖南，北军得之便不会再向南进军攻取广州了"的阿Q式精神胜利法中；直到潘美大破南汉最为依仗的象阵，韶州失守。971年，军临广州城下，他才大梦初醒，至此，南汉历五十五年而亡。岭南此时的状态是"经济上之发展，已达相当程度，不但各足以维持一政府机关，并足以维持相当之兵力以保守之；换言之，此割据势力之能存在，即各区经济势力发展之反映也"。[②]重新并入国家整体发展格局的岭南，在北宋分全国为十五路的行政区划中被明确为广南东

---

① 王称：《东都事略》卷23，济南：齐鲁书社，2000年，第190页。

② 李剑农：《宋元明经济史稿》，北京：三联书店，1957年，第3页。

路与广南西路，广东、广西的正式分治也自此而始。

两宋时期，岭南完成了历史上第三次大规模的人口入迁和民族融合。夹在唐朝与元朝之间，宋朝的版图小得可怜，人口却增长很快，宋朝用几乎最小的面积养活了最多的人。北宋时期，流入岭南的人口除了自然迁徙者以外，还有与唐代一样的流迁人士。作为小地主经济在社会生产领域中渐占优势的时代，随着利益的碰撞与诉求的互斥，无可避免地出现了与传统大地主阶层的对立，阶级之间日益深重的社会经济矛盾，引发了意识形态上的剧烈斗争，终北宋世，都处在新旧利益集团的你争我夺当中[①]，可以说是导致北宋王朝根基动摇的最深层原因。太祖佑文，不欲以言罪人，显示对士大夫的优待，当然，这种因自身道德所亏而引发的过度倚赖文人、疏远隔离武将的做法，最终葬送了他亲手建立的王朝。在党争中落败的一方，由于"誓不杀大臣"之约，多数被贬黜远疆。和唐朝一样，同在版图尽头的岭南，成为了收容党锢之祸中流徙者的头号目的地。"神哲徽钦四朝，是变法与反变法在政治上拉锯反复的时期，变法派与反对派各自结成阵营，党同伐异，一派主政，另一派就遭殃，被贬至岭南者不知凡几。"[②]在长久的内部危机与外部威胁下，北宋的统治大厦倾覆在辽人手里，靖康一难成为了汉民族王朝烙印极深的耻辱。南宋政权弃守北国，偏安江左，在连天的战火中，又有许多民众因政权转移和战事影响而随王朝一同南渡。如果说，"贯穿北宋的政治主线，是危机与变革，那么贯穿南

---

① 在宋朝统一的过程中，原本失去耕地的农民后来又大多重获少许土地，成为小地主，大地主从没落到退伍，再到居于从属地位，却不曾完全绝迹。在深重的徭役和高利贷下，小地主因为自身利害关系而不能把农民抓在自己身边，而向大地主开展了激烈的经济斗争。在经济斗争的情势下，又紧接着发生了剧烈的政治斗争。由小地主阶层出身的士大夫组织政党，以作向大地主和地主之政治上的斗争的武器，王安石即是这个政党的领袖。大地主方面为维持自身的优越的权力地位，也便组织政党，执政者一起一落，从沈总熙宁三年成立小地主阶级政府，到七年王安石罢政，由同党韩绛等继起；到神宗去世，大地主阶级因缘太皇太后高氏垂帘听政的提拔，司马光、吕公著与蔡确、章淳等组织混合政府，熔新旧两党于一炉；继而文彦博、司马光、吕大防等纯粹旧党政府又起，直到哲宗元祐七年，政权落回小地主阶级新党手中，至北宋灭亡始告结束。详见谭丕谟：《宋元明清思想史纲》，武汉：崇文书局，2015年。

② 金强：《宋代岭南谪宦研究》，广州：广东人民出版社，2009年。

宋的主线，则是生死存亡"①。南宋从选临安定都，到在崖山沉没，一直都在面对最赤裸的威胁和直接的战争。金人与蒙古人不断进扰的铁蹄，诱发了南宋政府内部一场又一场的和战之争，占下风的一方也如同北宋时期的党争落败者一样，都被贬至岭南。不仅如此，在南宋一百五十多年的统治历史中，奸相当道的时间长达八十年，秦桧、史嵩之、丁大全、贾似道等人长期祸乱国家，操擅政柄，笼络团体，贬黜异己，许多正直的官员深受其害，也都成为了岭南谪宦中的一员。

我国从唐朝开始的中心转移，在宋朝得到了完成，南方的重心地位最终确立。两宋尽管政灾国难不断，但经济、文化的发展却繁荣高涨，"把全国各个经济区——包括原来不甚发达的经济区，都密切地交织在一种国民经济的整体之中，普遍地发展起来……所有国民经济的各个部门，包括农业、手工业、国内商业和对外贸易等等，都在向前所未有的高峰迈进。……当整个国民经济向广度方面和深度方面迅速发展的同时，经济的组织形式和经营方式，亦都在由古代型向近代型转变。例如城市商业即系由宋代初起，改变了自古以来的市坊制度和日中为市的限制，而变为近代型的城市商业"。②宋朝尽管疆界内缩，却能够更为集中、平衡地将全国上下作为一个整体进行发展，配合江南一带在宋朝时获得的新中心地位，整个南方地区，包括东南福建、两湖江西、五岭之南，都迎来了自身发展的新高峰。

对于岭南地区自身而言，两宋的大环境主要带来了两方面的深远影响。第一是广州绝对重心地位的完全确立。我国古代的经济、文化发展，文明重心的纬度从黄河降到长江，经度从坐西趋向居东，遵循自西北而东南的规律，岭南地区内部也是如此。过去，岭南地区有广西（苍梧）、粤北（韶州）、广州（番禺）几个重心，分别因军事、交通和政治意义而肩负着自己的中心地位，又以城市本身为原点向外辐射，形成文化板块群。经过宋世，广东、广西正式剥离，一南再南的移民进入广东地界后，也不

①　张其凡：《两宋历史文化概论》，广州：广东人民出版社，2002年，第57页。
②　傅筑夫：《中国经济史论丛》上册，北京：三联书店，1980年，第303页。

再悉数停留在珠玑巷即韶关一带附近，而是向更近海的地区行进拓荒，珠江三角洲的沙田被大量开垦，不仅实现了当地的农业及水利开发，更让其区域范围内的政治、经济中心广州，获得了"强强联合"的效果，两朝都城，内有农渔，外通港口，再加上珠江三角洲的人员聚集和资源开发，广州的重心地位完全确立。这标志着岭南作为一个自古以来的整体，在发展中以此为分水岭，划清了广东与广西的东西限界，广州取代粤北建立新的内部结构与重心，明确了广南东路中广府、客家两大板块的民系源头。曾为恶溪的潮州也因为宋代南来的一批富有文识的流官而开始逐渐改变，"名贤所至，山川生色，瞻丰采者，如快舰景星凤凰，虽世远年湮，犹将侈为胜事焉。潮处岭外蛮烟瘴雨之区，自古以为罪臣投荒之地。其以谴滴至者若常衮、李德裕、赵鼎等十数公，既以废置诸贤附于名宦之后，居官无惭于君国，虽窜谪犹升迁也。乾坤正气，蔚为正人，在一乡一国，则为乡国之光"①。至此，随着广西逐渐与大范围的"岭南"概念脱钩，作为一个地域文化概念和认知，从宋朝开始，对"岭南"的理解，也开始逐步向今天我们所公认的"广东的代名词"而缓慢靠拢；而岭南内部的几大主要思想板块也开始各自发展，最终形成广府、客家、潮州三个主体。第二是岭南人对自己汉族国民身份的彻底认同和集中爆发。一千多年来，岭南始终被迫戴着一顶"蛮夷"的帽子，但事实上，从秦至宋几乎不间断的移民"输血"，已经让岭南的人口结构发生了根本性的变化。在岭南生活的绝大部分汉人对中原的认同感、归属感与岭北人无二，宋末的家国危机，让岭南人心底里一直没机会为外人所见的民族气节、文化认同和家国情怀集中爆发，面对身为北方少数民族的敌人，岭南人从过去如五指山一般的巨大偏见中奋力翻身，在入侵国门的北夷面前，自视为中原汉民族共同体的一分子，其表现出的"我为华、汝为夷"的观念，不知是否曾让亲手给岭南"定性"的儒家代言人感到一丝错愕。事实上，岭南人在宋朝时身份与言行转变的端倪，早在余靖镇擒侬志高时就可见一二。粤、桂分治未

①　蓝鼎元：《鹿洲初集》卷6《流寓小序》。

岭南文学史论

几，汉文化阵营的韶关人余靖就已自然而然地把少数民族首领侬志高视为政权与文化共同的敌人了。

作为一个繁荣骄傲和斗争内耗同时存在的社会，宋朝经济发达，生产先进；重视教育，印刷术的普及和使用为思想和文化的传播提供了更有质量和效率的方式；文学艺术的成就辉煌灿烂，代为后世所宗。而这几百年中的岭南地区，东西始分，南北各立；经济尤其是商业发展迅猛，思想上儒释道三家融合，在学术上出现了具有学派意义的菊坡流派；文学组成依然分为岭北主体与岭南主体两部分。与唐朝相比，岭北流迁而来的主体发生了明显的心态变化，岭南本土成长的文人对自我身份的认知也有了新的表现。

第二节　宋代岭南谪宦的心态变化及文学表达

一、北宋时期

对于宋朝时期岭南地区的发展，需要分两个方面来看待。第一，与过去相比，有宋一代岭南的环境和条件得到了较大的改善。由于人口增长、农地扩张、水利兴修、沙田开发、教育普及等，人力对自然的改变上了一个新的台阶，社会的文明程度也前进了一大步。从前因为没有被开发或开发程度极低而存在的许多原始现象，开始慢慢淡化和减少，过去古籍中常常记载岭南有大型野生动物活动和生存的踪迹，如鳄鱼、野象等，宋朝开始此类记载基本消失，其他曾经堪做岭南名片的犀牛、孔雀等动物的数量也急剧减少，栖息地缩减并向更加远离人烟的所在转移。这是"开辟荒田几及万顷"[①]的社会发展迅速、人口用地扩张的结果。加上科技和医疗的

---

① 《宋史》卷173《食货上一》。

进步，瘴气不再是夺命的杀手，岭南的生存条件与前代相比有了比较明显的改观。第二，与整体发展相比，在全国范围内，岭南发展程度和地位仍然是比较低的，内部发展也是不完全平衡的。所以在宋朝的刑罚当中，岭南依旧作为一个远窜的主要目的地而存在。"桂于湖南水道相接，风气不殊，非四裔之境可投畀罪人者。唐间有之，盖以朝贵列华要，一奉严谴走畏途，即近在三辅，亦嗟失势，况江岭以南乎？至宋，则多屏之昭、象州郡，远且恶也，曰迁谪，曰安置，所坐各有名。"①

前文已就文学作品的风格基调与创作主体的身份心态之间的关系做了论述。宋朝时期岭南作为贬谪地的性质没有改变，但岭南自身的环境条件、被贬群体的心态认知都与以前不同了。对于流迁而来的官员，他们在党同伐异的战场上的经历，是"小地主阶层的代言者，为求小地主之一切束缚的解除，同时便不能不否定大地主阶层所持的传统的思想体系，而另求合适于本阶层所需要的文化武器。但是，他们究竟不是一个革命的阶级，所以便只能对儒家的传统哲学去另求一个新的解释——以符合自己要求的解释"。②于是，一种同质异构的思维方式被训练了出来，文化的价值与力量加入了个人的立场和需要，结合成了宋人表达观点乃至认知世界的新方式。这种方式和心态，导致宋人在面对贬黜时具备了一种双重性，一方面，由于古代儒家文化及思想没有断代，宋人自然而然地接受并沿袭了前代对岭南的看法和印象；另一方面，由于儒释道思想的发展与融合，加上朝野当中的新旧之争，本质上就是一种对相同对象进行不同解释，以用来达到各自使用目的的过程，而各自的目的又是从自身利益角度出发的。换言之，这样的环境一定程度上促进了个体自我感受的觉醒，在谪宦群体面对岭南时，出现了比较明显和集中的自适现象，是宋朝谪宦与岭南贬官之间最根本的区别。北宋绍圣与南宋绍兴两个时期是文人谪宦南贬的高峰，多为党争中受挤的元祐文人和后期秦桧的政敌，不乏当世名人。南北宋时期谪迁岭南的群体相比起来，北宋时期的文人在胸襟、格局上要更

---

① 张鸣凤撰、李文俊注：《桂故校注》，南宁：广西人民出版社，1988年，第204页。

② 谭丕谟：《宋元明清思想史纲》，武汉：崇文书局，2015年，第12页。

加高远阔达一些，作品中更多地传达出一种可敬、可感的不屈精神风貌来，精神领域的高度略胜一筹；但南宋文人却能够更加实际地适应岭南地区的在地生活，其作品中尽管也流露出怨怼与不安的情绪，但这种情绪的来源基本都是政治的压迫或者对家乡的思念，而并非受到异乡环境的刺激，也不因无法适应岭南的生活而生出怨愤，在对岭南的认知和感受上，这是一次巨大的、令人欣喜的进步，岭南的文学面貌就此拥有了新生的机会，得以撕掉歪扭的面纱，客观地展现在世界面前。

北宋远窜岭南的群体，在相似的政治境遇和相承的价值取向下，其文学作品中，与唐朝贬谪岭南的文学作品一样，也体现出一定的畏惧心理，如"瘴海风土恶，地气侵腰膝"（苏过《枸杞》）、"海角人烟百万家，蛮风未变事堪嗟"（郑域《槟榔》），结合作者遭遇的挫折、对岭南地区一贯的印象以及岭南与中原客观上的差距，这种情绪这是合情合理的，而且宋人的岭南作品中少见过于夸张的描绘和想象，比起前代魑魅横行的文字来说已经有了很大的进步。宋朝是一个艺术的时代，这一点体现在朝政存续期间的方方面面，就连对偏远恶地的描写，都掺入了大量的艺术工笔。在《全宋诗》中，"瘴海"出现102次，"瘴雾"87次，"瘴气"7次，"蛮风"68次，"蛮烟"36次。除此以外，宋人比起唐人，对"瘴雨蛮烟"这个组合意象的使用程度从4次飙升到45次，"绿蕉丹荔千山度，瘴雨蛮烟百粤中"（薛敏思《送欧阳令之任粤中》）、"蛮烟瘴雨麋十载，谁料儋州海上人犹在"（曾丰《免解进士应致远过晋康见谓以上文字而忤权要听读藤州十余年得旨自便赋诗赠行》）、"天垂瘴雨蛮烟外，路入炎荒火树中"（吕定《度大庾岭》）……几乎可以说，宋朝谪宦笔下的岭南表达，把前朝沉淀和积累下来的一些岭南意象，进行了艺术完型，同样面对苦恶的自然，北宋文人表达中的夸张比起唐代缩减了许多，不再一意塑造一个一无是处的瘴乡；纪实的成分相对升高，而且还加入了许多艺术化的笔法，外界的自然与现象不再作为加重自身忧愤的重担而存在，相反，却成为了文学表达中以我为情、以情为景的衬托。此外，岭南地区佛道盛行，思想上的影响也在深层中塑造着宋人的贬谪心态，客居岭南的心态又直接影响了创作主体的文学作品。文士参禅论道在宋朝不是什么新闻，许多南谪官员还新添了"居士"以作自号，如秦观号淮海居士、苏轼号东坡居士等等。从释老中汲取力量，是他们自我调适的一种方式和途径，在仕途受挫的打击面前，佛家的空明心境与宇宙总观，道家的通达超越与顺应自然，能够有效地支撑他们度过逆境、面对现实。在文学表达中，这种向外借助了佛道思想帮助来巩固儒家体系内核的做法，具体表现为一种坐南怀北的同时又对南方充满自适的矛盾感：

《游阳山广庆寺》（节录）

吕本中

僧眠白日钟声静，花送青春鸟语闲。

留醉岭南无所恨，不妨蜡屐恣跻攀。

《夜坐有感》（节录）

吕本中

中原北望四千里，三年不见南飞雁。

著身天涯未为远，所至风沙莫深叹。

时寒但趁僧房火，日暖可赴邻家饭。

岭南无瘴便可老，江头有酒犹堪唤。

与唐时的恢弘大气不同，宋朝的大环境更多地与市民阶层发生联系，但同时它又充满了艺术美和情意美。比起唐朝贬谪群体中大部分人的挣扎，宋朝谪宦来到岭南，不仅变生存为生活，还开始在精神世界里构建自己的栖居之地，在时空隧道中寻访乐适山水的前贤，客观上发展欠佳的岭南，在文辞中却成了咏陶、和陶的"世外桃源"：

新苗未没鹤，老叶方翳蝉。绿渠浸麻水，白板烧松烟。笑窥有红颊，醉卧皆华颠。家家机杼鸣，树树梨枣悬。野无佩犊子，府有骑鹤仙。观风

峤南使，出相山东贤。渡江吊狠石，过岭酌贪泉。与君步徒倚，望彼修连娟。愿及南枝谢，早随北雁翩。归来春酒熟，共看山樱然。（苏轼《次韵苏伯固游蜀冈送李孝博奉使岭表》）

东坡曾被贬惠州、儋州、黄州等，他的格局与心态更多的是一种个人的修为与魅力，尽管境界难学，但苏轼凭借自身的巨大影响力，对同样遭遇政败的贬谪群体起了深刻的影响，在他"日啖荔枝三百颗"以后，贬谪岭南的文人越来越多地开始留心在地的生活与日常细节，刘挚还因地制宜地在新州酿起了酒：

粤岭酒万户，酝者无刑章。以兹于酿事，家家致其祥。羁人亦随喜，聊自慰空觞。颇收诸家法，曹高及张王。不复使邻舍，更笑瓮下狂。软熟秋糯洁，芬烈吴秫香。恫头沸珠蚁，窣面灯玉浆。人情喜自誉，谓可官法当。方时见初菊，熠熁浮冷黄。颓然此中趣，不觉乡路长。格高气淳圣，何至肠腐伤。区区美芹意，欲以酌后皇。余醺到郡郭，恨无嘉宾将。增酿更加数，从今百忧忘。（刘挚《天苏酒成次路韵》）

曹、高、张、王各家都以酿酒出名，文字上的杜康指向解忧，生活中的酒浆则抵御烟瘴。自寻方式来改变生活条件，是北宋贬谪群体的一大变化。有趣的是，北宋谪臣看待同一对象时同质异构的心态是全体性的，不仅体现在我们普遍认为的因正直而受挫的贬谪官员身上，就连作恶多端终食其果的奸臣，也带有这种思维的闪光点。身为"五鬼"之一的丁谓罢相后贬崖州，竟也能把凄风苦雨的海南写得明丽生姿：

《山居》

岫口清香彻海滨，四时芬馥四时春。
山多绿桂怜同气，谷有幽兰让后尘。
草解忘忧忧底事，花能含笑笑何人。

争如彼美钦天圹，长荐芳香奉百神。

宋朝与唐朝相比，整体文学转向的最大特色就是向内、向"心"，在谪宦群体创作的岭南文学上，唐宋之间最大的区别是唐朝着力于外物的描绘，而宋朝则打破审美主体与客体之间的限界，更注重情感的散发和体悟的表达。唐人痛感于追求文学的责任意义，努力以文学在外部世界建立事功，一旦受挫则笔头倒戈，成为攻击外部存在的一杆武器，唐代作品中蛮荒可怕的岭南形象就是这样建构出来的。而北宋连绵的党争环境让文人的思维陷入建设精致理论的循环里，思辨的、为我的道德和义理训练，让谪宦离开朝廷、到达岭南后，依然保持着有素的认知模式，在同样的山水地域面前，搭建自己内心的平和。"追求经世致用的同时，宋人也追求任远超脱，从改造世界转变为改造内心，试图塑造一个更为高尚的人格。而佛、道思想被宋人广泛接受和改造后，更是在宋人中形成了一种尚静、尚自然，否定欲望的人生哲学，这一切都促使宋人不忘入世而更不忘出世，由单纯向往在外部世界中建功立业，积极济世而更倾向于向心内求，自我参悟，值得一提的是，后者并非前者的替代品，而是前者的调剂品，是儒家追求的兼济天下与独善其身综合后的审美理想。"①北宋贬黜岭南群体在朝政的环境、思想的影响、心态的变化之下，为文学领域添置了一方岭南心态的新天地，客观环境与自然条件等外物在北宋人眼中，更多地被视作一个中介，借此来对自己的内心进行建构，对自己的意气进行表达，成为感性思维的寄托。唐朝贬官之于岭南，不可不谓有开辟之功，也有一定的群体示范效应。及至宋朝，宋人对发往举步维艰的前路和有去无回的痛楚，都有了一定的心理准备和接受能力。不过宋朝的文学看重蕴藉含蓄的美学特征，力主对情绪化呼号的避免，宋朝的文人也似乎更能暂时地放下对个人穷通畅达的悲啼，在新天地中实现自己的价值。

---

① 王红杏：《宋代涉海韵文研究》，吉林大学博士学位论文，2016年，第81页。

二、南宋时期

从唐朝开始的大批南贬官员，连续几代不断地向岭南流动，"岭南人见逐客不问官位高卑，皆呼为相公，想是见相公常来也"。北宋失权后，接踵而来的战火把江南一带都烧得通红，只剩东南和岭南能够避走。"自中原遭胡虏之祸，民人死于兵革水火疾饥坠压寒暑力役者，盖已不可胜计，而避地二广者，幸获安居。"①南宋经过了求和的屈辱和南渡的变革，朝廷内部却依然因主战与主和而分歧不断；奸臣权相卖国排异两不误，南宋时期因为政见相左或遭人陷害而远黜岭南的人只增不减。在一场时代的大崩溃之后，南渡文人的心态更加端正，与北宋同类群体相比，产生了心态上的逆差，对岭南的态度基本是客观甚至欣赏的，并没有把自身境遇的情绪强加于地域环境之上，他们的失意、愤怒等情绪由离愁别绪与政治原因全权负责，与岭南没有必然的因果关系；相反，他们从地理和心理的五岭隔阂之外走来，开启了在地社会生活、文化教育与文学创作的新气象，一面"种蔬植竹，为终焉之计"②饱果口腹，一面"时得与其士子相从文字间"③充盈精神；两广地区尤其是广州一带经济的增长，更让刚刚经历了流离与战事的中原人开始对岭南地区进行了新一轮的地位评级和价值评估，南宋谪居岭南的官员，天然带有的岭南偏见已经少了许多。就连朱熹都注意到了南宋时期士人对岭南态度的变化，并从理学家的角度阐发了议论：

方天下无事时，则端人正士行义谨饬之士为小人排摈，不能一日安于朝廷，迁窜贬谪。及扰攘多故之秋……及乱世亦是他独宽……君子者常不幸，而小人者常幸也！如汪黄在高宗初年为宰相，后来窜广中，正中原多

---

① 庄绰：《鸡肋编》卷中，第64页。
② 高登：《高东溪集》，《丛书集成》初编本，上海：商务印书馆，1935年，第45页。
③ 李光：《昌化军学记》，《庄简集》卷16，《四库全书》本，台北：商务印书馆，1986年，第10页。

故之日。却是好好送他去广中避盗！^①

可见纷乱中能在岭南避难已是一件好事，更何况是食俸得禄的谪宦，或许比起离乱散逃，这已经是一桩美差了。正如辛弃疾说当时的"天下有恢复之理，而难为恢复之言"，尽管心理肯定还有羁绊，但能够在地理上逃离开来，过一种"南荒不死中华老"的生活，在南宋谪群中也得到了比较广泛的接受。

胡铨因文获罪谪海南，不仅不停止创作，还相信风浪终有定时：

崖州何有水连空。人在浪花中。月屿一声横竹，云帆万里雄风。多情太守，三千珠履，二肆歌钟。日下即归黄霸，海南长想文翁。（《朝中措·黄守座上用六一先生韵》）

……青箬笠，绿荷衣。斜风细雨也须归。崖州险似风波海，海里风波有定时。（《鹧鸪天·癸酉吉阳用山谷韵》）

基于这样的背景与心态，南宋时期岭南谪宦的文学作品尽管无可避免地依然存在一些失意的表达，但更多的是展现了时代巨变后的积极精神，对于客居所在，也已经不再吝惜自己的正面情绪，在南宋的文学作品中，岭南与岭北之间精神上、心理上的冰山终于开始融化，从隔阂走向了融合。"五斗红腐可以疗饥，一室琴书可以自乐。负暄扪虱度清昼，未觉岭南官况恶"（黄公度《馆舍闲居》）、"岭南风物似江南，笋如束薪蕨作篮。先生食籍知几卷，千岩万岳皆厨传"（杨万里《船中蔬饭》）、"寂寂孤村竹映沙，槟榔迎客当煎茶。岭南二月无桃李，夹路松开黄玉花"（陈与义《和大光道中绝句》），这些富有生活气息的描述，对于"广南风土，应是不好？此心安处，即是吾乡"的问答做了更丰富的脚注。需要

---

①　朱熹：《朱子语类》卷131，北京：中华书局，1986年，第3140页。

指出的是，南宋文人群体在岭南正面积极的态度，只是他们面对新居地的态度，并非他们对抗命运、酬和心志的全部。身遭贬谪，心理上的隐痛是必然存在的，地理上的距离也并非不会引起他们的患得患失与矛盾起伏。只不过比起前朝列文对谪居地的极尽丑化之能事，南宋群体把重心更多地放在了重铸自身的心性之上。李光这样调剂自己在昌化军的生活：

自笑客行久，新火起新烟。园林春半风暖，花落柳飞绵。坐想稽山佳处，贺老门前湖水，欹侧钓鱼船。何事成淹泊，流转海南边。

水中影，镜中像，慢流连。此心未住，赢得忧患苦相缠。行尽荒烟蛮瘴，深入维那境界，参透祖师禅。宴坐超三际，潇洒任吾年。（《水调歌头·清明俯近，感叹偶成，寄子贱舍人》）

流转海南，英雄失路，却只是深入参禅，潇洒任年。谪地的景象在他人眼里或为天涯，在词人心中只如水中影、镜中像罢了。

杨万里虽不是纯粹意义上的贬官，但他原本的漳州知州是一实职，调任广州提举的动迁，让他成了一个官衔虽高却不掌事的寄禄官，加上广南地远，诗人内心难免有些波动。《潮阳海岸望海》：

动地惊风起海陬，为人吹散两眉愁。
身行岛北新春后，眼到天南最尽头。
众水更来何处著，千峰赴此却回休。
客间供给能消底，万顷烟波一白鸥。

这是诗人调任广州提举时路过潮州所见之景象。潮州以恶溪怒风闻名，此前常常把人吹得"无可生还"的猎猎海风，如今却能"为人吹散两眉愁"，不是风变，而是心变；还有一首《过金沙洋望小海》，作于澄海至揭阳道中一带：

海雾初开明海日，近树远山青历历。

忽然咫尺黑如漆，白画如何成瞑色。

不知一风何许来，雾开还合合还开。

晦明百变一弹指，特地遣人惊复喜。

海神无处逞神通，放出一斑夸客子。

须臾满眼贾胡船，万顷一碧波黏天。

恰似钱塘江上望，只无雨点海门山。

我行但作游山看，减却客愁九分半。

海雾溟蒙，充满变幻，忽现于海面上的外国商船就像一个不期的惊喜，经过自我心态的调节，浓稠的客愁都消减了多半。官赴桂林的张孝祥更是格外主动地拥抱岭南："须君洗净南来眼，此去山川胜北川"（《入桂林歇滑石驿题碧玉泉》）；"老子兴不浅，聊复此淹留"（《水调歌头·桂林中秋》）；"天外一簪初见。岭南山。……此行休问几时还。唯拟桂林佳处。过春残"（《南歌子·过严关》）。是岭南已经发生了天翻地覆的改变，成为了优渥富饶更甚于中州的发达所在了吗？非也。南宋谪宦的心态还是多元的、复杂的，身体对岭南的适应，一定程度上是因为岭南自身的发展和条件的改善；心理上对岭南的适应，则是在个人选择与环境背景的双重因素之下产生的现象，体现在对自我情绪与外部环境之间的平衡与调节，是一种"休恼，休恼，今岁荔枝能好"（胡铨《如梦令·谁念新州人老》）的智慧；还体现在能够正视和平视这块曾经的荒服之地，在心理和认知上认可和接纳，是一种"岭南自岭南，勿用岭北比"的客观。郑刚中的这篇《风俗》可以称作是南宋谪居者岭南作品中的典范：

民生各异俗，王制论不诡。惟兹封州郡，山之一谷尔。麦秋无青黄，霜冬有红紫。嗜好既殊尚，言语亦相抵。问之彼不通，告我此勿理。骇去如鹿麋，团聚若蛇虺。如何苏属国，胡女为生子。已而忽超然，天下同一理。岭南自岭南，勿用岭北比。况自江山情，雅故均邻里。暮夜松桂间，

受月如受水。根根抱虚明，叶叶万尘洗。先生一杯酒，月到酒尊底。画以寄吾乡，吾乡祇如此。

宋朝的社会环境和思想背景造就了文人阶层思辨、实用的性格，经济的富饶与政权的忧患形成了一种对立和冲突，面对为家国而呼号导致的矛盾，宋代贬官的心理活动和行为旨趣已大大异于唐人。得益于此，诗歌地理中的岭南形象开始与想象和偏见剥离，逐步走向真实和客观。摘掉了长久以来的许多帽子和有色眼镜，在疆土、民族都"统一"了很久以后，岭南的自然、风俗与文化，以及最为此地学人所重的身份接纳，终于姗姗来迟地投进了主流价值体系平等的怀抱里。

第三节　岭南本地作家文学呼喊中的爱国群像

宋朝尽管总是在政治领域里上演着一幕幕的悲喜剧，但其经济、文化和教育的发展总是令人骄傲的。词继诗而全盛，俗文学也大行其道。两宋时期岭南本土作家留下的作品总数仍然算不多，但总算体裁齐备，诗、词、文皆有创作。在经历了漫长的积累、发展和转化以后，于内，岭南人不再畏言乡里，故土情结褪去了自卑的底色；于外，过去岭南人常常因个人遭遇的不公而表达对现实及政权的不满，今其心归一，对现实和政权的诤谏大都以国家前途、政权命运及社稷民生为出发点。

从北宋到南宋，岭南人显示出了极为明显的家国合一的文学态度。首先是"家"。岭南文人的本土意识自唐开始形成，经过回避与挣扎，宋朝时已经逐渐步向认同和接纳。"岭南卉木少珍奇，且喜逢春具数枝。百禄大来唯酒美，一年全盛是花时"（余靖《斋中芍药与千叶御米花对发招伯恭饮》）描写了他们心中的故乡形象，也开始透出一丝对在地物候与客观环境的个人骄傲。这种对故乡、籍贯的认同，建立在把自己和故乡都认做是汉族儒门共同体一分子的基础上。以岭南为"家"的前提，是捍卫岭南地区作为国土一隅的完整性，是坚持和保证汉民族传统文化价值的主导性。曲江人余靖，北宋时期岭南名臣，与狄青联手对抗侬智高起义军，擒侬母、侬弟及其二子押赴京都。交趾、广源、僮酋、叛乱，这些关键字连在一起，与史上中原对岭南的典型理解不谋而合。越南在五代时期便已独立，宋朝起广东、广西也正式分开，汉族人口的增长让在岭南生活的其他民族成为了真正数量上的"少数"民族，侬军的行动实际上成因复杂，与朝廷的民族政策、边疆管理乃至外交行为都有关，但都不如"反宋"这一定性来得直接。身为岭南人的余靖不假思索地站在了汉族政权与儒家价值的立场上，以王臣为命，以国土为家，平定侬智高后又克交趾，"贼寇"①这个表述就已经说明了一切。所以他能写下"存身此蟠蛰，得时扶造化。何当岁大旱，移湫救函夏"（《留题龙潭》）这样的诗句，以潜龙自况，透露出拯救华夏的远大抱负②。岭南人的本土意识，其最初的表现形式不是彰显在地的特色，而是竭力表现出归同，是从强调岭南与岭北的同质开始的，也是从岭南本地汉族自动自觉地成为了儒家传统华夷观的使用者开始的。

其次是"国"。岭南人臣视国之兴亡为己任，对朝政中存在的许多问题时常谏诤，崔与之、李昂英对廷内的不清明失望，加起来请辞的次数有好几十次。③如今可见的宋代岭南人奏文，都直指国家的危殆势头④，龙血玄黄丝毫不逊于赵氏本宗。从二王南奔到崖山终结，浸满了岭南孤臣血

---

① 嘉祐五年（1060）时交趾人申少泰入邕州为寇，朝廷启用余靖平之。
② 陈永正：《岭南文学史》，广州：广东高教出版社，1991年，第68页。
③ 崔与之，增城人，宋光宗绍熙四年进士，在蜀御金有功，召为礼部尚书，不拜。后理宗即位，授充显谟阁直学士、知潭州，辞；提举西京嵩山迁焕章阁学士、知兴隆府，辞；召礼部尚书不就；授端明殿学士，辞；拜参知政事、右丞相，辞；帝诏益切，崔与之上疏十三次，力辞。李昂英，番禺人。曾从游崔与之，授直秘阁知赣州不就；及崔与之与父丧，归里屡召不应；后国家多事，历命知赣州、漳州、金枢密院事，澹然无复仕进意。
④ 试举几例。余靖有《论太白犯岁星》《论御盗之策莫先安民》《论敌人求索不宜轻许》《正瑞论》等，李昂英有《论史丞相疏》《再论史丞相疏》等一系列指斥史嵩之的政论；区仕衡有《论奸臣误国疏》《纠集乡兵书》等，无一不重视当时的统治问题与社会现实。

泪。末世之中，外族临前，岭外荒服变成朝廷绝地，曾经被视作好战蛮夷岭南人早已悄然在民族阵营的对岸登陆，径直拿起武器共同对抗眼前真正的戎敌。

家国合一的情怀之下，岭南在本土文人的笔下冲破了地理的界限，在文学作品中，跳出既定的空间框架，得以与更广袤的景色一决高低。余靖的《游韶石》先说"韶山南国镇，灵踪传自曩。双阙倚天秀，一径寻云上。长江远萦带，众峦疑负襁。千里眇平视，万形罗怪象"描绘韶石山水的奇峻；又追溯"世言帝有虞，朔南声教广。丹冥卜巡幸，翠华临苍莽。箫韶曾此奏，钟石无遗像。……况乃祝融区，群物资含养。来仪威凤居，乐育菁莪长"，陈述一方过往；末了不忘抬高和升华，"肤寸起成霖，崇高一方仰。跻之佐衡霍，无慙公侯享"，认为这种等级的景色，既可为一方所仰，更可与岭北一比，韶石是岭南这个"家"的，更是中国之"国"的。韶关当时在全国范围内不能算富饶，但文字中却透出了岭南人从心里生长出来的自信与自强。另有始兴人谭粹为英德留诗："一亭新构耸崔嵬，水墨屏图四面开。洞口白云无锁钥，州人寻胜任频来。"（《望仙亭成再书一绝》）[1]宋朝时，英州诚有"人间生炼狱"之称，在本地人笔下，却反而像是人间天堂了。这一时期的岭南文人作品中还能偶见一丝方外色彩，与三教的发展融合不无关系：

《峡山飞来寺》

崔与之

万里星槎海上旋，名山今喜得攀援。

猿挥孙恪千年泪，月照维摩半夜禅。

磴长荒苔人迹少，岩攒古树鹊巢悬。

江流上溯曹溪水，时送钟声到寺前。

《景泰寺》

---

① 陈永正：《岭南文学史》，第79页。

李昂英

树合疑山尽，攀缘有路通。

远鸦追夕照，低雁压西风。

瀑势雷虚壑，松声浪半空。

凭栏僧指似，涨雾是城中。

《题罗浮》

葛长庚

满洞苔钱，买断风烟，笑桃花流落晴川。石楼高处，夜夜啼猿。看二更云，三更月，四更天。

细草如毡，独枕空拳，与山麋野鹿同眠。残霞未散，淡雾沉绵。是晋时人，唐时洞，汉时仙。

佛、道皆见，唯宋时当道的俗文学还未在岭南得见发轫。

随着宋室的统治日益可危，文学史翻开了一页岭南文人的爱国群像。历来远去王畿的南海，亲眼见证了宋朝最后的沉没；自视为宋廷孤臣的许多岭南人，无不抱着"吾得为宋家完人幸也"的家国俱荣俱损之心。靖康之耻让国人自此对议和分外敏感和痛绝，贾似道私求忽必烈，又谎报战功，身在岭南的臣子沉痛又悲愤；恭帝投降给许多宋臣带来了巨大的打击，端宗在福建登基又给他们带来了一丝希望，岭南境内虽然没有明战，但朝廷飘摇带来的内心熬煎其激烈程度不亚于前线厮杀。南宋末年岭南爱国文人区仕衡有诗云：

《书事》

南渡衣冠废蒯缑，中原尽载向湖游。

胡尘不谓飞滇海，鬼火何因暗鄂州。

竟使兵家劳策画，到今国是计恩仇。

草茅死未忘哀愤，岂但燕云恨白沟。

《读景炎福州诏书》

多难兴邦海舰移，忽逢祀夏配天诗。

小臣不死留双眼，东向行都望六师。

在岭南军、臣、民高度同仇敌忾的抗元背景下，爱国的文学群像里还出现了女性的身影。南宋都统张达之妻陈璧娘，潮州人，有《平寇曲》一首：

虎头将军眼如电，领兵夜渡龙舟堰。良人腰悬大羽箭，广西略地崖西战。三年消息无鸿便，咫尺凭谁寄春怨。日长花柳暗庭院落，斜倚妆楼倦针线。心怀良人几时见，忽睹二郎来我面。植分再吸倾六罐，格也一弹落双燕。何不将我张郎西，协义维舟同虎围。无术平寇报明主，恨身不是奇男子。倘妾当年未嫁夫，愿学明妃和西虏。元人未知肯我许，我能管瑟又能舞。二弟慨然舍我去，日睹江头泪如雨。向回闻鸡几欲死，未审良人能再睹。

文辞虽白，情义却真，词句虽俗，意格却高。古十字门这场关于汉族政权生死荣辱的海战，广南东路全程参与、全员参与，甚是壮烈，"南海平，广东之户十耗八九"[①]。

本章小结：岭南身份认同的建构与获得接纳的过程

当历史的车轮停靠在南宋这一站，中国古代的政治重心、文学艺术重心、佛教重心以及最重要的传统学术核心——儒学重心，都完成了从北向南的转移。伴随着疆域版图的内缩与国家形势的变化，"北方"与"南

---

① 姚燧：《牧庵集》卷16《史公神道碑》。

方"负载的内核悄然发生了置换，在同一个儒家传统华夷概念的观照下，曾经引以为豪的"北"成为了僭越夺权的对象，曾经嗤之以蛮的"南"反而成了正统血脉的象征与延续。"欣欣从北俗，往往弃南冠"的凿凿切齿，"天长地阔多网罗，南音渐少北语多"的深深悲哀，都是汉族政权被少数民族政权全面替代而引发的南北认知变化的体现。岭南在宋朝时期进入了比较全面的发展阶段，在全国经济增长的带动和教育大面积铺开的影响下，进一步巩固了当地汉民族的身份认同和家国概念。当汉民族政权一步一步地失去一直以来视作根基的"正统"地位，跌撞着在南天涯海面上勉强支撑时，更能够激发整个区域里的人们对整个时代的思考。面对多米诺骨牌一样的因果连环，宋朝时期岭南人的根本立场是与王朝同进退的，无论此前曾经背负什么样的定义，甚至一些固有印象依然如旧，也无法改变岭南已经成为王朝命运共同体的事实。岭南人自然而然地顺从和参与到了时代的文学自觉当中去，以饱受儒家教化的汉族文人为主力军，"强烈的历史感，拉平了时间的跨度，将时代浓缩于文心之中。而其中所蕴含的时代感，又以其特有的方式，对历史作出回应。因此，这个时代所决定的文学的反省，在深度和广度上，比起以往的时代来，都大大发展了一步，在文学史上，有着独特的意义"。①

　　北方中原文化对岭南进行单向书写和输血的历史基本上在唐朝时结束了，岭南本地文学一边向外吸收，一边磕磕碰碰地自己成长着，像一个从小不得宠的丑孩子，因为曾经受过的偏见在心里跟父母别扭过一阵，但终归还是有一颗爱家的心。到了宋朝，岭南本地的文学本质已经与汉族儒家标准下的文学精神一致，只是在数量多寡、体裁丰缺、色彩浓淡和成就高低上，由于文化发展长期累积的不同步，而有所差异。

　　宋元之际的外部刺激，是整体文坛中的"国家不幸诗家幸"，从整体文学史的角度来说，元代宋位这段历史时期所形成的文学盛况，一转南宋以来的浮靡晦涩之风，正如黄宗羲所言，"文章之盛，莫盛于宋亡之

---

　　① 　张宏生：《情感的多元选择——宋元之际作家的心灵活动》，北京：现代出版社，1990年，第43—44页。

日"①，是国难当头，知识分子前失出路、后失退路而爆发出来的"诗穷而后工"，文学情感的层次陡然变得复杂而丰富甚至是矛盾，交织在一起的忠、爱、悲、愤成就了一段起伏异常强烈的、冲突的文学史；但对于岭南文学史而言，如同本来随队出征的替补球员，尽管知道自己肩负任务，但没想到开局后自己要马上上阵并且踢完全场，只能把平生所学倾力使出，所以岭南文学在宋元交迭时几乎全部以正面的、显性的情绪特征与创作心态示人，集中表现为极富地域团结性的爱国呼喊和家国情怀，与岭北地区因为文化心理发展的高度成熟而产生出各种复杂情绪相比，文学地基刚刚打牢、还没有建起太高楼层的岭南文学的确显得直朴现实、沉挚遒劲得多。

事实上，文化心理、文化认同、文化发展上的不同步，贯穿了岭南社会发展的始终，这从许多社会现象出现的时间先后上也能够看得出来。元朝建立后，士人群体再掀退隐高潮，从政治性退避变成了社会性退避，并且以亡宋遗老为中心，涌现出大规模自觉形成的诗社。岭南社会也有以结社与遗民为亮点的时期，但时间进程却已经推到几百年后的明清了。回看岭南地区自身的发展历程，经过唐前长期积累的基础和唐宋的发展进阶，曾经的距离正在慢慢缩小，可惜蒙古铁骑不仅践踏了汉族文明，还扰乱了岭南向北的追赶脚步。元代曾废科举，分四等人，整个汉民族和知识分子群体都遭受了惨重的压迫。岭南人才在精神隔膜中的"岭"上成功登顶，在南宋一役初露头角，旋即又变成等级最低的"南人"。不过，有元一代来自政权统治中的民族压迫，让领土内的汉民族命运更加深切地联结在了一起，绕过这段弯路以后，明清时期的岭南终于崛起，厚积薄发，光炽四方。

_____

① 黄宗羲：《谢翱年谱游录注序》，《吾悔集》卷一。

第六章

厚积薄发："岭南时代"的
真正到来

　　明清时期我国的行政区划与制度经历过一些变化，但岭南地区的属辖范围基本没有大的变动，以两广、海南为疆界的惯例固定下来并延续至今。宋亡的悲剧让"僻处遐陬，向无陵寝"的粤东有了帝陵，岭南获得此番崖山之赐，意味着就此拥有了一个可感可怀、可凭可吊的现实场所，不再需要冲破重重主客观条件上的阻碍才能接近中心，终于实现了心理与地理的切实连通，崖山精神也从此成为岭南人文世界中的一把火炬。明清时期，广东、广西渐渐显露出一定的差距，广东地区在经济、文学、思想、学术、宗教、对外交流等各方面飞速发展，正式形成了粤省自己的本土意识，产生了带有明确地域背景和特色的流派、代表与作品，地域文化也在全国各地区中以一个成熟的姿态存在，并且开始了平等的交流和输出。当我们在明清这一历史阶段讨论岭南时，实际上"岭南"的内涵已经非常明确地直指广东、而且是直指其中以广府民系为代表的广府文化了。"广东"本来涵盖在"岭南"意指之下，与同属岭南范围的其他地区（广西、海南甚至越南部分地区）平行或同级，保持着众多子集和一个母集的关系；从南宋灭亡起，以"广""粤"作为代表或典型来反指岭南的现象出现频率越来越高，"广东""粤省"的内核开始裂变胀大，形成新的文化中心实体，成为实际上的岭南发展龙头，但在表述上，还依然沿用"岭南"旧称。

　　在此，且对文化意义上"岭南"与"广东"的内涵与外延做一个简要的解释。迄明清起，广东（包括今天的海南省）地区的许多本地学人就已经开始有意识、有体系甚至从理论上对本土文化、本土意识进行论述，但这种文化溯源的行为毕竟建立在我国传统的儒家思想土壤之上，在命名时取古称、古名，是一种比较常见的处理方式和习惯，是明清时期将以广东地域文化为主的意识与概念一直称呼为"岭南意识""岭南文化"的原因之一。在名词指称上，"岭南"先有而"广东"晚出，过去对"岭南"的大部分指认，是同时把广东、广西（以及具体历史情况下的其他所有岭南地区所属范围）当做共同受体的，以宋、明为时间节点，广东、广西才真正开始出现和完成剥离，明清时期岭南本土意识的形成，很大程度上也是以对过去的岭南认知进行清算为背景和基础的，这是该地域文化命名时选"岭南"而不取"广东"的第二个原因。此外，粤、桂之间的地域差距尽管开始逐步显露，但千百年来的沉淀与共生是动态的、存续的，"岭南意识"包括了明代开始出现的"广东意识"，并明显以此为主体，但这样的本土意识，是在对过去"一体的岭南"进行承继的前提下成长起来的。相近的地理位置、相似的自然环境决定了根基上的互通性，相同的政治地位和文化地位赋予了岭南相同的历史焦虑，对这份焦虑的反抗最终经由条件先行成熟的广东之口表达出来，是一种为了纠正整体偏见而进行的自我努力，而这份努力不仅属于后起的广南或粤东，它应该属于整个岭南。从文化的原生点出发，"岭南"比起"广东"有着更为闪耀的地域光泽。

明清时期是岭南意识真正崛起并开始与其他地域平等交锋的年代，与前代相比，本地作家作品终于成为了岭南文学的构成主体。仅明朝一代，籍载的广东作家人数就有451位（定量依据：《粤东诗海》《明人传记资料索引》《明代分省人物考》《明诗纪事》《广东通志》《明史》等），书院总数达到207间，在全国书院数量的省排名中位列第二。这一时期，广东文学对岭南文学产生意义，岭南文学对整体文学产生意义，在整体文学史上，更新岭南的定义和定位，岭南文学走向了真正的、自己的"岭南时代"。

第一节　明清时期岭南社会发展及外部环境概述

一、明朝时期

元至正二十七年（1367），是朱元璋建明的前一年。杨璟受命，从两湖向广西发起进攻，拉开了明军力量进入岭南地区的序幕。次年，即大明初立的洪武元年（1368），征南将军廖永忠领朱元璋命令，取道福建，从海路入粤，打响了统一岭南的全面战役。岭南一地，在元朝时期由于不满朝廷的民族政策，更不接受外族对正统的挑战和践踏，长期处在武力抗元的起义当中，各方面的发展多少受到了一些影响。

明朝改广东道为广东等处行中书省，简称广东省，又将原广州路改置为广州府，以广州为省城。为了加强中央集权，在地方设立行省、都司和提刑按察司三个并立机构，将过去行省长官的权力一分为三，合称三司，这是政治上的统治措施。而军防方面的措施，主要体现在明代于广东设立的卫、所制度。以广东省为例，广州有左、右、前、后4个卫，在辐射半径内的南海、清远、惠州、雷州等地又设有11个卫，其中较为偏远的雷州卫下领左、右、前、后、中5个所，并派指挥使镇戍。这样的军防建制，散粉屯田，七分守城，"用以实中而治外"，在海防、边防及镇压内部反抗斗争的过程中发挥了比较大的作用。永乐年间（1403—1424），朝廷开始向岭南地区派遣巡抚官员，景泰年间（1450—1457），又在两广地区置设总督。嘉靖十三年（1534）之前，两广总督的驻地在广西梧州，是年以后，两广总督改驻广东肇庆，让肇庆的政治地位迅速提升，有明一代，肇庆的区域地位在广东省内仅次于广州。

明代岭南的经济发展喜人，商品贸易非常繁荣，圩、集、市、城搭起了一个以广州为中心的商业网络，整个岭南的商品集散开始围绕着广州来积极进行，是以产生了"东粤之货其出于九郡者，曰'广货'"（屈大均《广东新语》）之说。社会的产业结构变得异常丰富，纺织、印染、制糖、陶瓷等水平大幅提升，珠江三角洲地区成为华南地区的粮食、棉花及棉织品的最大市场和最集中的加工制作地，在流通的货物品类中，茶、糖、盐、瓷、铁等大宗商品占比甚高，呈现出一派商业气息的城市景观。其时，岭南的丝织品"皆为岭外京华，东西二洋所贵"，甚至达到"金陵、苏杭皆不及"的水平；佛山的冶铁产品则"无处不需，四方贾辇运而转弱之"；至于陶瓷，其贸易范围"陶通二广，旁及海外之国"①。

明朝还是岭南与外界交流日渐频密的重要历史阶段。广州一口通商，成为西方与东方碰撞的桥头堡，随着香港、澳门卷入到殖民体系中去，岭南地区尤其是珠江口一带所受到的西方文明冲击和影响日渐增强。

明朝的岭南地区一直存在着反抗的土壤和促因。最初，刚刚建立的明朝考虑到统治根基未稳，做出了海禁的决定，打击了商人的积极性，更损害了相当数量的阶级利益，对此的不满和反抗时常以亦商亦盗的"海盗"形式体现。这是破产、失业、被禁阻的商人、渔民、水上人家为求生计而不得已与官府进行的抗争，这一决定的影响是消极的，"广州市井萧然"，官民的对抗过程是长期的，而结果是负面的，"禁愈严，则寇愈盛"。直到政府在近200年后取消海禁政策，恢复出洋，通海者十倍于昔，岭南地区的第一轮对抗力量才逐渐消弭。在抗元余热尚温的元末明初，由于隔壁日本处于南北朝分离时期，造成封建诸侯组织力量进入海上实行一些非法活动，广东海域武装海盗之祸甚为严重，史称倭寇。倭寇行径野蛮，激起了岭南沿海居民的愤慨，第二波以军民联合为斗争主体的反抗又在岭南轰轰烈烈地上演了。由于地理位置和经济情势的原因，岭南地区的潮州受倭寇影响很大，有"北虏南潮"之说。抗击倭寇的斗争几乎持续到了明朝终结。如果说倭寇还算是小范围反抗，那么殖民者的到来则是改变岭南地区历史进程的一件大事。随着新航路的开辟以及殖民时代的到来，资本主义扩张的爪印遍布亚洲尤其是东南亚各处。自澳门被葡萄牙人以借地晾货的名义侵占开始，岭南人民便开始了抵抗葡萄牙、西班牙、荷兰及英国殖民入侵者的长期斗争。这段反抗的历史，为后让岭南站上近代革命的高台埋下了伏笔。

二、清朝时期

清朝在岭南建立起统治，在古代社会中，是自岭南进入中华版图以来

---

① 此段引文皆出屈大均《广东新语》卷16。

最为惨烈、残酷的一次经历。岭南再也不是南岭荫蔽之下的世外桃源，而成为了掳掠、屠杀、反抗、起义的主战场。加上清初"迁海"，整个广东省，除了澳门和海南岛之外有自身的原因无法迁移之外，几乎全部向内迁居。阮元《广东通志·海防篇》载"粤省东起饶平大城所上里尾，西迄钦州防城"都强制迁移了近百里。累及的人口多达几百万，而被迫丢荒的田地面积则高达530多万亩①。迁海政策导致国家税赋收入的急剧下降，在此暴政实施了23年以后，1683年，清政府终于下令正式废除迁界令，但这一政策的负面作用已经严重影响了岭南的社会发展。农业荒芜，大量人民流离失所，或因饥饿死于道途之中，或因不愿迁居而被镇压甚至杀戮。史籍对此记载："奉迁时，民多恋土，都地山深谷邃，藏匿者众。……计诱之曰：点阅报大府即许复业。愚民信其然。……入即杀，无一人幸脱者。覆界后，枯骨遍地。"②曾经发达的手工业也陷于停废，盐业衰败："康熙元年，粤东禁海迁场，灶户失业，二年复迁，盐亦衰。"③商品经济遭到的破坏自不必提，清政府焚烧民居，还摧毁市集，唯存瓦砾。与前代相比，明朝岭南在战火后的重建只用了20年，便恢复甚至超越了元代的社会发展水平，当然，这也与元代岭南社会发展本就不算特别显著有关系；但清朝的战争与政策，却让岭南用了快80年的时间，还未能回到明末的发展水平。不管此后，岭南社会在清中、清末发生了怎样翻天覆地的变化，清初对岭南的影响都是极大的，直接在思想领域和文学领域画下了一道反抗、避世、追寻求解之道的地牢，深刻地影响了清代岭南的社会发展及文化走向。

---

① 曾国富：《广东地方史》，广州：广东高教出版社，2013年，第168页。
② 《光绪香山县志》卷22《纪事》。
③ 《乾隆揭阳县志》卷3《田赋》。

第二节　明代岭南诗文：为清算偏见而进行的文学努力

明朝洪武年间的南北榜案及其所开立的定制，在知识分子群体内强化了原本稍显淡薄的地域意识，地域作为一个分类标准，迅速爬升到了观察文学现象时的借以归类和站队的头号位置。"公安派""竟陵派""江右诗派""岭南诗派"等就是在这样的背景下出现和被冠名的。对岭南而言，传统的地域认知与明代岭南的发展情况形成了强烈的对比，外界顽固的刻板印象再一次触动了岭南文人的乡邦神经。有明一代，岭南文学硕果繁多，诗文领域处处可见跳脱雀跃的地域自豪和本土意识。

一、不褪色的南园大旗

诗歌在明代整体文坛中稍显疲软，但在岭南地区却异军突起，蔚为大观。在岭南文学史上，南园诗社的影响贯穿了明朝全代。南园诗社最早结于明初，结社的"原班人马"开启了南园精神对明代岭南文坛的影响。对应社会发展的变化与节点，南园又分别在明中、明末两个时期在文学领域重新登场，整个明代，岭南诗坛中都能够见到高高飘扬着的南园大旗。

诗社的结成是拥有相同背景、抱持相同目的、认可相同价值的文人群体建立联结的一种手段。在文学意义之外，还有许多更加丰富的价值盈余，而作为岭南明代人文成就一大象征的南园，最大的价值盈余就是凝聚了本地文人的乡邦意识，并且最大程度地向后人传承了下来。"在城南一里许，中有抗风轩"的南园是明代岭南第一个诗社的诞生地。明初，"方孙蒉、王佐结诗社，南园一时名士，如李德、黄哲……更唱迭和，文士宗之。而介自成一家，与蒉、佐、德、哲并称'五先生'云"。[1]作为五子

---

① 黄佐：《广州人物传》卷12，四库全书存目丛书本。

之首的孙蕡，存世作品数量最多，《广州歌》《白云山》都是写故乡广州的作品，但最为亮眼的还是他的一首《昭君》："莫怨婵娟堕朔尘，汉宫胡地一般春。皇家若起凌烟阁，功是安边第一人。"面对已经定格千年的历史事件，孙蕡站在了一个更高的格局进行看待和评断。中原人士三句不离陈腐调子，总谓昭君出塞风霜辛苦，对远嫁和亲甚是惋惜，而惋惜的深层原因，免不了还是因为对方的匈奴身份。所以"汉宫胡地一般春"一句，从一个曾经被目为蛮荒的岭南人口中说出，本来就很难得，末句还肯定了昭君功绩，又是一种怎样的成熟心态和大局眼光。朱元璋忌文，精神上的专制延续了很长一段时间，南园五子是明初时代背景与文学潮流下的产物，其开创意义和引领意义大于实际的文学功用。"承南园诗社，之后广人多工诗。"①嘉靖年间，又有欧大任、梁有誉等重新在南园结社，为"南园后五先生"，其影响被岭外赞为"广中文学复盛"，而本地学人则视之为"岭南诗书复振"。事实上在明代中期，"续南园"已经成为了一种社会呼声，文人乐雅好诗、重酬爱和是表面需求，文化心理中按捺不住的、对岭南人文精神进行有意识地传承的需求，才是南园诗社一结再结的根本原因。欧大任《遽园集·五怀诗》中对此这样论述：

> 仲衍起南海，沧波涌明月。
>
> 荡荡魏晋风，草昧人文揭。
>
> 眇畜怀灵荃，侍从久未远。
>
> 鹏鸩一逍遥，丘园竞漱沫。
>
> 沉冥古先生，词源在扬粤。

岭南文人对"国初"（即明朝开国之初）南园五先生的"行宜风流"亦羡亦慕，士人时贤中对南园精神的追赶和接续不绝。香山黄佐对南园五子的精神进行了深入发掘，又下启二代南园，"后五先生"中有好几位都

---

① 郝玉麟等：《广东通志》卷45，四库全书本。

出自黄佐门下。他对故乡抱有深刻的地域关怀，对孙蕡等五人及南园诗社的深层精神格外重视，为乡贤撰史立传，南园才进一步成为后世岭南人文领域的垂范。黄佐本人理学造诣精深，文献成就极高，在岭南诗歌的发展史上也非常有影响，被朱彝尊评价为"岭南诗派，文裕实为领袖，功不可泯"[①]。黄佐大修地方志及人物传记，都是以岭南地区为核心的，诗歌时时不忘强调自己的本土自豪：

《宋行宫》

沙涌清夜月，曾照宋行宫。

未抵黄龙府，空悲白雁风。

丹心死蹈海，正气化成虹。

若遂崖门愿，吾乡有大忠。

南园在明中叶再度结社，不仅在形式上追随前人，延续精神，更在实质上进行创新，确立了"讲德论艺，必以诗教为首"的内容原则。明末抗清时，黎遂球、陈子壮等再度开社南园，世称"南园十二子"。宋亡的悲痛记忆仍历历在目，同样的历史又再度在上演，再一次扛起南园旗帜的文人们，不仅仅是接续地方人文，更是发出家国之声，不曾寂灭的崖山精神此番爆发出了何止十倍、百倍的威力，一时间，战事激烈，文情也激荡，岭南诗坛开始"树之风声"，以诗歌关切民生社稷，借南园地方之名，行恪尽国忠之实。黎遂球《结客少年场行》（节选）：

生儿未齐户，结客少年场。

借问结交人，不数秦舞阳。

泣者高渐离，深沉者田光。

醉者名灌夫，美者张子房。

---

① 陈永正：《岭南文学史》，第179页。

感恩思国仇，相送大路旁。

陈邦彦《临命歌》：

天造兮多艰，臣也江之浒。
书生漫谈兵，时哉不我与。
我后兮何之？我躬兮独苦。
崖山多忠魂，后先照千古。

南园在晚明的这次登场，不仅带着传承了一整代的本土情怀，更重拾了直溯崖山的家国壮志，黎遂球在《重刻南园五先生诗序》中把代表一方之家的五先生，和代表万方之国的"三大忠"联系起来，共尊为粤地的人文开拓者。后来屈大均对此总结道：

广州城南有三大忠祠，祀宋丞相文公天祥、陆公秀夫、太傅张公世杰。祠本南园旧址，洪武初，有五先生者，结社其中，开有明岭南风雅之先。其后当事者即其地建祠，以祀三大忠，以与崖门大忠祠并峙。①

照耀粤东人文的南园精神加入了岭南人深沉的整体历史意识，呈现出"耿英烈以共贯，承风流之不亡"的面貌。在历史上，岭南从来只能远观统治的极盛与辉煌，一直消化和吸收着政治与权力相争后遗留的残渣，最接近统治核心的机遇，却是成为直迎外敌的正面战场。元代宋的伤痛还没能完全平复，即又面对满人入侵的打击，为了反抗这种见证国土沦亡的宿命，在文学战场中，集中出现了声浪一致的岭南呼喊，以崖山忠烈为火炬，迸发出前所未有的激昂壮志，成为一代文学中富有地域特性的文学现象。自然，在真正肉搏的抗清战场上死难尽忠的岭南义士，也是不计

---

① 屈大均：《广东新语》卷17，第463页。

其数。

随着时间的推移，岭内诗社早已不止南园一家，但无论何社何人，都以最初南园结社的那股岭南人文风气为宗，师法五子，传唱流淌于各自血液中的本土认同。南园前、后五先生及再后的十二人，分别生活在明朝的头、中、尾三个时期。前五子在有明之初苛严的言论环境下，忝开岭南诗风之功，作为岭南人文勃兴的标志，后来也成为了接续人文传承的寄托，显示了明代岭南人士开始有了要与岭外对话甚至争胜的表达欲望；后五子继承了前人的人文力量，并且在地域流派横行的时代背景下，奏响了岭南自己的诗歌和弦，继续夯实文学基础中的岭南意识。可惜他们生活的时代，文坛复古气息过于浓厚，后五子的许多作品也因此带有自身的缺陷。甲申之变，继者"绝不为新声野体，淫邪调荡之音"，在末代之世把自身慷慨"祖述风骚，流连八代，有所感触，一一见诸诗歌"。①南园这杆大旗，从明初出现，到明中促进广东一地的文学转折，再到明末成为一个时代的诗歌窗口，南园的意象和精神贯穿了整整一个朝代。对于岭南自身的文学发展来说，南园精神的出现与进阶，对后代本地文学内核的塑造有着深远的影响；对后世文人而言，众多南园护旗手都有其自身的垂范作用，精神意象与人格代表的集中出现，还增强了本地文化中的自豪感，这种自豪感带动了岭南人心中澎湃的情绪，在二者的循环中，形成了一股持续的动力，明季大盛的岭南文风与学风便涨满风帆，一应向前。除了对内的泽被以外，岭南有明一代以南园为代表的文学现象，还有对外展示的功用，继张九龄后，岭南于明末再次"出圈"，一个不同于前的岭南形象借助这样一个窗口，得以向地理和人文中横亘的五岭之外展示风采。

二、文章与思想中的岭南意识

过去岭南条件落后，与中原发展存在明显的不同步，柳宗元曾谓"岭

---

① 屈大均：《广东新语》卷12"诗社"条，第357页。

南山川之气，独钟于物，而不钟于人"；明代岭南的发展开始急速跃升，但依然没能纠正这种累世沉积的看法，顶多是不再对岭南的自然环境和气候特色进行想象和攻击。明人王世贞说："天地之灵秀泊于海，欲尽而乃为岭南。岭南之东最为饶奇宏丽，有罗浮增江之胜空，青丹砂文犀瓖象……而于文词顾独寥寥寡称。"①进入全面发展阶段以后，这些认知像一个象征屈辱的刺青，成为了新一代具有强烈本土意识的岭南学人想要着意颠覆和辨清的事情。这种建立在对过去概念的驳斥和清算之上的努力，也同样贯穿了整个时代，并且一直延续到清朝，还间接成为了清朝时岭南大规模"逃禅"现象的思想背景之一。

　　明初，经历了漫长的积累和蜕变，岭南人文风气大开，随之而来的自豪感和表现欲难以掩藏，文士们迫切地想要向外宣示自我存在，在明朝各家纷纷"圈地"的大背景影响下，岭南的本土意识不但自圈成形，还开始了与异地文化的正式交锋。明初，东莞陈琏率先点出了岭南的人文斯盛，并且着重强调了与前代相形的鲜明对比：

　　　　广为岭南会府，山川清淑之气，钟而为人，多长材秀，民以道德文章勋业显者，代恒有也。入国朝文运诞开，士以德业文词鸣者，踵恒相接，视前代有加。②

　　意在以事实成例来驳斥"钟物而不钟人"的偏见。一直以来，岭南身远地偏，文声不显，记载和评价的主动权一度把持在岭北人手里；由于文献短缺，本就零落的岭南身影有许多湮没无考，文化领域内的岭南阵营人数寡少，更无法也无力在强势的中原主流价值观面前为自己正名。到了明代，岭南人文宣朗，在自身立稳脚跟的同时，还开始有余力对过去的歧视进行清算，符号化岭南发展史上重要的文化人物，以"人杰"的在历史上的确凿来侧正"地灵"在发展中的存续：

---

　　①　王世贞：《弇州山人稿》卷66《瑶石山人诗稿序》，四库全书本。
　　②　陈琏：《陈轩集》卷5，丛书集成续编本。

　　岭南人物首称唐张文献公、宋余襄公……予家领表极南之檄，自少有志慕二公之高风，每恨其文不行于世。……昔孔子言夏殷之礼杞，宋不足征从，以文献不足之故。……二公之集之存，岂非岭南文献之足征者乎？予尝怪柳子厚谓"岭南山川之气独钟于物不钟于人"，曾南丰氏亦谓"越之道路易于闽蜀"，然人才不逮，其然，岂其然乎？……史册所载岭南人才，固若落落，然间有一二，率皆秉忠贞、砺名节，求其所谓巧臣佞悖者，盖绝书也。世人……往往轻吾越产。……盖假公之文献以征吾之言，且用以为越之人七解嘲云。①

　　丘濬，海南人，明代理学大家，官至太保，工诗擅文，还作过戏剧，岭南如今可以得见的最早的戏曲作品，就出自他笔下。丘濬为张九龄、余靖的诗集都作了序。在两篇序言中，明言自己出身于海南的丘濬不满外界"岭南之气不钟于人"的牢固认知，上引孔子之例，提出岭南文献少存且记载偏颇，世人轻之，又强调岭南尽管前代名人不多，但留名者个个极于一时，且从未出现过为主流价值观所不容的奸臣异士。张九龄、余靖等人在序言中已经成为了一种文化符号，其人、其文、其序都在借助这样一个符号来建设丘濬心中想要向外展示的岭南面貌，即山川之气，既钟于物，更钟于人。涌动的本土意识让明代的岭南学士共同认识到自己身上肩负的乡邦使命，不仅全力纠正过往认知岭南时的偏离，更要不断举证和强调的岭南业已取得的成绩，在反向寻回文化源头时，用切实可观的符号存在来驳斥固有的独物不独人论。南海伦以谅也在《霍文敏公文集序》中强势地宣泄和表达了他对岭南文学发展的自豪与自信：

　　昔公会荐南宫，魁于多方……一洗汉唐宋之陋而空之。……与夫序、记、诗、文、跋、说、铭、传皆动人，不作无益语，浩气溢出，如长河广汉，一泻百折而莫之御，可不谓之文乎？诸疏之陈痛切，时政洗剃芜秽，

---

　　① 邱濬：《武溪集序》，转引自高建旺《明代广东作家和明代广东文学研究》，上海师范大学博士学位论文，2006年。

极发扬震厉，欲一举……可不谓之敏乎？……昔……叹岭南瑰莹奇伟之气，不钟于人，独钟于物……今观公明沛之识……殆山川间气象灵炳之所发泄而钟焉者也。①

这种思路在明代大部分岭南文人身上都有体现，黄佐也曾经表示过对这类刻板印象的不满："岭南诗人如有方而不传者，不知凡几，而可谓粤无人哉？"生活在明代中叶的黄佐承上启下，从浩繁卷帙中拈出岭南籍人来做乡邦传记，让地域文人的符号象征拥有了数量上的绝对优势，让岭南人士在反肃偏见时不仅有人可举，还有史可依，有资可循。以时间顺序在岭南的空间范围内对文化符号进行列队，并发出追问和反诘的做法，在郭棐笔下达到了巅峰：

岭海隶炎方，绝徼去中原缅邈。战国时有高固者，……至唐，开元曲江公……崔菊坡公……自有二相，而岭南重于九鼎矣。若姜公辅、刘瞻辈，亦铮铮有足称者。……琼山丘濬……经纶着于琬琰。自是文康梁储，俨着风裁，文襄方献夫，崇雅淡，文敏霍韬，……炳如日星。夫孰非髇矢之鸿酋犬耶？……自古以来……菊坡毅然独立，文庄之经济，文康之弼翊，文襄之议礼，皆则曲江之遗直也……菊坡之流风也。……我粤人贻光垣者，炳炳赫赫若此，讵非山川之灵钟于俊杰，必为君子，而不为小人。必有益于国，而不负于国，岂他省可得而较轩轾耶？②

直言岭南"重于九鼎"，"岂他省可得而较轩轾"，作为一个长期被外来文化单向输入的地区，本土意识一朝破土确立，激发了岭南人向外表达和展现的渴望。通过话语积极向外分享，甚至不惜较量的这股劲头，已经再明白不过地写在文章里了。

岭南本土意识的生成是一个源于外而化于内的过程，本质上是一种吸

---

① 转引自屈大均《广东文选》卷8。
② 郭棐《粤大记》卷60。

收了异质文化后，结合自身特点而进行的再输出。一些直观、外露的表达成为了这一阶段岭南文学中的地域特点，而更深层次的影响和流传则凝聚在岭南大器晚成的哲学思想当中。世称白沙先生的陈献章及门徒一度在思想领域领跑全国，非仅一邦之幸，更领全国之先，岭南竟执思想之牛耳，代表着本土的文化与意识不仅促动了岭南自身的弯道超车，还一转从前单向接受的身份，开始以本土为中心，向外灼灼辐射，产生了影响。

　　古有楚庄王不鸣则已，一鸣惊人，岭南岑寂的时间远长得多，发声后的回响也更大得多。明清时期，一边是岭南人张扬着自己的本土意识，构筑新的岭南形象，清算过去的历史偏见，一边是岭北人面对炙手可热的这颗新星，显露出自己的讶异，并开始了新一轮的认知接受。以南园精神为代表的诗歌文学成就被高度肯定：“明初五先生结社南园，声应四海。逮乎嘉、隆，兰汀盛年，名噪七子。仑山瑶石则为续五子、后七子之最。”当过去的命题被重新证明，“天地之灵秀始改而寄之人也”是对岭南人纠正偏见的多重努力的回报。明代诗文的这种近似于自得、自傲乃至自满的昂扬情绪，有着可以理解的历史原因，也有合理的文化心理依据。对于岭南一隅的文人儒士而言，本地经济腾飞带动本地区域地位的提升，是前所未有的改变，他们思慕圣贤太久了，他们仰止泰山也太久了，他们作为异质太久了，他们奋力追赶也太久了。在古代儒家话语体系的框架下，阅尽典籍中偏失记载的岭南文士，对于匡扶故乡人文之树、获取本地文化认同的渴求太迫切了。一边是历尽千载艰辛才得来的蓬勃，是眼前鲜活的经济成就与社会超越；一边是穿透千年力破纸背的成见，是书中的误解，岭北人的陌生，是文化源头与文化母体对此地依然不足够的重视。由于时代与自我的局限，他们无法瓦解旧秩序，但其拳拳之心，已经透过这自豪甚至自大的呼号甚至吼叫的文学心理投射了出来。

第三节　诗僧遗民的坚守及岭南小说的重生：文学中的反抗精神

一、清初僧团的文学反抗

清初，南明在肇庆和广州建立的残权让岭南陷入征伐，当权者的诸多政策也使岭南经济凋敝，人口锐减，岭南的社会发展重重受挫，直到康雍时期才逐步恢复稳定。随着晚明思想沉淀、社会风气的发展延续①，加之陵谷变迁、故国沦亡的巨大冲击，出现了大规模的"逃禅"现象，于南方尤甚。在这场士林与丛林共同的文化动荡中，岭南地区形成了庞大的诗僧与遗民群体，成为了文坛创作的主力部队。清初岭南诗僧与遗民身份背景各异，但在进行生存抉择时却取向相同。家国之难加上夷夏之耻，让他们陷入了无家可归、无国可事的绝望境地中。在双重打击和多重矛盾的共同作用下，踏上了通往禅林的方向。

《胜朝粤东遗民录》序："盖明季吾粤风俗以殉死为荣，降附为耻，国亡之后，遂相率而不仕不试以自全其大节，其劘以忠义亦有可称者……吾粤人心之正，其敦尚节义，浸成风俗者，实为他行省所未尝有也。"遁入空门的岭南诗僧及遗民接续了晚明结社与交游的传统，保持着积极活跃

---

① 清初岭南的逃禅现象与外族入侵占领统治地位有直接的关系，也与明朝思想发展的嬗变有深层的联结。自明中期心学发扬以降，以程朱理学为代表的思想领域的绝对控制权开始松动，士人的思想更加自由；加上禅宗的发展和复兴，三教汇通的趋势愈加明显，社会上常有讲学、结社等活动出现，进一步拉近了文人与僧人、士林与丛林之间的关系。正如何宗美所说："结社现象不仅关乎明代文学流派、文学思潮以及整个明代文学史演变之大势，关乎明代思想、学术、文化等众多领域的兴衰发展，而且关乎近三百年间士阶层在特定的社会历史背景下的生存方式和精神世界。"（《明代文人结社现象批判之辨析》，载《文艺研究》2010年第5期）居士佛教、士僧交游的风气在晚明极盛，文人被政权疏离后也常借助龙门法相滋养自身。这些传统和现象蓄势待发，清兵破关是一条导火索，直接导致了因宣告政治立场、确认自我身份以及逃避迫害笼络而大规模爆发的逃禅现象。入清后，逃禅的士人、前代的遗民与方外的僧团依然积极结社唱和，创作文学，明代的风气遗留和习惯方式对清代前期的文学发展和走向也产生过重大影响。

的姿态，所有的郁结、感怀、体悟都通过文字来互相交流和表达，以"道函今古传心法"为师门辈分的曹洞一宗是岭南诗僧团体中的佼佼者，函昰、函可、今堡等笔力坚劲，创作颇多，还形成了柯林净社、浮丘社、海幢派、海云派等文学社团与诗歌派别。从身份类型来看，函昰等是丛林的代表，屈大均①、陈恭尹则是遗民的中心人物。僧团与遗民的文学肌理中，常常带着一股坚守和倔强，一方面，应对国难，下意识地坚守着汉族王土，拒绝外族政权；另一方面，新朝建立，复国无望后，他们则转而捍卫旧有的文化秩序不被蛮夷所打破和重建。明清鼎革重新整顿了政治与文化上的规则和秩序，士人在焦虑与迷茫当中向宗教寻求外援，但选择出世意味着放弃科举，身披缁衣但仍有一颗儒心的遗民开始产生了一种对自身价值与定位的不确定性。这种无定的忧虑无法与官方建设共存和兼容，统治者的惧怕心理和遗民群体的文化优越形成了不可调和的矛盾，双方永远无法平等地坐下来进行关于文化主导权的谈判。向上诉求的路明显被堵死，遗民们便选取了他们最擅长的方式，即把心绪诉诸笔端，构建出一个范围群体中的新规范和新模式，以此舒遣"斯文厄运"带来的文化失落。借助文化上的"道"来抗衡政治上的"势"，尽管没能为自己的身份谋得一个安身之处，却为群体的情绪开辟了一方文学空间。"己许逃人世，深山愧道名。自甘不是佛，人乃未忘情。柳暗藏莺密，天高见鹤清。幽栖堪卒岁，何苦独营营"②是这一情境的真实写照。

由于清初汉满人口悬殊，文化差异极大，人员的聚集、辐射以及价值观的交互认同、扩散，被统治者视为新朝文化格局的形成中莫大的阻碍和威胁，在"清风不识字，何事乱翻书"都能招致祸患的文字高压下，岭南诗僧、遗民文学中的情绪流露大都是相对隐性的。博罗人函可《八歌》之六（节选）：

---

① 屈大均一生忽儒忽释，也正因其兼跨两界，其人其文更加富有特色。由于他的确还过俗，在此把他归为遗民之列。

② 天然函昰著，仇江、李福标点校，《瞎堂诗集》，广州：中山大学出版社，第82页。

辛苦前朝老衲衣，十年与尔不相离。

骨残心碎无完肌，至今襟袖血迹遗。

函昰《归隐罗浮诗报老父》：

潦倒云岩日惘然，听泉时枕石头眠。

且非有意逃人世，那得闲情结俗缘。

盖代勋名都是梦，大家生死倩谁肩。

年来老大心须歇，百劫光辉在目前。①

又有屈大均《春山草堂感怀之八》：

慷慨干戈里，文章任杀身。

尊周存信史，讨贼作词人。

素发垂三楚，愁心历九春。

桃花风雨后，和泪共沾巾。②

逃禅行为本身就是一重沉默的反抗，"十家王谢半为僧"的规模则显示出这是带有群体性甚至社会性的身份标示；遗民、诗僧与名士乃至民众之间的密切交流则又是一重反抗，通过各群体之间的频密接触，形成了一股与新朝文化期待反其道而行之的离心力量；集体疏离依然难以疗愈他们的精神隐痛，朝廷病态的文化政策又迫使敢言者噤声，于是在遗民及僧团诗文中，就出现了许多借助佛理、教义来暗显情怀的隐性表达。但不论是择青灯古佛而终的僧人，还是几度出入凡尘的士人，都在宏观层面承受着文化惯性与历史激变的合力，在中观层面受到丛林力量的支持与吸引，在微观层面又与特殊历史文化环境对逃禅士大夫的生存挤压与心理冲击。作

———————
① 天然函昰：《瞎堂诗集》，第99页。
② 屈大均：《屈大均全集》，北京：人民文学出版社，1996年。

为刀兵水火中的"大伤心人"，在"身系纲常之重"与"悟本超宗"融合为一种相悖而又统一的独特身份，这种身份既是前无古人的，也是有别于同时其他群体的。①所以遗民与诗僧尽管有着信仰上的差异，却依然保持着儒生向佛门求取智慧以安心灵的宁静、僧人也在方外保持着关切民生的大慈悲心的互通，这种互通互释以及今昔对比让他们开始进行集体反思，导致这一群体最终在历史、文化和生命上的精神旨归是趋同的。僧服儒行也好，儒身佛心也罢，都在共同的文学坚守下实现了合理化。清初的岭南社会发展遭受挫折，但文坛却有这样一支有力的队伍在呼号呐喊。僧团遗民群体的文学，由儒者担荷起了道统文化的自觉意识与传扬使命，同时又被佛门清净与奥义塑造和影响了内部感官，逃禅者放下了外部的历史重负，与方外心系家国的僧人一齐保留下了汉民族儒家文化的思想火种，并与释道发展共冶一炉，在岭南文学史上留下了自己的足迹。

二、大器晚成的岭南小说

岭南地区的僧团和遗民影响延续到清中，随着中心人物和精神领袖的正常减少与自然凋零，加之朝廷不断瓦解文化抵抗的努力，逐渐减弱而成为历史。此时接过岭南文学接力棒继续奔跑的，是终于重整山河的岭南小说。

岭南小说在漫长的前朝发展中，本地作家不多，创作者大多受过去对岭南地区的刻板印象影响，偏重猎奇珍怪题材；明代岭南小说曾有较好的发展势头，可惜又被朝代更迭阻隔，至清初相当寂寥，本地作家的创作中只有屈大均《广东新语》中《怪语》几则，大部分借助怪诞荒谬的叙事来抒发国难遗绪。直到乾隆年间，岭南的社会经济、生产及文化等各方面得到恢复和重振，岭南小说终于迎来了等待千年的黄金时期。顺德罗天尺、东莞欧苏、香山黄芝等本地小说家异军突起，创作出大量反映岭南本地社

---

① 刘敬：《清初士人逃禅现象及其对文学影响之研究》，南开大学博士学位论文，2015年。

岭南文学史论

会生活的文言小说与白话小说，其中潮州黄岩和庾岭劳人的《岭南逸史》和《蜃楼志》是艺术成就最高、传播范围最广、影响力度最大的两颗明珠。与过去的岭南小说面貌不同，清中期及以后的岭南小说一改前代一怪独大的小说格局，真实灵动的城市生活、黑暗残酷的政治现实、丰富饱满的当地人文，为小说提供了全新的素材。岭南富庶的经济，兴盛的文化，奇异的自然风物，丰富的民间传说，使本土作家的岭南情结达到顶峰，他们或出于"备识乡邦轶事"之目的，或出于"纪方隅之琐屑"之目的，或出于"发南国之英华"之目的，创作了一批记载粤地社会生活的文言地方故事集。"《五山志林》专记顺德'英华'人物，《霭楼逸志》专记莞邑民间人物，《邝斋杂记》专记粤地文人士大夫，《粤小记》记广州各阶层人物，《粤屑》则记粤地各阶层人物。这些小说均以粤地各阶层人物为表现物件，从官僚士大夫，到士农工商，贩夫走卒，几乎无所不包，从而丰富全面地展示了粤地的历史变迁、各阶层人物的风貌和精神特质。这些小说在艺术上也取得了一定成就，《五山志林》《邝斋杂记》质朴古淡，《霭楼逸志》《粤屑》《粤小记》富有情感，注重人物性格，追求故事情节的复杂曲折。"①

崛起的岭南小说在长久以来外界看待岭南的眼光中挣扎出一线天空，树立起自身的地域意识，加之清前期的故国遗思余恸仍悸，作品中时常流露出本地情怀与家国忧愤的深远影响。阳春刘世馨的《粤屑》，是清中期文言小说中特别优秀的一部，写到明清变革的岭南故事时，他与过去的歌颂称赞之声不同，而以悲伤为主调进行故事衬托，悲剧比说教、激励和劝谕更能够打动人心，艺术层次更上一层。此节录卷一《百花冢》中的《古琴》一则：

幼时闾邑有九十岁余老翁言，有明季亡王昧归周之义，由肇庆走东安，从僻径逃匿阳春之西山。西山层峦万仞，中辟一洞，有黄姓者居之，

① 耿淑艳：《岭南古代小说史论》，第70页。

· 152 ·

地之土豪也。明末扰乱，聚党数百人，保障一方，王闻而依之，黄相待甚厚。住十余日，王曰："在此终亦非计，欲由高之廉出云南逃缅甸耳。"黄慨然选徒护送。至高州界，王行箧携有明太祖画像、珠廉、古琴、宝刀数事，皆明内府物，虑在中途为人物色，持以赠黄。其后，家有吉凶事，琴必先鸣，吉则锵然，凶则凄然。一夕，琴鸣不已，有凄惨声，次夜即遭回禄之灾，像与廉、刀焚烧物化，独抱琴走出而损一小角。黄有孙颇知琴机，至省请琴匠修理，时石制军好琴。谕琴工有古琴与闻，匠见琴异之，使以重金售于制军。后至西山，欲问其事，而遗老尽矣，漠然徒见山高水清而已。①

　　在清中后期的本地小说中，我们还终于见到了对本地文化原点的追问，对本地文化发展爬梳，以及对本地内部问题的思考，和对本地发展的认知。《岭南逸史》就讲述了一个探寻民族和解之道的故事。汉民族在岭南，是从少数民族变成主体民族的，在汉族聚居和发展的城市之外，岭南还有部分区域世代是各族赖以为生的家园。一直以来，有时是因为朝廷民族政策失当，有时是地远偏荒无力掌控，有时是政策号令与具体行为在上传下达的过程中发生偏向，岭南地区少数民族与政权及汉族的矛盾一直都是存在的。《岭南逸史》整合了历史真实与民间传说，又加入了艺术形象与情节的塑造和铺排，通过故事发展与人物性格，刻画出岭南瑶民起义与残酷武力镇压之间的矛盾，并且探讨了民族之间和平相处的方式方法。其凡例中开宗明义，写明《岭南逸史》的创作，是取材自真实事件及史籍中的相关记载：

　　是编悉依《霍山老人杂录》《圣山外记》《广东新语》及《赤雅外志》、永安、罗定、省府诸志考定，间有一二年月不符者，因事要成片段，不得不略为组织。（《凡例·第一条》）

① 刘世馨：《粤屑》卷一。

在民族问题历来尖锐的岭南地区，作为汉族文化阵营的代表，《岭南逸史》的反思是非常可贵的，作者通过角色来表达的"用文化融合来进行相处"的观点也是可取的。但《岭南逸史》也存在着其自身的时代局限，小说中的"大团圆"结局，实际上还是没有摆脱封建专制及一元文化中心思想的窠臼：

逢玉遂具表辞了，终日只与四个夫人饮酒吟诗，弹琴歌咏，或往来西宁，或临花醉月，尽情取乐。……忽两个渔人，手提五尾金色鲤鱼走到逢玉面前，道了万福问道："郎君还识妾么？"逢玉定睛一看，讶道："贤妹从何而来？下官正在这里忆念尔！"看官尔道是谁？原来就是救逢玉的渔人珠姐、云妹。逢玉大喜，携手进内堂，与众夫人一一相见毕，摆上宴来。

只能说，这样的"美好"结局，是一种有条件的进步，有前提的自由，有掣肘的开明，有拖累的平等。这样的结尾多少影响了《岭南逸史》的艺术格局，但从岭南小说的整体发展高度上来说，《岭南逸史》在岭内、岭外，以及民族关系、民族意识上的成就，依然是无法抹去的。

在岭南文学史上，清中以降崛起的本地小说，其创作初衷整合了自明以来不断凸显的地域意识与岭南自身的文化品格，所选题材则反映了岭南社会的发展进步与岭南地区明清以来形成的务实、致用的价值理念。在清中晚期黑暗的社会现实中，也以一种不屈从的反抗姿态展示出岭南作家对历史与现实的思考，在文学上，显示出岭南地区一贯有之的反抗精神。有研究者曾经对此这样评价：反抗精神是岭南文化中的一个重要品格，这种文化品格与岭南的自然、社会历史有密切关系，"生长于斯的粤人，不可能有别的选择，只能世代在这种蛮烟瘴雨、毒虫猛兽、洪涛飓风的险恶自然环境里，艰苦奋斗，拼搏求存，因而岭南民性很早就养成了强悍不驯、勇于冒险、顽强抗争、不屈不挠和团结互助的特质。加以岭南长期作为流徙之地，历代发配岭南的'顽民'，谪迁来粤的'罪官'，自然也不可能不对粤人施加一种追求正义、反抗压迫、向往自由的思想与心理影响”。①

本章小结：岭南文学金字塔的正序出现与错序定型

岭南文学发展到明清，以对“家”的本土意识和对“国”抗争精神为嬗变主线，各类体裁全面发展，真正实现了厚积薄发，迎来了史上真正的“岭南时代”。在整体文学史上，明清的岭南文学，以清算偏见和宣扬成就的狂喜为表，以文化潜意识中对北方儒家文化的信服与遵从为里，构筑了一段在旧料子上绣新花样的文学样貌。他们迫切地想要表达新观点，却每每选择用旧的容器乘装，无论是驳斥固有观念，还是显耀新生成就，都还是下意识地用诗歌、文章作为自己的表达方式，说到底，这还是强势文化基因里，贵雅、贵精英的意识促动的结果。尽管在明清时期，岭南也在词、曲、小说等方面展示了自己的风貌，但无论如何，也掩盖不了时间上滞后的事实。词的成就，至多只能在岭南区域范围内，以自身的纵向发展为背景，进行自查、自纠、自比，而远远无法与整体文学史中的词学成就相较，且岭南词的成熟时间，也的确较整体文坛上词为文主的年代晚了不少；戏曲方面，撇开语言的隔阂，岭南人在剧作的创作方面似乎兴致寥寥，也能力平平，如今能够见到的最早的岭南戏剧是海南丘濬创作的，但竟在明朝这个岭南趋向开发的年代，以五伦入手，略显陈腐，清代岭南有一些自己的杂剧，但不甚系统，也无规模，基本上是文人兴起而作，案头把玩消遣而已。至于本该与文学相伴相生的文学批评，在岭南的出现也比较晚，几乎到了清末才算完备。但由于岭南文学本身发展略为失衡，诗家独大，故诗话还算可以一观，词话、戏剧理论则由于本身的词学、戏曲成就不高，而更是不太突出了。

纵观岭南地区的历史，由于先天条件的“缺失”，岭南处于半封闭的状态，北路崎岖，南海中的诸国早先也不发达，无法为岭南提供强有力的

---

① 　管林、陈永标等：《岭南晚清文学研究》，广州：广东人民出版社，2003年，第28页。

文化辐射。在很长的时间里，岭南一直保持着向中原学习和吸收的姿态，打下了以汉族儒家体系为原则的文化基石，但同时也累积了许多来自岭北的偏见，他们共同构成了处于发展阶段中的岭南面貌。宋元与明清之际两次政权的更迭成为了岭南本土意识的转折点和爆发点，"天下之文明自斯而极"。总的来说，岭南文学走了一条"追赶—助跑—赶超"的路，秦汉至隋的缓慢开发和沉淀，让岭南在移民浪潮与民族融合中达成了书写文学史的第一个条件，即汉族儒家主体地位的确立，岭南开始在自身与中原之间存在的极不同步的发展差距中进行追赶；唐宋间大量南下的流人、官员与自行入岭的外地文人带来了新鲜的时代思想和教育，也带来了许多误解和偏见，世代累积的标签却也让本地人开始蓄力；明清时期岭南终于用自身的文学实绩清算了过去的历史偏见，更新了本地文学在他者目闻中的老旧认知，实现了在文学史中的重新排位。至此，岭南文学已经打了一个漂亮的翻身仗，站在了与其他地区平等的地位和高度上。但至于常被提及的创新精神，客观地说，截至鸦片战争前都不太显见。岭南文学的发展长跑，到封建王朝末期时表现出的仍是对过去自我的颠覆以及对当下自我的成就，而至于超越，则是下一个历史阶段才发生的事情。但鸦片战争后岭南的内外情势完全又是另一个性质，已经超出本书的讨论范围，便仅识于此，不做展开了。

结　论

　　中国文化发展的根本趋势是"东西交流、南北冲突"，南北冲突的根本原因一方面是北方儒家文化与南方巫道文化的对立，另一方面是北方文化心理当中根深蒂固的"正统—四夷"意识。北方文化的地域核心逐黄河流域而展开，民族核心是无可争议的单一汉族，在后世的发展当中，只见归并，不见细分①；与此相对，"南方"这一概念却经历了从笼统到具体的变化，从一开始"以北论南"的抽象大范围，泛指黄河或长江以南，到文化重心迁移后的江南、东南、岭南；人口结构也复杂许多，在发展过程中，经历了长时多次的移民与融合。中国历史上三次最重要的移民高潮，都带动了文化的南迁，促进了南方经济、文化的开发；但由于北方文化牢不可破的"正统"地位，每当政权再次统一，权力复位，南方的发展热潮则又渐衰微，究其根因，是因为南方在政治上始终依附和追逐着北方，又或者说，南方一直在承认和推崇以北方文化为产生背景、以儒家价值为话语霸权的统治地位。

　　受儒家大一统文化圈的影响，在中国古代的独白社会中，文化的物质载体（如书籍与文献）与精神载体（如认知与价值观）基本都是为权力服务的。换言之，在文学鸿蒙的混沌之初，作为一种稀缺的文化资本与话语符号，就由于自身的价值属性与社会功用而受到了政治权力、统治权力的优先重视。外部的权力支点让文学本身也成为了一种符号权利，其所司掌的文学观念与价值，往往和政治权力、统治权力体制的合法认同结合在一起。这从早期社会中巫觋、祭祀等身份的扮演者垄断了解释权威的现象中就能够看得出来。《诗经》中的"颂"也是如此，不仅拥有象征性的权力，而且拥有事实上的权力。②随着社会历史语境的变化和文学自身的发展，文学逐渐从原本混居的巫、史、哲、艺术等多重领域中独立出来，但正统文学依然处于为统治权力服务的地位，尽管时时加以润色，但

---

　　①　这里指的是中国古代社会进入较为典型的全面发展阶段后，如以唐代为例，南方的行政区划越分越细，北方则相反。
　　②　葛兆光：《七世纪前中国的知识、思想和信仰世界》，上海：复旦大学出版社，1998年，第137—138页。

却难掩本质。在中国古代文学史上，"文学时而是一种半官方的话语形式，在很大程度上影响、操纵着人们的信仰、趣味、知觉、感觉甚至是无意识"。^①文学权力的历史演变大致遵循从神意的传声筒，到符合"诗言志"的总体要求，再到"文以载道"的承载转向，及最终走向"自觉时代"回归自身的发展走向。从范围上来看，文学变得越来越纯粹，但从内核来分辨，在古代文化泛文学化的惯性之下，文学依然包括宇宙论、世界观、伦理信条、实用知识、神话传说、抒情纪事、政府文告等诸多内涵，在人的感性范围内有很大的影响，其所形成的文学观念，是"意识形态的主要设施之一"^②。如此一来，文学产生的根本法则便受制于权力握有者的统治原则，中国古代的文学史，实际上是一部以汉族建立起的儒家文化为话语霸权、又以政治权力的地理中心为辐射原点的文学史。

文学在与政治进行依从、合作和传达等实践的过程中，形成了自身的价值和审美，通过其表情达意和寓教于乐的功能，一面巩固和强化对主流意识形态的认同，泛化一种文化上的无意识，一面形成和构筑起一种自身的权威，在很长的一段时间里，由于没有平等的对立面，文学的表达无论是否符合客观真实，都是几乎唯一的合法表达。这一点，在核心文化体系逐渐向外渗透，儒家术语称作"教化"的过程当中表现得非常明显。至于"教化"的历程，前代中国疆土广袤，文化源点强势而集中，一开始，自然世界的地理空间大于文化世界核心区域的初始面积。于是核心文化开始向外辐射输出，塑造、影响其他地区，直至主导全图。在这样一个过程中，开始与各地区不同地域文化的相遇。事实上，以地域为分类标准来区隔文化空间的习惯由来已久。地域之间的差异，先天为客观的自然环境所决定，后天又受主观人文观念的塑造。过去，在一种近似于惯性的力量之下，对地域差异的认知基本是印象式的，在对政治权力合法性认同和趋附的无意识的操纵下，文化的客观载体——文学具象化为一种表达的范式和思考的标准，对不同地域的形态和面貌进行记录和评判，这种记录和评判

---

① 朱国华：《文学与权力：文学合法性的批判性考察》，第45页。

② 朱国华：《文学与权力：文学合法性的批判性考察》，第66页。

是以儒家价值观及中原社会发展情形为标准进行对照的；随着文学信息得以通过书面材料的形式实现长时间的保存和流传，带有话语权威性的文学权力甚至在人文认知领域起到了定义和塑造地域形象的作用。本书对岭南文学史的分析和讨论，是基于上述观点，以岭南地区与中原地区之间自然地理、人文地理的差异为前提，在点明中国古代文学荷载的政治功用的情况下，建立在以汉族儒家大一统文化为中心的文学史基础之上，来进行的关于岭南地区地域文化概念的嬗变与岭南文学发展沿革的探讨。

生发于中原黄河流域的北方文明，与诞生在珠江流域的早期岭南文明，在根基上存在着以自然地理为基础，由人地环境和人地关系决定的生物规律与自然选择之间的巨大差异。这种差异对人类的行为习惯、思考的逻辑模式都有深远的影响。事实上，岭南的文化最开始生长的方向理应是和儒家文化不一样的，因为它在环境上的半封闭条件，隔绝的同时也保持了独立，而且在心理基础上还有海洋性格的基因。但这种"不一样"在中国古代的独白社会话语中是不被允许的，这也就决定了岭南的发展道路要服从以北为尊的原则和方向。在中国古代政权的特性下，高度的统一性压制了先天的差异性，儒家文化作为强势、高级文明的代表，在岭南得到了理智上的承认。而岭南先天固有的原生态文化，随着对儒家文化的全面接受而潜沉到地域基因的根部和深层，时而激起一些小的水花，在儒家文化垄断中国古代的长期过程里，形成了地域之间人文意识上的差异。岭南文学的构筑过程，就是一段在差异的两端寻找平衡的过程。

岭南文学史的前半段，是被书写的文学史，关键词是"民族"和"儒化"，主体是文献和历史，特征是与政治直接挂钩。秦朝，岭南成为王土，南下的秦军组成了第一批大规模入岭的汉族主体，也拉开了岭南儒化的序幕。秦汉之交，时局变化，南汉立国，历近百年而终。扼守通岭内外交通要冲的苍梧，及南越政治文化中心番禺是当时岭南地区的两个发展中心。秦汉时期，岭南各方面的地位都很低，发展落后而缓慢，还处于自然地理环境和客观气候条件等外部因素对地区发展起决定性影响的阶段。文化与文学的发展，在深层次中被刚确立不久的儒家价值体系主导，在表现上，体现为文化的掌控权与文学的话语权集中在极少数汉人手中，想要逃过筛选，得以保存，还要仰赖文化主导者选择的鼻息。陈钦、陈元、杨孚等人的作品，是后世追溯岭南文学源头的极点，但也只见些许断联残语；另外便是赵佗的文章奏诏、汉朝的史家记载等文献充列的素材，让早期的岭南文学陈列不至一片空白。唐代以前的岭南文学内容稀缺，一方面是自身发展程度之故，另一方面则是由于政治权力的决定性影响。地域环境的先天条件造成了岭南自然地理上的障碍，自然地理上的障碍又导致了人文地理间的阻隔，人文地理间的阻隔让岭南发展缓慢，缓慢的发展速度使岭南得不到王朝的正视，在政治、文化、教育等各方面的轻视下，文学创作的笔杆把持在权力代言人的手中，岭南文学的上游相当寂寥。

隋唐时期是岭南文学开始转变的风眼，主旋律是不同地域背景下的汉族儒家思想受众，在文化情绪与文化认知上的求同与冲突。冼夫人带领部族民众归顺了中央王朝，是岭南人口结构转化的一个分水岭，安史之乱后的人口迁徙在冼夫人业绩的基础上，进一步巩固了汉族在岭南地区中心城市的人口主体地位。隋唐时期，开科取士的同时也流放文敌，形成了岭南岭北之间双向的交流通道。被放逐的庞大群体充当了唐代岭南文学创作的生力军，他们带着对人生前途的绝望来到南天尽头的荒徼，在流亡情绪与传统认知的双重作用下，合力搭建出了一个诗歌地理中凶煞可怖的岭南形象。唐朝时期随着交通的发展与文教的进步，岭南本土学人也终于登上了文学舞台，出现了张九龄这样的符号化典型。唐代岭南文学的最大特征，是情绪与观念的主导性已盖过政治与权力的主导性，其中失真的岭南形象和偏颇的文学态度成为了一种刻板标签，在岭南本土埋下了潜意识里反抗的种子。宋朝尤其是南北两宋的灭亡，加速了岭南人口主体结构的彻底转化，确立起以汉民族为主导的社会环境与人文基础，本土汉族学人接过了笔，开始有规模、有意识、有立场地进行岭南自己的文学创作。值得一提的是，直到南宋灭亡甚至元朝结束，岭南文学在文体上一直非常单一。这是因为岭南迄秦汉至宋元，一直都在奋力追赶和靠拢中原文化，竭力将自身粉刷得与汉族儒家话语体系无二。在客观的发展差距面前，岭南的追赶形式表现为始终推崇儒家文化中最根基、最牢固的观点，体现在文学上，最直观的显现是岭南文学史基本上就是一部岭南诗歌史。在中国文学的金字塔里，诗文的地位一直是最高的，居于无可撼动的正统、主流地位。后起的其他文学体裁，无论是词、曲、小说，都曾经在出现和存在的过程中，受到来自主流文学的挤压。词曲也好，小说也罢，本来就是站在精英文学、正统文学对立面的通俗文学、非主流文学，它们在发展过程中，生存空间的变化无非几种，要么被主流话语体系招安，如词最终趋向诗化，曲又趋向词化，甚至连本来在下层流传的、被视为末流的小说，为了彰显其可信与权威的程度，生生地加上了那么多的"有诗为证"；要么被主流话语体系排斥和打压，比如当今被奉为经典的许多古代小说在当朝都被列为禁书，又或者由于不接受主流话语的同化而被斥为异端，不得不流向更隐蔽、更下层的空间寻找存在的方式和出路。在岭南文学的历史上，词的创作数量不多，成就也不突出，曲则更是寥寥近乎不见，小说曾经在汉魏时期有过向好发展的基础，可惜却没能发展成熟，最终走了一条畸变的道路，在岭北小说发展已臻成熟之后，才在明清时期与自身前代发展相比显得蓬勃了起来，但就小说体裁整体发展的成就和高度而论，也只能说是差强人意。岭南文学谱系中诗文霸场的单一，显示出岭南文学在发展过程中向北追逐和寻求认同的心理轨迹，由于先天的差异和后天的距离，岭南在文学努力的方向上只能围绕中轴，摒弃旁枝，在诗文领域崭露头角已然不易，紧跟潮流的发展变化行传奇、词曲、小说等例，则属于无暇、无心也无力顾及的范畴了。这也可以在一定程度上解释，为什么岭南地区的俗文学，介入岭南正统文学史的时间较晚、产生影响较小。在古代社会的发展过程中，岭南文化演进的根本原则是服从强势文化的标准，并以此标准来作为自身追赶和学习的准绳的。先期的偏见，让岭南文人吃够了在文化场域里的苦头，是故他们一心追古、为诗、作文，服从主流文化圈中的"雅"的风向；而且岭南社会在明清之前，整体发展情况不是特别均衡，离宋朝勾栏瓦舍出现的社会基础——市民阶层在岭南社会的出现还有一段距离，参与文学活动和文学创作的，基本只有背景较为固定的士族、儒生。直到明清时期的后半段，随着社会经济的发展而出现了全新的社会阶层，新兴阶层产生了新的审美需要，并且此时岭南已不再全然依附北方文化中心，而是走上了逐渐独立发展的道路，到了这个时候，才有了俗文学的一方天地。

明清时期是岭南真正拥有自主意识及自主资格的时代，"岭南"的意涵也从最开始带有极强伸缩性的地理名词逐渐确立为以广东为空间范围的地域文化专称。这一时期的岭南文学关键词是地域意识、自主意识；创作主体是一批优秀的岭南本地汉人学者和文学家；地域方言开始进入文学创作中，如陈白沙《大头虾传》中的"大头虾"，就是粤语方言词汇；及后也开始了岭南范围内各民系、各区域的民间文学和岭南俗文学的发展演化，并对戏曲领域产生了一定影响。在文学风格上，长期被同化、压抑到内部深层的南方文化性格基因开始觉醒，因而带有一股重视人文与人格的独立、呼唤思想变革自由的特质。一直以来，论者常谓岭南诗风雄直、古朴，文风现实、力指，实际上，这多少也反映了地域文化先天底色在压抑许久后的上冒和反扑。"大抵人性类其土风"，自然界的环境和机构总会在民族精神上留下一些印记，本地文学家作为继少数民族以后的岭南"土著"，多少能够在进化和遗传中得到一些关于本地的"原型积淀"。岭南的原生文化至少与同样源出南方的老庄、楚庭有着精神上的共通，庄子超越的"灵性"就有千年后慧能的"悟"来遥遥呼和。而北方作为"一种朴实而不富有想象力的民族，他们生在温带与寒带之间，天然的功绩远没有南方民族的丰厚，他们须要时时对天然奋斗，不能像热带民族那样懒洋洋地睡在棕榈树下白日见鬼，白昼做梦"。①北方的自然环境和生存密码培育出了群体意识与专制主义，儒家文化是一套伦理本位的思想，积极入世，不知疲倦地探求一种自我完善的道德境界，道德原则被看做是个体自身生存意义和价值所在，个人欲望要从与他人的仁爱关系中去求得满足，以理想的人格限制人的自然天性，宗法道德与个人利益是对立的。这种文

---

① 胡适语，转引自《茅盾评论文集》下集，北京：人民文学出版社，1978年，第244页。

化发展到后期，"常常培养出满口仁义道德、满腹男盗女娼的双重人格、口是心非、表里不一的国民性病根"①。与此相反，"南者生育之乡，北者杀伐之域"，南方杂处的民族没有经历过典型的英雄时代，连留存至今的神话碎片都是自由的、自然的②，面对北方儒家文化三面包围的长期、压抑的专制，尚清淡、擅明理、好老庄的南方性格一直存在，只是被收捡到了最底层。随着古代社会发展到末期，手工业发展与社会经济结构的转化率先假南方发生，岭南更是一直以来都直接受到西方思想文化的舶来冲击，显示出了另一种文化特质。岭南的文学风格尚古、淡直，可能正是因为在潜底的地域基因和文化性格上，站在了"盛产瞒和骗的文学"的对面吧。

岭南在近代成为了革命之乡，思想"北伐"的策源地，敢为天下先的引领者，意味着作为曾经背负偏见的文化弱势地区，终于在向先进文化靠拢的马拉松中跑到了终点，并且取得了骄人的成绩。但正如前文所说，岭南在古代社会中的发展和变化，文学作为一个外在表征，明显地展示出一个"学习—追赶—以点带面—全面行进"的发展轨迹，但只完成了自我超越。直到鸦片战争以后，才真正实现了整体颠覆。彼时，意识形态的命数已经步入末期，一直以来作为唯一标准和最高典范的传统儒家话语霸权，随着权力合法性的动摇而失去最稳定的支点，且儒家思想的一些自身弊端也逐渐显露出来，与时代发展格格不入。文化的内在变改"好比庞大的建筑物已遭破坏，住不得人，也唬不得人了。构成它的一些木石砖瓦仍然不

---

① 陈侃言等：《中国地域文化论》，广州：广州出版社，1994年，第17页。

② 尽管我国的神话体系是破碎而零落的，但从可以得见的南北神话中，依然可以看出文化心理的差异。北方民族较早进入农业社会，神话特征明显带有农业文化的色彩。注重人事，有将人神化的倾向。许多北方神话充满悲剧性的压抑，如夸父追日、精卫填海、共工怒触不周山、刑天舞干戚、大禹治水、愚公移山，这些对失败英雄百折不回的意志的歌颂，也是北方民族历史灾难深重的反映。南方神话则显示南方先民重自然轻人伦的文化心理，现在流传的南方各族神话几乎都有喜怒无常的雷公，代表天界伟力，呼风唤雨。中国神话系统中关于开天辟地和人类诞生的主题，也是由南方人来提出和解答的，表现了南方先民对自然界怀有崇敬心理，对人自身的自豪感以及开天辟地的开创精神。这种可贵的精神素质在中国文化后来发展中逐步萎缩，北方神话严肃、理性，有单调的伦理寓意而缺乏想象力，南方神话则欢愉、感性，具有极高的想象力，带有原始野蛮成分和神秘主义的空幻色彩。详见《中国地域文化论》，第5页。

失为可以利用的好材料。往往整个理论系统剩下来的有价值的东西，只是一些片段思想"。① "托古改制"这样的事件发生在岭南，这也是其中一个原因。更重要的是，近代以后，岭南终于开始了超越式的发展，真正实现了革命性的创新。可惜的是，在地域文化、地域文学上，岭南没能继续发起更为猛烈的冲击。当京派、海派各行其道，成为新文学流派的时候，仿佛也只有香港这颗弹丸还在地域文学的队列中留下了一些声音。"南方文化沙漠论"的观点直到今天还未完全匿迹，实在不能说这和儒家文化专制残留，及北方文化优越感习性全无半点关系。

经过对古代岭南文学史的探寻和回溯，岭南文学在整体文学史中地位的不显也已经找到了答案。当今，岭南的站位已经全然不同，在"一带一路"倡议的推进和粤港澳大湾区的建设进程中，构筑起系统、理论、科学的"岭南学"是大势所趋。在学科转向的基础与系统理论的支撑之上，在创作和研究中，需要继续勇攀岭南文学高地。本书的时间背景上起秦汉，下至明清，只为岭南文学做了前期的、基础的工作，而岭南文学真正的风华，则是展示在近代以后、当今以及未来的，岭南从古至今的发展向度展现出"从边缘到前沿"的趋势，在过去"边缘的活力"的积累之下，随着时、势的改变，一步步走向前沿、走向中心，成为前沿中的新前沿、中心中的新中心。从序幕到蓄力，从觉醒到崛起，岭南超越与颠覆的强劲力量至今不衰。在这个论题之下，实在还有很多极富探求和分析意义的问题，如自殖民时代起即率先介入全球历史发展进程的港澳地区，在面对社会性质的改变、主权的逐步让渡时，其文学的转向的多元性与参与主体的丰富性；又如汤显祖之于戏剧、于澳门的意义，将岭南的文化带入大一统的文学世界，提供了丰富的岭南经验、岭南情怀，让戏剧世界中的理论色彩大幅度提升；更可以在明确了岭南文学史"一体两面"的前提下，一方面在正统、向儒的层次中找寻岭南文学的信仰基础和价值根基，一方面到民间的山水中寻访、在口头的传说中拾零，捕捉和搜集岭南文学更多

① 钱锺书：《七缀集》，上海：上海古籍出版社，1985年，第29页。

的源头、留存和色彩，同构一幅士大夫传统与俗民间传统共舞的画卷。由于本书篇幅及笔者能力所限，只能留待日后再加努力，更期待有识者继续耕耘。

附录　研究综述

一、文学地理学整体历程与研究情况

　　近代以前，尽管系统的学科概念并未建立，但以人地关系为制约规律的眼光和意识却自古有之，涉及文学地理的研究行为也源远流长。《左传》曾借观乐于鲁的季札之口表述过音乐背后的地域内涵，[①]《诗经》则按采集地对民歌进行分类和命名，后世对"十五国风"文学区域与地域特性的研究用功甚深，其先声可以追溯至去古未远的班固。班固在《汉书·地理志》中对《诗经·国风》的特色进行了带有开创性质的评价，主要聚焦在地域环境及地缘风俗对文学作品的影响方面。[②]无独有偶，在浸润楚地文化的基础之上辑成和发展了楚地歌谣、更开创和确立了对后世影响极大的文学形式的《楚辞》，凭"屈宋诸骚，皆书楚语，作楚声，记楚地，名楚物"[③]的特色，熔地理空间内的文化于极富浪漫主义气息的文字中，为时人与后世标记和确立起　"南""北"之别的概念。随着时间的推移和社会的发展，在自然地理之外，人文地理的权重不断提升，以相应处所为中心的政治环境对文学风气的影响日增，《文心雕龙·时序》"自献

---

　　①　《左传·襄公二十九年·吴札观乐》。

　　②　班固："故秦地于《禹贡》时跨雍、梁二州，《诗·风》兼秦、豳两国。昔后稷封邰，公刘处豳，大王徙支邠，文王作酆，武王治镐，其民有先王遗风，好稼穑，务本业，故《豳诗》言农桑衣食之本甚备。……天水、陇西，山多林木，民以板为室屋。及安定、北地、上郡、西河，皆迫近戎狄，修习战备，高上气力，以射猎为先。故《秦诗》曰'在其板屋'；又曰'王于兴师，修我甲兵，与子偕行'。……吴札观乐，为之歌《秦》曰：'此之谓夏声。夫能夏则大，大之至也，其周旧乎？'"（《汉书》卷28《地理志》，颜师古注，北京：中华书局1962年版，第1642页。）这段记载可以看出班固对《诗·风》中地理区域影响文学作品风格的思考。

　　③　黄伯思：《校订楚辞序》，《宋文鉴》卷九十二。

帝播迁，文学蓬转，建安之末，区宇方辑"①即为对权力盛衰与区域文学气象之间关联的探讨。至迟及此，以地理空间为载体进行的对审美经验和文学创作的研究思路已经确立和打开，自然地理特点及人文空间环境共同作用于文学表现，成为了对文学地理理解的共识。此后，围绕人地关系、文学地理关系的论述及记载常见但散见于历代笔记、散文、诗赋、诗话当中，累至明清，则进入了我国古代文学地理研究的最高峰。胡应麟在《诗薮》中提出了包括岭南在内的几个诗派，地域流派闪耀文坛，创作并辑成了数量可观的区域性文集，与此同时，区域文学总集的编纂工作也在此时进入极盛期；对个人、群体、流派等创作主体的动态分布、人文地理环境的专题性论述，对各地区区域文学的总体性评述的数量和深度都达到了前所未及的高度。至此，"地理"的意义，已经完成了从先秦两汉时期纯粹的地理意涵，到文学发生的人文空间、再到文学表达的美学宇宙的转向。

近代以后，一面是西方思想、理念、学科及理论的不断传入，一面是客观上碎裂的地理疆域与主观上迫切需要建构的家国意识相交织，在特殊的历史背景和新兴理论的支撑下，地理与文化、地理与文学的研究和讨论，不仅有了严密系统的理论方法做基础和依据，更被列入当时学部颁布的教育大纲中，"文学与地理"成为"中国文学研究法"之一，作为一种主流话语进入了教育再生产②，文学地理的相关研究一时成果迭出，如梁启超《地理与文明之关系》、丁文江《中国历史人物与地理的关系》等。也正是此时，岭南（实际上以广东为主）的研究随着梁启超等学者的提出和成果而开始发展起来。梁启超不仅将岭南地区置于中华文明共同体的框架之下，作为一个整体的部分来进行评述，更将整体格局宏升至全球和世界的高度，对近代以来岭南翻天覆地的发展进行了重新定位，有《中国历史研究法》及《世界史上广东之位置》等著述、文章。

20世纪下半叶，由于众所周知的原因，中国的学界、思想、社会生产

---

① 范文澜：《文心雕龙注》，北京：人民文学出版社，2001年，第673页。

② 璩鑫圭、唐良炎：《中国近代教育史资料汇编：学制演变》，上海：上海教育出版社，2007年，第364页。

等各方面都经历了一段时间的停滞。至80年代，文化地理、文学地理及更多的跨学科研究又一次勃兴并发展到另一个高峰。新时期的文学地理研究见树木也见森林，总体性、综合性的研究在前有基础上继续发展，理论框架与学科建构的力度不断增强，区域性、专题性的范围和深度也持续扩展和加深。宏观综合性研究著作，前有陈正祥《中国文化地理》，后有周振鹤《中国历史文化区域研究》及谭其骧的历史地理研究成果（如《中国文化的时代差异与地区差异》）；在中国文学地理学术体系的尝试中，杨义建构了完备的学理体制与多重多维的路径，成为不可撼动的文学地理学科基础，以《文学地理会通》为代表，并且下启许多后学，在文学地理研究的着力点和路径上实现了突破；面对创作主体，从籍贯地理扩宽到个人、群体、流派、家族、世族的动态流动地理层面，梅新林的《中国古代文学地理形态与演变》对此有详尽的阐述。与此同时，更有许多专题研究及论著、论文，持续推动着文学地理研究的发展。其中，古代区域文学史研究取得的成果是令人瞩目的，迄今已有许多区域如福建、山西、湖北、吴越、岭南等古代文学史的研究成果[①]问世。理论、系统的学科建构也日渐成熟，"地名+学"的研究模式得到了广泛应用，以岭南为例，"打造理论粤军"、构建"岭南学"、攀登岭南文学高地的呼声也愈来愈高，以岭南为单位的地域文化与地域文学的研究朝系统、科学的方向不断发展的趋势也日渐明显。

二、关于岭南的研究情况与研究综述

"岭南"作为地理名称存在的时间很长，但其空间所指几经变化，"岭"最早并无特指，而是泛指，"岭南"一开始其实就是"山岭之南"的字面意思。在相当长的历史时期内，"岭南"一词一直处在从普通名词到专有名词的转变过程当中，并未如现代通用概念一般，特指南岭以南，

---

① 　分别有：陈元庆《福建文学发展史》，崔宏勋、傅如一《山西文学史》，王齐州、王泽龙《湖北文学史》，高宏年《吴越文学史》，陈永正《岭南文学史》。

或专指两广地区，甚至单指不包括海南岛的广东地区。直到唐朝划分岭南道，岭南的概念和所指才被政治区划力量界定和巩固了下来，最终定型并沿用至今。在进行地域文化、区域文学研究时，岭南的范围和对象多指今天的广东，以广府民系即粤方言地区为主（包括香港、澳门），同时，也涉及广西、海南、越南部分地区。[①]

早期的岭南面貌只能靠王朝史家零星记载留下的文字材料来略窥一二，对岭南的记述和评价大多是比较浅表和片面的。《史记》《汉书》《后汉书》等正史都对以当时南越国范围为代表的岭南情况做了一些记载，成为今可得见的关于岭南的最早的材料。汉末至南朝，代有奏议、地方志、物产志等与岭南有关的文献，但大多散佚不传，少数条目散见于后世引文或类书中。[②]唐宋时期，任职广东、广西的刘恂、周去非分别著成《岭表录异》与《岭外代答》，一定程度上能够反映当时的社会状况；及至明清，岭南经济发达，文教昌盛，诗坛繁荣，出现了《粤大记》（郭棐）、《广东新语》、《广东文选》（屈大均）等地域性专志、笔记，本地大家如陈宪章、孙蕡的别集，还催生了《广东诗萃》（清梁善长编）、《岭南五朝诗选》（清黄登编）等选集。古代时期，还有一些以岭南为空间背景而作的地理志乘及人物传略，如《异物志》《交广记》《百越先贤志》《广州人物传》等，从自然地理空间与人文地理空间两个维度，保存了关于岭南的精神财富。

近代以降，如前对文学地理研究的爬梳所述，随着地理、区域意识的强化和理论的不断完善，梁启超在《中国地理大势论》中率先提及"文

---

① 岭南的具体空间范围有广、狭义两种定义。广义包括今广东、广西、海南、湖南南部、越南北部等地，狭义谓大庾岭以南，以今广东地区为主。见蒋祖缘、方志钦：《简明广东史》，广州：广东人民出版社，1987年。

② 大致文献情况如下：《隋书·地理志》岭南部分的材料依据来自《三国志·薛综传》中薛综的奏议。《太平御览》《艺文类聚》《北堂书钞》等类书中的引文显示，晋时有顾徽《广州记》、刘欣期《交州记》、裴渊《广州记》；南朝时期有邓中岙《交州记》、沈怀远《南越志》、刘澄之《交州记》、郭义恭《广志》等文献。同时，还有一些岭南人物的专著如陆胤的《广州先贤传》、作者不明的《交州杂事》等，条文皆为《太平御览》《艺文类聚》收录，交州名士士燮曾有《交州人物志》。物产专著方面，以东汉杨孚《南裔异物志》为代表。

学地理"这一概念，并说"吾粤乃今始萌芽"；从刘师培《中国南北不同论》开始，南/北成为考量文学区别与特质的时空先在。如果说这里的南北还不是五岭之南北的话，那么20世纪30年代汪辟疆在《近代诗派与地域》中则直接论述了包含岭南诗派在内的六大诗歌流派①，是较早对岭南文学的论述。1941年，黄尊生发表《岭南民性与岭南文化》，提出中国文化的发展重心在"一路南移"②，更强调了岭南与现代中国历史发展动向的关系，为后来的岭南文化研究提供了不少启发。与此同时，考古工作不断取得进展，为人文科学领域的研究提供了有力的保障。20世纪七八十年代以后，随着地域文化研究的又一轮高潮及由是炙手的"岭南热"，岭南及岭南文学的研究进入了一个全新、全面的阶段。

首先，面对上古时期的地理所指问题，有学者对"岭南"的限界进行过对话，就"楚国南界是否已过南岭"各自举证而论③，也有时贤做《"岭南"、"五岭"考》④辨析岭南空间的动态变化；另有以《广东先秦考古》为代表的考古工作成果，为岭南研究提供出土与文献的二重佐证。

地理归属的明晰为展开对岭南地区总体性研究及政权、政制、社会等问题的讨论打下了基础。岭南自身历史发展历程的特点是早期较为独立而缓慢，中后期阶段逐渐与中原文明融合并开始发挥自己的重要作用。自上古起至明清前的岭南情况，胡守为的《岭南古史》和卢海滨的《岭南前事》，分别以南朝和元朝为下限，对研究密度略显稀疏的历史阶段内，岭南的各方面情况做了相当详细的研究和探寻。历史上岭南曾出现的两个独立政权，以张荣芳、黄淼章《南越国史》、辑成点校的《南越五主传及其

---

① 分别是：潮湘派、闽赣派、河北派、江右派、岭南派、西蜀派。《汪辟疆说近代诗》，上海：上海古籍，2001年。
② 黄尊生：《岭南民性与岭南文化》，北京：民族文化出版社，1941年。
③ 见李默：《楚国南界已越过南岭》，载《广东社会科学》1992年第6期；李龙章：《"楚国南界已越过南岭"质疑——兼谈两广青铜文化的来源》，载《广东社会科学》1994年第3期。
④ 见马雷：《"岭南"、"五岭"考》，载《中华文史论丛》2015年第4期（总第120期）。

他七种》①、《南汉书》②等研究成果为代表。历代政治制度的研究代表有王昭武《秦末岭南地区"和辑百越"政策述论》（《思想战线》1987年第6期）、陈谦《唐代岭南节度使建制考》（《岭南文史》1984年第2期）、冼剑民《岭南地区的封建化过程》（《学术研究》1987年第4期）、张泽咸《唐代"南选"及其产生的社会前提》（《文史》1985年总第22期）及王川《论市舶太监在唐代岭南之产生》（《中山大学学报》2000年第2期）等；社会情状、开发过程等问题则有吕名中《汉族南迁与岭南百越地区的早期开发》（《中国史研究》1984年第4期），刘希为、刘磐修《六朝时期岭南地区的开发》（《中国史研究》1991年第1期），黄金铸《六朝岭南政区城市发展与区域开发》（《中国史研究》1999年第3期）等论文述及。③

与此同时，对不同时期岭南地区各领域问题的研究成果还有：通史类著作，以蒋祖缘、方志钦《简明广东史》为代表；地理本位的区域研究方面，有司徒尚纪《地理学在广东发展史》《广东文化地理》，另有李代光论文《论历史时期岭南地区交通发展的特征》（《中国地理历史论丛》1991年第3期）爬梳了自先秦至明清的岭南地理情势及相关的交通状况。经济、商业、贸易方面，宏观论著有陈甲优、梁剑主编的《珠江流域经济社会发展概论》，及《珠江三角洲经济》《广东经济地理》《广东海洋经济》《广东对外经济贸易史》④等；专代、专项研究里，冼剑民《汉代岭南的商业萌芽》（《岭南文史》1988年第1期）讲述了地理优势为岭南带来的贸易特色及王朝态度影响下的岭南早期经济样态，关履权《宋代广州

---

① 杨孚著，梁廷楠、杨伟群点校：《南越五主传及其他七种》，广州：广东人民出版社，1982年。

② 梁廷楠：《南汉书》，广州：广东人民出版社，1981年。

③ 部分资料取自曾国富：《古代岭南区域史研究三十年回顾述要》，载《中国史研究动态》2010年第3期。

④ 书目详情见张炳申、王光振主编的《珠江三角洲经济》（广东人民出版社2006年版），吴郁文编著的《广东经济地理》（广东人民出版社1999年版）；梁松等著的《广东海洋经济》（广东人民出版社1998年版），徐德志、成有江等著的《广东对外经济贸易史》（广东人民出版社1994年版）。

的海外贸易》通过文献、方志的片段记载拼凑出一幅宋代广州贸易盛景，李庆新《唐代岭南财政述论》（《广东社会科学》1993年第4期）以大量详实的数据还原出唐代岭南的财政状况。及后，岭南进入贸易发达、经济蓬勃的历史阶段，作为明清岭南商贸领域的研究代表，罗一星《明清佛山经济发展与社会变迁》从典型代表城市入手进行了相当细致的工作，同类作品中尚能无出其右者；番禺梁嘉彬的《广东十三行考》成书年代虽早却难掩其价值，1937年版序言为朱希祖所写，1991年"岭南文库"收其再版时则由蔡鸿生作序，至今仍然熠熠生辉。文献的搜集与整理当推罗志欢《岭南历史文献》（广东人民出版社2006年版），内容详实、全面，对以岭南为对象的研究者有着极大的参考价值。

　　区域与民系文化一直是研究集中发力的重镇。1987年，邓端本的《岭南掌故》问世，是较早的关于岭南地区思想文化问题的研究著述；1990年同济大学出版社出版陈乃刚的《岭南文化》、1993年广东人民出版社出版的李权时等著的《岭南文化》，连同陈泽泓的《广府文化》、覃召文和宋德华的《岭南思想文化的更新与演进》等书籍，以及一批数量、质量都可观的研究论文，都是研究者一直在岭南文化这块田地上不辍耕耘的成果和证明。其中，对岭南在地文化做全面论述者，书籍有广东人民出版社版《岭南文化》，对不同历史阶段、民系民族、宗教、思想、艺术、建筑等领域均有涉及；论文有韩强《岭南区域文化构成及特色》（《岭南文史》2007年第4期），对广府、客家、潮汕、桂系、海南等民系文化做了分述。也有聚焦于广府民系及其文化特色者，如陈泽泓《广府文化》（广东人民出版社2007年版）、谭元亨《广府寻根》（广东高教出版社2003年版）等。自罗香林以《客家研究导论》等一系列作品开疆辟土后，潮、客研究继起。潮汕民系研究有陈泽泓《潮汕文化》、郭伟川《岭南古史与潮汕历史文化》、陈朝辉《潮汕平原经济》等，对潮州歌册的传承和搜佚研究也不遗余力；客家研究继有胡希章《客家风华》、谭元亨《客家文化史》《客家圣典：一个大迁徙民系的文化史》等成果，珠玑巷的意义历久弥新，客家文化的凝聚力、辐射力和影响力不容小觑。

在宗教、思想方面，自唐慧能开立南禅一派，岭南禅风素盛；明清鼎革，外族入主，家仇国恨使岭南士人"逃禅"成风，成为特殊的社会现象。覃召文《岭南禅文化》（广东人民出版社1996年版）、蔡鸿生《清初岭南佛门事略》（广东高教出版社1997年版）分别从岭南禅文化的产生、发展和特点，及清初时期岭南地区佛教活动的具体人例、事例入手，对其时、其地岭南这一滨海法窟进行了详尽的论述。岭南本土的道教及民间信仰也一直在持续发展，《岭南古代民间信仰初探》①、《岭南古代民间俗信的成因》②对古代岭南在地俗信与早期信仰面貌及其成因进行了探究；《岭南地理与道教传播》③、《明清时期岭南三界神信仰考论》④等论文则论述了岭南道教的发展历程、岭南内部三界神信仰的分布特点等具体问题。随着西方宗教的传入为岭南地区的宗教元素再添一极，邹振环论文《明清之际岭南的"教堂文化"及其影响》（《学术研究》2002年第11期）凸显了岭南作为接触西来宗教第一站的要津地位与桥梁意义。在思想、学术史研究方面，除李锦泉《岭南思想史》（广东人民出版社1993年版）外，还有刻画岭南历代名人群像的《岭南历代思想家评传》⑤、《历代入粤名人》⑥、《广东历史名人传略》及毛庆者的集成作品《岭南学术百家》（广东人民出版社2004年版）等；也不乏对个体，如岭南史上的大家张九龄、崔与之、陈澧、屈大均，及群体如相关诗派、学派、僧群等进行的深入讨论和研究。

岭南地区曾是百越民居聚居地，至今仍有许多少数民族在岭南境内生活。马剑钊等编著的《广东民族关系史》、杨豪《岭南民族源流考》等研究作品，以瑶、畲等岭南主要民族为对象，厘清了岭南地区的民族发展和融合的过程，探讨了岭南地区民族关系及问题的相关规律，同时还反映

① 何方耀、胡巧利：《岭南古代民间信仰初探》，载《广东社会科学》2002年第6期。
② 郑晓红：《岭南古代民间俗信的成因》，载《广东史志》2002年第4期。
③ 吴重庆：《岭南地理与道教传播》，载《学术研究》1998年第1期。
④ 郑维宽：《明清时期岭南三界神信仰考论》，载《岭南文史》2008年第2期。
⑤ 丁宝兰主编：《岭南历代思想家评传》，广州：广东人民出版社，1985年。
⑥ 陈泽泓、李小松：《历代入粤名人》，广州：广东人民出版社，1994年。

了一个非常重要的事实：民族关系主要表现在政治、文化和族缘关系三方面，政治发展对岭南的影响无须多言，而史上岭南的几次民族大融合，使境内汉民族的地位发生了历史性的变化——由少数民族变为主体民族①。这一主体身份的转变过程与政治影响相结合，对岭南当地文化的影响是无穷且巨大的。一定程度上，还决定了岭南文学史的整体面貌。

　　具体到文学领域，综合性研究有陈永正主编的《岭南文学史》（广东高教出版社1993年版），管林、钟贤培、汪松涛《广东近代文学史》（广东人民出版社1996年版）等，前者以近代为编次分野，第一编的第一部分起止时间为上古至明代，在略述岭南文学情况的基础上，侧重几个代表人物如张九龄、李昂英等，进行具体的诗、文分析，第二部分的篇幅相较第一部分要大，这也是岭南文学史厚积薄发特点的映照。第二编对近代的岭南文学进行了浓墨重彩的叙述，这一时期的岭南及岭南文学早已一扫前期的寂寂情状，以风头正盛的姿态登上了历史的舞台。此外，叶春生著有以《岭南俗文学简史》（广东高教出版社1996年版）为代表的一系列岭南民俗学著作。《岭南俗文学简史》对近代的广府歌谣、客家山歌、儿歌，以及岭南地区的竹枝词、晚清通俗小说、戏曲（包括后来向粤曲的转向）等进行了论述，是岭南俗文学领域的开山奠基之作。在通代、综合研究之外，对岭南文学的关注主要集中在诗词上。岭南诗词以唐宋为帜而大兴于明，形成岭南诗派，又以诗人之间的结社、集群等现象为最主要特征。新时期以来最重要也是规模最大、覆盖面最广、内容最齐全的岭南诗词工作当属《全粤诗》的编纂。与此同时，大量岭南诗人别集的点校、整理工作持续进行，诗人传记的编写、对诗学著述及诗话的学术研究也取得了一定的成绩，上述工作的主体负责人之一杨权有《岭南诗派研究与诗歌文献整理》②详述。诗词中的遗民诗歌与佛门诗作是岭南文学尤其是诗词研究的重心，在20世纪40年代陈垣完成《明季滇黔佛教考》和《清初僧诤记》两部著作后，邓之诚的《清诗纪事初编》1984年由上海古籍出版社出版；几乎同时，在海峡另一端，廖肇亨发表了《明末清初遗民逃禅之风研究》，成为日后研究空间向岭南上空聚焦的开端。李舜臣、李福标、仇江等学者对明清岭南诗歌研究做出了许多贡献。总的来说，对岭南诗词的研究主要分为个案研究和群体研究两部分，个案研究大多以文人的籍贯为划分标准，对文人进行籍贯归类后即讨论其个人的文学成就，一定程度上忽视了地域性格对文人产生的潜移默化的影响；群体研究则看重研究群体的社会属性和政治属性，岭南文学史上最长盛不衰的群体研究对象分别是贬官和诗僧（或遗民），在对岭南地区进行空间背景的论述时，偏重外部政治环境带来的影响，对岭南内部自身文化发展的因素考量不够。截至目前，岭南文学在古代比较突出的成就基本集中在诗歌领域，前人的研究成果也显示出岭南诗词研究的两个阶段性特征：其一，20世纪中叶以前的大部分研究重考而轻论，多为单独个案的整理与钩沉；其二，明清时期的诗词作品受到的关注最多，其中又以清初为甚，研究重点逐渐从诗文本身转向其背后的历史背景与社会现象，遗民群体、"逃禅"士人的作品作为群像代表而得到研究者的重视。

在整体文学史上，诗僧的传统早在明清之前、岭南之外即已有之，清初岭南遗民诗坛的研究热度是特殊的历史和社会原因所赋予的。在岭南地区还有另一种特殊社会现象催生的文学作品，同样为历代研究者所重视，即流寓、贬谪岭南的文学，此类作品相对集中在唐宋时期。李兴盛的《中国流人史》是无可替代的参考基础，岭南作为流放的一大目的地，许多曾经南贬的文人在岭南地区的文学作品或反映贬寓时期岭南状貌的作品都成为了学人研究的对象。除最为人熟知的最典型人物如苏轼、韩愈、汤显祖等的事迹、经历被系统地进行研究外，从其他维度如流贬文人在籍地—为官地—流放地之间的动态关系、具体的历史、朝代（如唐、宋）及相关政策（尤其是导致流放惩罚被实行的政策原因）对流寓岭南的文人的影响等也有相应的研究成果，成果可见金强《宋代岭南谪宦》（广东人民出版社2008年版）；贬谪文学作为一种成因特殊的文学类别，既是作者自身创作生命里的一株奇葩，也构成了岭南文学史上一个重要的组成部分，形成了"唐多迁客，弦诵为岭南之冠"①的局面，岭南文学的样态第一次得到了较为实质性的改变，在遥远陌生的地理所指和历史存在之上，更多了一层人文体认与审美标准。冰冷的距离数字被道成"一身去国六千里""夕贬潮阳路八千"的慨叹，成为唐代岭南诗中的一大景况；至宋，随着贬谪人数的增多，地处岭南日久个人体察的深入，经历了畏瘴、和蛮、化异，贬谪官宦对岭南的认知从最开始的怅然、消极逐渐向理性靠拢，"岭南自岭南，勿以岭北比"②的观点逐步形成。同时，贬谪官员对贬谪地的教育、文化曾起到一定的助推作用，其人其文的当世地位和文教环境改善的后世影响潜移默化地渗透到了岭南文学的肌理当中。

大体来说，关于岭南文学的研究，无论是通代文学史研究，还是具体现象、文人、作品研究，都侧重"文学"本身，对其身为"岭南"文学的地域特色论述，多从文学本位出发，以作品意境、风格的呈现为主要表达；真正对岭南的本土化思考、在地因素考量、空间背景影响等层面的探究并不十分深入和突出。

三、关于岭南的国际研究整理与概述

岭南地区因为地理条件的缘故，与外界的接触素来频密。在中西交流的进程中，岭南地区尤其是广州、港澳等地发挥了连通内外的桥梁作用，岭南地区的许多问题也具有较高的学术价值，历来得到国际学人的关注。本节将泛述国际上不同国家及地区涉及岭南的学术研究情况。

首先是欧美地区。德国学者李施霍芬（Ferdinand Richthofen）早在其《中国地理历史研究》（*China Ergebnisse eigener Reisen und darauf gegrundien*）中就谈及过与越南地区（古属岭南）相关的问题；传教士卫三畏的《中国总论》标志着美国汉学的兴起，亨特的广州行记被整译成

---

① 祝融：《方舆胜览》卷36"柳州"。
② 郑刚中：《北山集》卷21，景印文渊阁四库全书本。

《广州番鬼录·旧中国杂记》由广东人民出版社出版，细致地描绘了当时的广州面貌。同时，大量外籍传教士在粤港澳等地开办报纸、杂志，有在广州创办的《中国丛报》、香港发行的《遐迩贯珍》等，促进当时中国报业迅速发展的同时，也为记录当时的岭南社会提供了详实的材料依据。及后，对岭南地区的专题进行细致深入讨论的域外研究也有许多优秀成果，大家魏斐德在《洪业》中以岭南人士黎遂球的抗明事迹为例，对南方的遗民问题、遗民的身份问题及"忠"的内涵投以史家关注；瑞典汉学家罗思的 *The Rise of a Refugee God——Hong Kong's Wong Tai sin*[1]集中体现了他对岭南地方信仰的研究成果；普林斯顿大学学者艾尔曼则着力研究广东清代经学，论文《学海堂与今文经学在广州的兴起》为晚清广东学术史研究增补了国际角度与域外眼光。概括地说，欧美地区进行的关于岭南地区的学术研究，基本都是把岭南放在殖民话语体系的框架之下来审视的。

其次是日本地区。日本学者对古代交通、航道等情况的研究不少都涉及岭南地区，石田干之助在20世纪40年代出版的《关于南海的支那史料》[2]是较早的研究作品；作为"海上丝绸之路"概念的较早提出者，20世纪60年代日本即出现了从海上贸易角度进行的研究，三上次男的《陶瓷之路——东西文明接触点的探索》[3]通过广东汉墓内的出土文物，判断和论述了当时途经岭南的海上通道的发达情况。荒木见悟对中国佛教与思想领域用力甚勤，不少日本的研究对象为与明清时期岭南地区颇有关联的人物，如觉浪道盛（与岭南僧团领袖天然函天昰有交集）、憨山德清（曾讲经广州），其部分作品被同样研究明清佛儒思想的中国台湾学者廖肇亨译成中文，有著作《明末清初的思想与佛教》[4]、论文《觉浪道盛初探》[5]。

---

[1] Lars Ragvald, *The Rise of a Refugee God——Hong Kong's Wong Tai Sin*, New York, Oxford University Press, 1993.
[2] 石田干之助：《南海に关する支那史料》，东京：生活社，1945年。
[3] 三上次男著，李锡经、高喜美译，蔡伯英校：《陶瓷之路——东西文明接触点的探索》，北京：文物出版社，1984年。
[4] 荒木见悟著，廖肇亨译，《明末清初的思想与佛教》，上海：上海古籍出版社，2010年。
[5] 荒木见悟著，廖肇亨译：《觉浪道盛初探》，载《"中央研究院"文哲所通讯》，台北："中央研究院"中国文哲研究所第九卷第四期，第95—116页。

此外，户崎哲彦著有《唐代岭南文学与石刻考》，通过对今广西境内许多唐代石刻的考察，发出了"中国岭南地区文学研究的倡言"[①]；志贺市子则专攻岭南地区道教信仰，作品《香港道教与扶乩信仰：历史与认同》及若干相关论文，是对广东地区尤其是香港一带道教问题非常全面、深入和综合的研究。

　　还有一部分国际研究是以越南为中心的。由于越南地区曾属岭南，五代才从中国的管治下独立出去，越南的许多早期历史与发展源头，都与我国早期以及岭南早期的发展有密切关联，需要在我国古代相关典籍中寻找材料。面对这个问题，中国大陆和中国台湾、越南、法国、日本学界都倾注了颇多心力。法国学者伯希和（Paul Pelliot）1904年就已经在《交广印度两道考》[②]中提出了早期越南民族与百越民族互相之间迁徙流布的问题。早期的越南文学一定程度上是其时岭南文学的一个组成部分，越南学者从历史源流出发着重思考了中、越文学的关系，作品有邓台梅《越南文学发展概述》[③]、胡玄明《中国文学与越南李朝文学研究》[④]等。法国、日本学界出于各自的立场（殖民历史）也对越南研究抱有兴趣，分别对《二度梅》《金云翘传》等越南经典文学作品进行了基于中越文学与文化关系和影响的思考。

　　最后，岭南地区曾有徐闻、合浦、广州、香港、澳门等多个开放港口，在历史的进程中各自发挥了重要的作用。从海上丝绸之路，到市舶司、十三行，再到华洋杂处的两处自由港，香港、澳门的特殊背景和自由环境，聚集了一大批外国研究者，不断地从不同角度及层面开展着相关的学术研究。岭南一直有着与外部交流的开放传统，同时还是近代著名的侨乡。如今，岭南不仅因为"一带一路"倡议的持续推进和区域研究的

　　① 户崎哲彦：《唐代岭南文学与石刻考》，北京：中华书局，2014年，第1页。

　　② 伯希和：《交广印度两道考》，冯承均译，北京：中华书局，1955年，第74页。

　　③ 邓台梅：《越南文学发展概述》，黄轶球译，收《黄轶球论译著选集》，广州：暨南大学出版社，2004年，第48页。

　　④ 释德念（胡玄明）：《中国文学与越南李朝文学之研究》，台北：大乘精舍印经会，1979年。

不断发展而受到越来越多的国际关注，还由于自身的侨乡属性而天然地拥有华侨力量优势，更凭借粤港澳大湾区的全新身份带动和盘活了湾区辐射范围内的新一轮融合与发展，能够发挥前所未有的区域、国内、国际联动优势。但面对严谨的学术界态，必须客观地指出，国际视野中的岭南，在空间上常常被具体化为某几个特定的城市或地区；在研究对象和研究方法上，多为有针对性地对具体时段、具体人物、具体问题展开论述；或是从全球一体化的角度甚至殖民扩张的角度出发，侧重于近代以来岭南对外沟通、交流的作用与意义。将岭南视作一个整体的、动态沿革的地理空间进行的区域文化与区域发展探究相对较少。

四、小结

综上所述，岭南作为一个地理单元，其文化表现、文学发展有自身的规律与特色，是长期以来客观存在的现实，但由于岭南自身发展与外界存在着一定的差距，岭南对中原地区的影响微弱，中原的强势文明对岭南影响却颇为深远。在古代社会中，受人地观念、华夷观念的潜在影响，对岭南地区的记述和研究大多停留在感性的、片面的印象式批评阶段。近代以后，随着西方思想的传入，中国社会格局的变革，岭南变远疆为门户，从文化辐射影响圈的末流爬升至自成中心的影响力顶端，岭南开始作为一个独立的地理单位，成为地域研究的对象。岭南自古拥有数量较多的港口，有着开放的传统；新航路开辟以后，成为中西方汇聚的交通要冲，具备了冲破旧有格局的条件。

在前人关于岭南的丰硕研究成果中，历史发展、文化演进的脉络扎实而清晰；在文学领域，自唐代岭南文学之树抽芽散叶以后，个案研究的深度和现象研究的广度实现了交叉覆盖，研究范围比较全面，但在研究文学的过程中，较为侧重文学本身或社会背景，论及岭南者，多为借地言物、借地言人，对地域文化的深层影响及意识生发提笔不多，岭南的地域特色对文学的渗透不够明显。从整体文学史上看，岭南唐前的文学园地稍显荒芜，资料少存，纵向发展过程中，岭南文体的类别也较为单一，基本以诗歌为主，研究时的中心多以"文学"为本位，综合地理、历史、政治、移民等变量对岭南文学的影响而进行的以地域为本位的研究较少。岭南的文学时时独立或脱离于地理之外，没能与自然地理、人文地理的空间相互结合，在地域文化性格的生成和延续问题上，没能最大限度地发挥和利用好文学这一表征的意义和价值。

参考书目及资料

古籍、史料类

1. 《礼记》，郑玄注、陆德明音义，上海：商务印书馆，1919年。

2. 《孟子》，赵岐注，上海：商务印书馆，1919年。

3. 《节本墨子》，敬杲选注，上海：商务印书馆，1937年。

4. 《诗经》，朱熹注，西安：三秦出版社，1996年。

5. 司马迁：《史记》，裴骃集解、司马贞索隐、张守节正义，北京：中华书局，1959年。

6. 班固：《汉书》，颜师古注，北京：中华书局，1962年。

7. 许慎：《说文解字》，北京：中华书局，1963年。

8. 王弼：《老子道德经注校释》，楼宇烈校释，北京：中华书局，2008年。

9. 张华：《博物志》，北京：中华书局，1985年。

10. 陈寿：《三国志》，上海：汉语大词典出版社，2004年。

11. 范晔：《后汉书》，北京：中华书局，1965年。

12. 王韶之：《始兴记》，北京：中华书局，1985年。

13. 沈约：《宋书》，北京：中华书局，1962年。

14. 魏徵等：《隋书》，北京：中华书局，1973年。

15. 房玄龄：《晋书》，北京：中华书局，1974年。

16. 杜佑撰、王文锦等点校：《通典》，北京：中华书局，1988年。

17. 段公路纂、崔龟图注：《北户录》北京：中华书局，1985年。

18. 刘恂：《岭表录异》，北京：中华书局，1985年。

19. 张九龄：《曲江集》，上海：上海古籍出版社，1992年。

20. 刘昫等：《旧唐书》，北京：中华书局，1975年。

21. 欧阳修等：《新唐书》，北京：中华书局，2003年。

22. 司马光：《资治通鉴》，上海：上海古籍出版社，1987年。

23. 庄绰：《鸡肋编》，北京：中华书局，1985年。

24. 郑刚中：《北山集》，景印文渊阁四库全书本。

25. 高登：《高东溪集》：《丛书集成》初编本，上海：商务印书馆，1935年。

26. 计有功：《唐诗纪事》，上海：上海古籍出版社，1955年。

27. 蔡修：《铁围山丛谈》，北京：中华书局，1983年。

28. 李光：《庄简集》，《四库全书》本，台北：商务印书馆，1986年。

29. 李心传：《建炎以来系年要录》，北京：中华书局，1988年。

30. 朱熹：《朱子语类》，北京：中华书局，1993年。

31. 祝穆：《方舆胜览》，祝洙增订、施金和点校，北京：中华书局，2003年。

32. 周去非：《岭外代答》，北京：商务印书馆，2005年。

33. 洪迈损、孔凡礼点校：《容斋随笔·容斋续笔》，北京：中华书局，2015年。

34. 马端林：《文献通考》，北京：商务印书馆，1936年。

35. 脱脱等：《宋史》，北京：中华书局，1977年。

36. 宋濂等：《元史》，北京：中华书局，1976年。

37. 黄佐：《广州人物传》，四库全书存目丛书本。

38. 陈琏：《陈轩集》，丛书集成续编本。

39. 陈献章：《白沙子》，上海：商务印书馆，1936年。

40. 胡应麟：《诗薮》，北京：中华书局，1962年。

41. 茅坤：《唐宋八大家文钞》，张伯行重订，北京：中华书局，1985年。

42. 欧大任：《百越先贤志》北京：中华书局，1985年。

43. 杨慎：《古今风谣》，李调元辑解，北京：中华书局，1985年。

44. 姚虞：《岭南舆图》，北京：中华书局，1985年。

45. 王世贞：《广州游览小志》，北京：中华书局，1985年。

46. 周挺辑：《删补唐诗选脉笺释会通评林》，四库全书存目丛书补编，济南：齐鲁书社，2001年。

47. 郭棐：《粤大记》，黄国忠、邓贵生点校，广州：广东人民出版社，2014年。

48. 阮元：《广东通志》，上海：上海古籍出版社，1988年。

49. 杨孚著，梁廷楠、杨伟群点校：《南越五主传及其他七种》，广州：广东人民出版社，1982年。

50. 梁廷楠：《南汉书》，广州：广东人民出版社，1981年。

51. 张廷玉等：《明史》，北京：中华书局，1974年。

52. 赵尔巽等：《清史稿》，北京，中华书局，1988年。

53. 彭定求等：《全唐诗》，北京：中华书局，1960年。

54. 董诰等：《全唐文》，北京：中华书局，1983年。

55. 吴兰修：《南汉地理志》，北京：中华书局，1985年。

56. 仇兆鳌：《杜诗详注》，北京：中华书局，1999年。

57. 王锡祺辑：《小方壶斋舆地丛钞》，杭州：杭州古籍出版社，1985年。

58. 顾炎武：《日知录》，北京：商务印书馆，1986年。

59. 仇巨川：《羊城古钞》，广州：广东人民出版社，1993年。

60. 屈大均：《广东新语》，北京：中华书局，1997年。

61. 澹归和尚：《遍行堂集》，清古止、付勇编，上海：国学扶轮社，1911年。

62. 剩人函可：《千山剩人禅师语录》，香港：金强印务，1970年

63. 杜臻：《粤闽巡视纪略》，上海：上海古籍出版社，1979年。

64. 陆祚蕃：《粤西偶记》，北京：中华书局，1985年。

65. 程秉钊：《琼州杂事诗》，北京：中华书局，1985年。

66. 陈恭尹：《独漉堂集》，广州：中山大学出版社，1988年。

67. 张渠撰：《粤东闻见录》，程明校点，广州：高等教育出版社，1990年。

68. 陈徽言：《南越游记》，谭赤子校点，广州：广东高等教育出版社，1990年。

69. 屈大均：《广东新语》，李育中等注，广州：广东人民出版社，1991年。

70. 屈大均：《屈大均全集》，北京：人民文学出版社，1996年。

71. 天然和尚：《首楞严直指》，释普明、冯焕珍点校，杭州：西泠出版社，2011年。

72. 憨山德清：《梦游诗集》三卷，收《憨山老人梦游集》，北京：北京图书馆出版社，2005年。

73. 天然和尚：《瞎堂诗集》，仇江、李福标点校，广州：中山大学出版社，2006年。

74. 关涵：《岭南随笔》，广州：广东人民出版社，2015年。

今人研究著述（按出版年份排序）

1. 吴玉成：《粤南神话传说及其研究》，中山印务局1932年重印本。

2. 黄尊生：《岭南民性与岭南文化》，北京：民族文化出版社，1941年。

3. 陈寅恪：《隋唐制度渊源略论稿》，北京：中华书局，1963年。

4. 李剑农：《宋元明经济史稿》，北京：龙门书店，1957年。

5. 曾华满：《唐代岭南发展的核心性》，香港：香港中文大学出版社，1973年。

6. 广东文征编印委员会：《广东文征》，1973年。

7. 陈寅恪：《元白诗笺征稿》，上海：上海古籍出版社，1978年。

8. 刘斯奋：《岭南三家诗选》，广州：广东人民出版社，1980年。

9. 杨伯峻：《春秋左传注》，北京：中华书局，1981年。

10. 沈祖棻：《唐人七绝诗浅释》，上海：上海古籍出版社，1981年。

11. 谭正璧：《中国文学家大辞典》，上海：上海书店，1981年。

12. 郭朋：《坛经对勘》，济南：齐鲁书社，1981年。

13. 钱锺书：《管锥编》，北京：中华书局，1982年。

14. 郭朋：《明清佛教》，福州：福建人民出版社，1982年。

15. 郭绍虞：《沧浪诗话校释》，北京：人民文学出版社，1983年。

16. 梁启超：《清代学术概论》，上海：复旦大学出版社，1985年。

17. 梁启超：《中国近三百年学术史》，北京：中国书店，1985年。

18. 俞陛云：《唐五代两宋词选释》，上海：上海古籍出版社，1985年。

19. 杨树达：《汉书窥管》，上海：上海古籍出版社，1985年。

20. 田方主编：《中国移民史略》，北京：知识出版社，1985年。

21. 商璧：《粤风考释》，南宁：广西民族出版社，1985年。

22. 黄子高：《粤诗搜逸》，北京：中华书局，1985年。

23. 丁宝兰：《岭南历代思想家评传》，广州：广东人民出版社，1985年。

24. 傅筑夫：《中国经济史论丛》，北京：生活·读书·新知三联书店，1985年。

25. 向仍旦：《中国古代文化史论》，北京：北京大学出版社，1986。

26. 李泽厚：《中国美学史》，北京：中国社会科学出版社，1987年。

27. 徐作霖、黄蠡：《海云禅藻集》，香港荃湾芙蓉山义印，1987年。

28. 李默：《广东方志要录》，广州：广东省地方志编纂委员会办公室，1987年。

29. 刘汝霖：《东晋南北朝学术编年》，北京：中华书局，1987年。

30. 陈垣：《清初僧诤记》，北京：中华书局，1989年。

31. 梁启超：《饮冰室合集》，北京：中华书局，1989年。

32. 齐易：《广东航运史：古代部分》，北京：人民交通出版社，1989年。

33. 陈庆浩、王秋桂花主编：《广东民间故事集》，台北：远流出版公司，1989年。

34. 缪啓愉、邱泽奇辑释：《汉魏六朝岭南植物"志录"辑释》，北京：农业出版社，1990年。

35. 张宏生：《情感的多元选择——宋元之际作家的心灵活动》，北京：现代出版社，1990年。

36. 陈乃刚：《岭南文化》，上海：同济大学出版社，1990年。

37. 徐松石：《粤江流域人民史》，上海：上海书店，1990年。

38. 戴可来、杨保筠：《岭南摭怪等史料三种》，郑州：中州古籍出版社，1991年。

39. 《广东省今古地名词典》，上海：上海辞书出版社，1991年。

40. 牟宗三：《道德的理想主义》，台北：学生书局，1992年。

41. 钱锺书：《谈艺录》，上海：上海书店出版社，1992年。

42. 谢正光：《明遗民录传记索引》，上海：上海古籍出版社，1992年。

43. 韩伯泉、陈三株：《广东地方神祇》，香港：中华书局，1992年。

44. 陈永正：《岭南文学史》，广州：广东高等教育出版社，1993年。

45. 李锦泉、吴熙钊、冯达文：《岭南思想史》，广州：广东人民出版社，1993。

46. 杜继文、魏道儒：《中国禅宗通史》，南京：江苏古籍出版社，

岭南文学史论

1993年。

47. 李冰若：《花间集评注》，北京：人民文学出版社，1993年。

48. 陈侃言等：《中国地域文化论》，广州：广州出版社，1994年。

49. 李小松、陈泽泓：《历代入粤名人》，广州：广东人民出版社，1994年。

50. 黄佛颐：《广州城坊志》，广州：广东人民出版社，1994年。

51. 谢正光、范金民：《明遗民录汇辑》，南京：南京大学出版社，1995年。

52. 赵济：《中国自然地理（第三版）》，北京：高等教育出版社，1995年。

53. 邓敏文：《中国多民族文学史论》，北京：社会科学文献出版社，1995年。

54. 徐阳杰：《宋明家族制度史论》，北京：中华书局，1995年。

55. 黄启臣、黄国信：《广东商帮：外贸尖兵，冒险犯难》，香港：中华书局，1995年。

56. 张荣芳、黄淼章：《南越国史》，广州：广东人民出版社，1995年。

57. 钟培贤、汪松涛：《广东近代文学史》，广州：广东人民出版社，1996年。

58. 蒋祖缘、方志钦：《广东通史》，广州：广东高等教育出版社，1996年。

59. 嵇文甫：《晚明思想史论》，北京：东方出版社，1996年。

60. 霍松林主编：《辞赋大辞典》，南京：江苏古籍出版社，1996年。

61. 覃召文：《岭南禅文化》，广州：广东人民出版社，1996年。

62. 刘圣宜、宋德华：《岭南近代对外文化交流史》，广州：广东人民出版社，1996年。

63. 牟宗三：《佛性与般若》，台湾：学生书局，1997年。

64. 蔡鸿生：《清初岭南佛门事略》，广州：广东高等教育出版社，1997年。

65. 梁允麟：《岭南古史商榷》，广州：岭南美术出版社，1997年。

66. 吴立民：《禅宗宗派源流》，北京：中国社会科学出版社，1998年。

67. 葛兆光：《七世纪前中国的知识、思想和信仰世界》，上海：复旦大学出版社，1998年。

68. 王瑶：《中古文学史论》，北京：北京大学出版社，1998年。

69. 袁钟仁：《岭南文化》，沈阳：辽宁教育出版社，1998年。

70. 陈乃良：《封中史话——岭南文化古都之盛衰》，广州：广东省地图出版社，1998年。

71. 张大年：《岭南大儒陈白沙先生：白沙理学与江门学派》，香港：饮水书室，1998年。

72. 袁钟仁：《岭南文化》，沈阳：辽宁教育出版社，1998年。

73. 陈广杰、邓长琚：《广东历代状元》，广州：广东高等教育出版社，1998年。

74. 黄淑娉：《广东族群与区域文化研究》，广州：广东高等教育出版社，1999年。

75. 王俊义、黄爱平：《清代学术文化史论》，台北：文津出版社，1999年。

76. 罗可群：《广东客家文学史》，广州：广东人民出版社，2000年。

77. 祁志祥：《佛学与中国文化》，上海：学林出版社，2000年。

78. 谭棣华、冼剑民编：《广东土地契约文书（含海南）》，广州：暨南大学出版社，2000年。

79. 赵春晨：《岭南物质文明史》，广州：广州出版社，2000年。

80. 卢方圆、叶春生：《岭南圣母的文化与信仰：冼夫人与高州》，哈尔滨：黑龙江人民出版社，2001年。

81. 范文澜：《文心雕龙注》，北京：人民文学出版社，2001年。

82. 管林：《广东历史人物辞典》，广州：广东高等教育出版社，2001年。

83. 张炳申、王光振主编：《珠江三角洲经济》，广州：广东人民出版社，2001年。

84. 吴郁文编著：《广东经济地理》，广州：广东人民出版社，2001年。

85. 梁松等著：《广东海洋经济》，广州：广东人民出版社，2001年。

86. 徐德志、成有江等：《广东对外经济贸易史》，广州：广东人民出版社，2001年。

87. 练铭志、马剑钊、朱洪：《广东民族关系史》，广州：广东人民出版社，2002年。

88. 骆伟、骆廷：《岭南古代方志辑佚》，广州：广东人民出版社，2002年。

89. 张其凡：《两宋历史文化概论》，广州：广东人民出版社，2002年。

90. 毛汉光：《中国中古政治史论》，上海：上海书店，2002年。

91. 赵沛霖：《先秦神话思想史论》，北京：学苑出版社，2002年。

92. 张志庆：《欧美文学史论》，北京：科学出版社，2002年。

93. 骆伟、骆廷辑注：《岭南古代方志辑佚》，广州：广东人民出版社，2002年。

94. 刘圣宜：《岭南历史名人研究》，广州：中山大学出版社，2002年。

95. 赵春晨：《岭南宗教历史文化研究》，天津：天津古籍出版社，2002年。

96. 叶春生：《岭南俗文学简史》，广州：广东高等教育出版社，2003年。

97. 黄启臣：《广东海上丝绸之路史》，广州：广东经济出版社，2003年。

98. 王尔敏：《中国近代思想史论》，北京：社会科学文献出版社，2003年。

99. 管林、陈永标等：《岭南晚清文学研究》，广州：广东人民出版社，2003年。

100. 陈垣：《明季滇黔佛教考》，石家庄：河北教育出版社，2003年。

101. 赵春晨、何大进、冷东：《中西文化交流与岭南社会变迁》，北京：中国社会科学出版社，2004年。

102. 毛庆耆：《岭南学术百家》，广州：广东人民出版社，2004年。

103. 丁身尊等：《广东民国史》，广州：广东人民出版社，2004年。

104. 周彦文：《中国学术史论》，台北：学生书局，2004年。

105. 区家发：《粤港考古与发现》，香港：三联书店，2004年。

106. 仇江、李福标、曾燕闻：《岭南状元传及诗文选注》，广州：中山大学出版社，2004年。

107. 朱杰民：《岭南名儒朱九江》，广州：广东人民出版社，2005年。

108. 叶春生、施爱东主编：《广东民俗大典》，广州：广东教育出版社，2005年。

109. 张荣芳：《秦汉史与岭南文化论稿》，北京：中华书局，2005年。

110. 戴均良等：《中国古今地名大辞典》，上海：上海辞书出版社，2005年。

111. 顾颉刚、刘起釪：《尚书校释译论》，北京：中华书局2005年。

112. 金观涛、刘青峰：《中国现代思想的起源 超稳定结构与中国

政治文化的演变》，香港：香港中文大学出版社，2005年。

113．牟宗三：《中国哲学十九讲》，上海：上海古籍出版社，2005年。

114．萧华荣：《中国古典诗学理论史》，上海：华东师范大学出版社，2005年。

115．欧清煜：《龙母祖庙和龙母传说》，广州：广东人民出版社，2005年。

116．路成文：《宋代咏物词史论》，北京：商务印书馆，2005年。

117．林雄：《甲第开南粤：岭南首魁状元莫宣卿》，广州：南方日报出版社，2005年。

118．李俊权、黄炳炎：《岭峤拾遗》，北京：中华书局，2005年。

119．罗志欢：《岭南历史文献》，广州：广东人民出版社，2006年。

120．吴兆奇：《冼夫人文化》，广州：广东人民出版社，2006年。

121．许倬云：《万古江河》，上海：上海文艺出版社，2006年。

122．毛忠贤：《中国曹洞宗通史》，南昌：江西人民出版社，2006年。

123．罗志欢：《岭南历史文献》，广州：广东人民出版社，2006年。

124．张伟湘、薛昌青：《广东古代海港》，广州：广东人民出版社，2006年。

125．刘正刚：《广州会馆论稿》，上海：上海古籍出版社，2006年。

126．岭南文化百科全书编纂委员会：《岭南文化百科全书》，北京：中国大百科全书出版社，2006年。

127．宋德华：《岭南人物与近代思潮》，广州：中山大学出版社，2007年。

128．邵慧君、甘于恩：《广东方言与文化探论》，广州：中山大学出版社，2007年。

129．璩鑫圭、唐良炎：《中国近代教育史资料汇编：学制演变》，上海：上海教育出版社，2007年。

130．陈泽泓：《广府文化》，广州：广东人民出版社，2007年。

131．顾建国：《张九龄研究》，北京：中华书局，2007年。

132．刘琅主编：《南北学派不同论·精读刘师培》，厦门：鹭江出版社，2007年。

133．刘圣宜：《岭南近代文化论稿》，广州：中山大学出版社，2007年。

134．颜广文：《古代广东史地考论》，广州：中山大学出版社，2007年。

135．吕思勉：《中国民族史》，上海：上海古籍出版社，2008年。

136．顾涧清等：《广东海上丝绸之路研究》，广州：广东人民出版社，2008年。

137．王富鹏：《岭南三大家研究》，北京：人民文学出版社，2008年。

138．徐续：《岭南古今录》，广州：广东人民出版社，2008年。

139．刘梦溪：《中国现代学术要略》，北京：三联书店，2008年。

140．李君明：《明末清初广东文人年表》，广州：中山大学出版社，2009年。

141．李绪柏：《清代岭南大儒：陈澧》，广州：广东人民出版社，2009年。

142．金强：《宋代岭南谪宦》，广州：广东人民出版社，2009年。

143．章文钦：《广东十三行与早期中西关系》，广州：广东经济出版社，2009年。

144．陈荆鸿：《岭南谪宦寓贤》，广州：广东人民出版社，2009年。

145．陈荆鸿：《岭南名人遗迹》，广州：广东人民出版社，2009年。

146. 郑洪：《岭南医学与文化》，广州：广东科技出版社，2009年。

147. 董就雄：《叶燮与岭南三家诗论比较研究》，北京：中华书局。2010年。

148. 李权时、李明华、韩强：《岭南文化》，广州：广东人民出版社，2010年。

149. 叶春生：《岭南民间游艺竞技》，广州：广东人民出版社，2010年。

150. 冯友兰：《中国哲学简史》，北京：北京大学出版社，2010年。

151. 吴梅：《词学通论》，北京：中华书局，2010年。

152. 杨伯峻：《论语译注》，北京：中华书局，2010年。

153. 俞陛云：《诗境浅说》，北京：中华书局，2010年。

154. 冼玉清：《广东印谱考》，北京：文物出版社，2010年。

155. 钟山、潘超、孙忠铨：《广东竹枝词》，广州：广东高等教育出版社，2010年。

156. 梁启超：《佛学研究十八篇》，上海：上海古籍出版社，2011年。

157. 梁启超：《中国历史研究方法》，上海：上海古籍出版社，2011年。

158. 钱穆：《中国思想史》，北京：九州出版社，2011年。

159. 蒋维乔：《中国佛教史》，上海：上海古籍出版社，2011年。

160. 孟森：《明史讲义》，上海：上海古籍出版社，2011年。

161. 陈玉女：《明代的佛教与社会》，北京：北京大学出版社，2011年。

162. 杨伟群点校：《岭南史志三种》，广州：广东人民出版社，2011年。

163. 杨杰：《岭南地区青铜时期文化研究》，北京：社会科学文献出版社，2011年。

164．骆伟：《岭南姓氏族谱辑录》，广州：广东人民出版社，2012年。

165．司徒尚纪：《广东文化地理》，广州：广东人民出版社，2013年。

166．黎明钊、林淑娟：《汉越和集：汉唐岭南文化与生活》，香港：三联书店，2013年。

167．蒋明智：《中国南海民俗风情分化辨·岭南沿海篇》，广州：广东经济出版社，2013年。

168．林兆祥：《唐宋咏粤诗选注》，广州：南方日报出版社，2013年。

169．黎跃进：《东方文学史论》，北京：昆仑出版社，2012年。

170．徐晓望：《唐宋东南区域史论》，北京：中国书籍出版社，2012年。

171．王毅：《中国古代俳谐词史论》，上海：上海古籍出版社，2013年。

172．钱振纲：《清末民国小说史论》，新北：花木兰文化出版社，2013年。

173．曾国富：《广东地方史：古代部分》，广州：广东高等教育出版社，2013年。

174．赵园：《明清之际士大夫研究》，北京：北京大学出版社，2014年。

175．朱国华：《文学与权力：文学合法性的批判性考察》，北京：北京大学出版社，2014年。

176．胡巧利主编：《广东方志与十三行：十三行资料辑要》，广州：广东人民出版社，2014年。

177．练铭志、马建钊、朱洪：《广东民族关系史》，广州：广东人民出版社，2014年。

178．胡守为：《岭南古史》，广州：广东人民出版社，2014年。

岭南文学史论

179. 谭丕谟：《宋元明清思想史纲》，武汉：崇文书局，2015年。

180. 黄山长：《刘禹锡岭南文脉探源》，北京：中国文联出版社，2015年。

181. 杨式挺、邱立诚、冯孟欣、向安强：《广东先秦考古》，广州：广东人民出版社，2015年。

182. 曾昭璇：《岭南史地与民俗》，广州：广东人民出版社，2015年。

183. 卢海滨：《岭南前事》，广州：广东人民出版社，2016年。

外国学者著作（按出版年份排序）

1. 伯希和：《交广印度两道考》，冯承均译，北京：中华书局，1955年。

2. 陶维英：《越南古代史》，北京：科学出版社，1959年。

3. 陶维英：《越南历代疆域》，北京：商务印书馆，1973年。

4. 韦勒克·沃伦：《文学理论》，北京：三联书店，1984年。

5. 麦兆良（Fr Rafeal Maglioni）：《粤东考古发现》，刘丽君译，汕头，汕头大学出版社，1996年。

6. 魏斐德：《洪业——清朝开国史》，陈苏镇等译，南京：江苏人民出版社，1996年。

7. 博舍客：《十六世纪中国南部行纪》，何高济译，北京：中国工人出版社，2000年。

8. 荣格（Carl Gustav Jung）：《东洋冥想的心理学》，杨儒宾译，北京：社会科学文献出版社，2001年。

9. 阿·德芒戎：《人文地理学问题》，葛以德译，北京：商务印书馆，2007年。

10. 费正清编：《中国的思想与制度》，郭晓兵、王琼、张晓丽、王妍慧、李俏梅译，北京：世界知识出版社，2008年。

11. 马克思·韦伯：《新教伦理与资本主义精神》，阎克文译，上海：上海人民出版社，2010年。

12. 马克思·韦伯：《中国的宗教：儒教与道教》，唐乐、简惠美译，桂林：广西师范大学出版社，2010年。

13. 荒木见悟：《明末清初的思想与佛教》，廖肇亨译，上海：上海古籍出版社，2010年。

14. 邓尔麟（Jerry Denner line）著：《嘉定忠臣——十七世纪中国士大夫之统治与社会变迁》，宋华丽译，卜永坚审校，北京：中央编译出版社，2012年。

15. 荒木见悟：《佛教与儒教》，廖肇亨译，郑州：中州古籍出版社，2013年。

16. 户琦哲彦：《唐代岭南文学与石刻考》，北京：中华书局，2014年。

期刊、论文（按发稿时间排序）

1. 于乃义：《地方文献简论》，载《文献》1979年第一辑。

2. 金克木：《文艺的地域学研究设想》，载《读书》1986年第4期。

3. 陈代光：《论历史时期岭南交通发展的特征》，载《中国地理历史论丛》1991年第3期。

4. 李庆新：《唐代岭南财政述论》，载《广东社会科学》1993年第4期。

5. 李权时：《论岭南文化的历史地位》，载《广东社会科学》1994年第1期。

6. 于心华：《清初抗清汉人的华夷观研究》，北京大学博士学位论文，1999年。

7. 周帆：《地域文学的二重性》，载《文学评论》2000年第4期。

8. 李旭柏：《明清广东的诗社》，载《广东社会科学》2000年第3期。

9. 李舜臣：《清初岭南诗僧群研究》，中山大学博士学位论文，2003年。

10. 潘承玉：《清初诗坛中坚：遗民性情诗派》，载《复旦学报》2004年第5期。

11. 梅新林：《中国古代文学地理形态与演变》，上海师范大学博士学位论文，2004年。

12. 彭丰文：《南朝岭南民族政策新探》，载《民族研究》2004年第5期。

13. 高建旺：《明代广东作家和明代广东文学研究》，上海师范大学博士学位论文，2006年。

14. 廖肇亨：《天崩地解与儒佛之争》，载《人文中国学报》2007年第13期。

15. 赵旭东：《文化与废墟：文化的观念如何成为反思与批判的对象》，载《民俗研究》2007年第4期。

16. 耿淑艳：《岭南古代小说史论》，中山大学博士学位论文，2009年。

17. 左鹏军：《从岭南文化研究走向岭南学构建》，载《粤海风》2013年第4期。

18. 马雷：《"岭南"、"五岭"考》，载《中华文史论丛》2015年第4期。

19. 刘敬：《清初士人"逃禅"现象及其对文学之影响研究》，南开大学博士学位论文，2015年。

20. 王红杏：《宋代涉海韵文研究》，吉林大学博士学位论文2016年。